표적

표적

돈 펜들턴 지음
한국첩보문학협회 옮김

5

소호 대격전

부자나라

표적

❺ 소호 대격전

초판1쇄 인쇄 2016년 10월 20일
초판1쇄 발행 2016년 10월 21일

지은이 돈펜들턴
옮긴이 한국첩보문학협회
펴낸이 박대용
펴낸곳 도서출판 부자나라

디자인 디자인 상상(kkt9512@hanmail.net)

주소 10882 경기도 파주시 교하읍 산남리 292-8
전화 031)957-3890, 3891, **팩스** 031)957-3889
이메일주소 zinggumdari@hanmail.net

출판등록 제406-2104-000069호
등록일자 2014년 7월 23일
ISBN 979-11-87475-03-3 04840
979-11-953288-8-8 04840 (세트)

차 례

소호 대격전

1
도버 해협

적의 모습은 보이지 않았다. 그러나 보란은 어둠 속에서 자신을 노리고 있는 적의 차가운 시선을 느낄 수 있었다. 그가 그것을 느낀 것은 칼레에서 카페리를 탄 그 순간부터였다. 도버 해협을 가로질러 영국에 도착하기까지 그 느낌은 사라지지 않았다.

마피아들이 그를 기다리고 있는 것은 분명했다. 프랑스로부터의 탈출은 너무나 쉽고 간단했다. 마치 누군가가 그의 앞에 가로놓여 있던 방해물들을 제거해 준 것 같았다.

무사히 영국까지 도착할 수는 있었지만 이곳 역시 그를 노리는 적이 도사리고 있다는 생각을 하자 마치 무거운 추가 그의 목에 매달려 있는 것 같은 느낌이 들었다. 그는 자신이 누군가의 계략에 의해 이곳으로, 바로 이 시간에 오게 되지 않았나 하는 생각마저 들었다. 그리고 적들도 그의 뒤를 쫓아 도버 해협을 건너와 자신을 기다리고 있을 것이라 여겨졌다.

그는 코트의 단추를 풀었다. 그리고는 권총 케이스에 꽂혀 있는 베레타 자동 권총을 재빨리 뽑는 연습을 몇 차례 한 후 탄창을 살펴보았다. 언제라도 사격할 수 있도록 해놓은 뒤 그는 총을 다시 케이스에 넣고 옷매무새를 단정히 했다.

그는 탈출이 가능한 거리를 살피고 관측하면서 선착장을 벗어나 철도가 있는 쪽으로 향했다. 그는 그의 뒤를 밟는 조심스런 구둣발의 움직임을 감지할 수 있었다. 두 사람이었다. 그가 걸음을 늦추면 그들도 천천히 뒤쫓았고, 그가 속도를 빨리하면 그들의 걸음도 빨라졌다. 선창을 50야드쯤 걷는 동안 그는 그의 양옆에도 적들이 도사리고 있다는 것을 알아차렸다. 그는 양옆과 뒤쪽에서 서서히 포위되고 있는 셈이었다. 앞쪽으로 계속 가다 보면 그는 곧 적들이 모여 있는 또 하나의 소굴을 발견하게 될 것이고 바로 그곳이 적들이 주의 깊게 선택한 최종 공격 지점임을 짐작할 수 있었다. 아마도 그곳은 탈출할 길이 없는 막다른 골목일 것이다.

보란은 숨을 깊이 들이마시고 갑자기 왼쪽 옆으로 움직이기 시작했다. 적들이 다급히게 작은 소리로 지시를 내리고 내납을 하며 속삭이는 소리를 들을 수 있었다. 잠시 후 그림자들이 재빨리 움직이기 시작했다. 그가 뜻하지 않은 방향으로 나아갔기 때문에 계획을 바꾸는 모양이었다. 그의 오른쪽 옆에서 새로운 발자국 소리들이 들렸다.

지금이 공격할 기회다. 어쩌면 다시 오지 않을 기회일지도 모른다. 그들은 그가 엉뚱한 방향으로 들어선 데 대해 즉각적인 대비책을 마련하지 못하고 당황하고 있을 것이다. 그러나 먼저, 그의 적들을 정확히 파악해야만 했다. 이제껏 보란은 단 한 번도 경찰을 향해 총을 뽑아본 적이 없다. 지금도 또한 그럴 생각이 없었다. 짙게 피어나는 안개 때문에 가로등은 무기력한 불빛을 발산하고 있었다. 그는 그 가로등 바로 밑에 멈춰 서서 담배에 불을 붙였다. 그의 두 귀는 다가오는 적들의 움직임을 감지해 내려고 잔뜩 곤두서 있었다. 아직도 그들이 새로운 포위망을 구축하기 위해 다급히 움직이고 있다는 것을 알게 되자 그는 무관심한 척 태도를 바꾸고 다시 걷기 시작했다. 그러나 작은 소리 하나라도 놓치지 않으려고 귀만은 활짝 열어 놓았다.

지금이다!

그는 순식간에 담배를 앞쪽으로 휙 던지면서 총을 뽑았다. 다음 순간 그는 오른쪽으로 재빨리 몸을 굴렸다. 베레타는 그의 손아귀에서 방아쇠가 당겨지기만을 기다리고 있었다. 보란은 이미 사격 자세를 취하고 엎드려 뒤쪽을 보고 있었다.

한순간 보란은 지체했다. 적을 공격하기 위해서는 안성맞춤인 시간을, 그는 그들이 경찰이 아니라는 것을 확인하는 데 소비했다. 그러나 그 확인은 단 한순간이면 족했다. 그는 자신의 정확한 타이밍이 감탄스러웠다. 적들은 바로 그 가로등 밑을 걸어오고 있었던 것이다. 그의 본능적인 판단은 옳았다. 그들은 보란을 환영하기 위해 나온 마피아의 무리들이었다.

그날, 배를 타기 전에 보란은 아침 일찍 새로 구입한 베레타 자동 권총을 면밀히 조사했고 25야드 밖에서 움직이는 표적을 향해 방아쇠를 당기는 사격 연습을 했었다. 그는 자신의 예감에 대해 감사하였다. 그런데 지금은 연습 때보다도 훨씬 가까운 거리에 그의 목표물들이 자리하고 있었다. 적들은 10야드 전방, 사격하기에 가장 좋은 거리에 서 있었다.

보란은 경쾌하게 방아쇠를 당기며 몸을 굴렸다. 보란이 다시 엎드려 그쪽을 보았을 때 몇몇은 이미 땅바닥에 널브러져 있었다. 그들은 졸지에 당했던 것이다. 어둠 속에서 번득이는 불꽃이 쏟아져 나왔다. 아직 쓰러지지 않은 적들의 총구에서 뿜어져 나오는 것이었다. 보란은 시선을 그쪽에 고정시키고 재빨리 몸을 굴렸다. 적들의 탄환이 조금 전까지 그가 엎드려 있던 시멘트 바닥을 두들겼고 머리 위에서도 바람을 가르며 지나갔다. 보란은 이번에 만난 적들은 결코 만만한 자들이 아니라는 것을 직감했다. 그는 끓어 오르는 전투 의욕을 느꼈다. 탄환이 그의 털 코트를 뚫고 지나갔다. 또 하나의 탄환이 그의 구두 뒷굽을 위협적으로 스치고 시멘트 바닥을 두들겼다. 보란은 베레타를 들어 어둠 속에서 토해져 나오는 불꽃을 향하여 9밀리미터짜리의 탄환을 날렸다. 절망적인 비명이 터져 나왔다.

보란은 재빠르게 몸을 날려 위치를 이동하고 베레타에 새로운 탄창을 끼워 넣었다. 고개를 들었을 때 그는 한떼의 적들을 발견했다. 그들은 한꺼번에 무더기로 뛰쳐나와 중화기를 휘둘러 댔다. 보란은 적들이 그의 코 앞에서 사격하고 있는 듯한 충격을 받았다. 탄환이 소나기처럼 그의 옆을 스쳐갔다. 보란은 상자 뒤로 몸을 굴렸다. 베레타가 미약하게 그들에게 응사했다. 그러나 그 미약한 응사는 적들의 죽음이라는 반응을 얻어냈다. 적들 쪽에서 잠깐 사격이 멎자 누군가가 신음하는 소리를 들을 수 있었다.

보란은 다시 한 번 몸을 굴려 가능한 한 그 적들로부터 일정한 거리를 유지했다. 그들은 다시 보란에게로 달려오고 있었다. 그림자들이 벽 뒤에서 불쑥불쑥 튀어나오더니 총을 든 적이 되어 보란에게로 달려들었다. 그때 갑자기 찬란한 불빛이 그들에게로 쏟아졌다. 적들의 그림자가 시멘트 바닥에 길게 늘어졌다. 보란은 한쪽 무릎을 세우고 불빛에 드러난 적을 향해 8개의 탄환을 날렸다. 8개의 그림자들이 비명을 울리며 기묘한 포즈로 몸을 뒤틀다가 땅바닥에 나뒹굴었다.

이제 그 불빛은 보란을 향해 타원을 그리며 접근하고 있다. 그것은 자동차의 헤드라이트였다. 안개 때문에 자동차는 희미하게 그 모습을 드러냈다. 보란은 그 불빛에 자신의 모습이 곧 노출될 위기에 놓였음을 깨달았다.

적들은 다시 전열을 가다듬고 있었다. 갑작스런 불빛 때문에 총성은 멎었다. 시멘트 바닥과 나뒹굴고 있는 몸뚱이 위에 정적이 무겁게 내려앉았다. 그 정적을 깨뜨린 것은 날카로운 여자의 목소리였다. 그 소리는 헤드라이트 뒤에서 날아왔다.

「보란! 어서 타요!」

적들이 있던 쪽에서 또다른 목쉰 소리가 터져 나왔다.

「저 차다! 저 차를 잡아!」

그 목소리에서 미국인의 악센트가 묻어 나오는 것을 보란은 알 수 있었다. 어디선가 들은 듯한 목소리였다. 그러나 곧 이어 다시 총성과 불꽃이 터져 나오면서 그 차를 향해 탄환을 퍼부었다. 보란은 더 이상 그 목소리에 대해 생각할 여유가 없었다. 차는 총탄을 맞아 유리가 산산조각이 났다. 보란이 재빨리 달려 그 차 옆에 이르자 곧 문이 활짝 열렸고 보란은 차 안으로 뛰어들었다. 차는 순식간에 방향을 되돌리더니, 전투 현장을 뒤에 남겨 놓고 달리기 시작했다.

보란은 한숨을 내쉬면서 옆에 앉은 여자를 살펴보았다. 풍만한 몸매와 윤기가 흐르는 검은 머리카락을 가진 여자였다. 피부는 거의 투명해 보일 만큼 깨끗했다. 나이는 스물다섯쯤 되었으리라고 생각되었다. 그는 그녀를 살펴보다가 깜짝 놀랐다. 그녀는 엉덩이가 거의 드러나는 짧은 스커트를 입고 있었다. 천장에 붙은 램프의 불빛을 받아 그녀의 흰 넓적다리가 눈부시게 빛났다. 날씬한 종아리는 무릎 높이의 가죽 부츠에 싸여 있었고 그 다리는 조금씩 떨리고 있었다. 차는 철로가 끝나는 부분에서 다시 한 번 원을 그리며 방향을 바꾸더니 좁은 거리를 빠져 나가기 시작했다.

먼 곳으로부터 경찰차의 요란한 사이렌 소리가 들려 오기 시작했고 그 소리는 안개 속으로 잦아들었다.

보란은 베레타에 새 탄창을 끼워 넣으면서 그녀에게 말했다.

「고맙소만 쓸데없는 모험을 한 것 같소.」

그녀는 그를 흘낏 쳐다보았다. 뜻밖에도 그녀의 시선은 차가웠다.

「그런 소리 말아요. 저 뒤에 있는 사람들은 거의 30명이나 된다구요..」

「그런대로 잘 처리하고 있던 중이었소.」

그는 곧 그녀를, 그리고 그 차도 알아보았다. 차는 재규어 스포츠카였다. 그녀는 칼레에서 카페리를 탈 때 인사를 나누었던 여자였다. 그는 갑판에서 그녀에게 담뱃불을 붙여 주기까지 했었고 두 사람은 안개가 뒤덮인 속에서 레이더로 방향을 탐지하여 항행하는 일에 관해 서로의 의견을 교환했었다.

이제 차는 안개로 뒤덮인 거리를 달려가고 있었고 보란은 레이더 없이 울적한 기분으로 탐색을 해내야 했다.

그녀는 긴장한 목소리로 그에게 말했다.

「내 말대로 하지 않으면 당신은 영원히 도버 해협을 벗어나지 못할 거예요. 당신 뒤에 모자 상자가 있어요. 그 안에 당신을 위해 준비한 것이 있어요. 빨리 그것을 쓰세요.」

〈그것〉이란 타는 듯한 붉은 색의 가발과 보란의 몸집과 비슷한 사이즈의 선원 재킷이었다. 보란은 마음속으로 이와 같은 사태의 추이를 곰곰이 되새기면서 가발과 재킷을 말없이 들여다보았다. 이 구출은 계획된 것임이 분명했다. 우연히 취해진 행동이라고는 볼 수 없었다.

그녀는 보란에게 재촉했다.

「우린 곧 차를 바꿔 타야 해요. 빨리 가발을 쓰고 뛰어나갈 준비를 해요.」

보란은 왠지 불안했다. 이 비싼 차를 타고 있는 이 아름다운 여자는 도대체 누구일까? 왜 그녀는 보란의 전투에 흥미를 갖고 있는 것일까? 어디에서 그녀는 그를 구출할 계획을 세웠는가? 어떤 목적으로? 밤거리 이곳저곳에서 다시 들려 오는 경찰차의 사이렌 소리로 미루어 보아 아마 경찰에서도 보란을 환영할 준비를 단단히 해두었던 모양이었다. 도대체 어떻게 이 많은 사람들이 보란의 움직임을 눈치채게 된 것이란 말인가? 교묘한 농간인지도 모른다는 생각이 보란의 마음을 무겁게 했다. 그는 궁금해서 견딜 수가 없었다. 어떻게 이 아름다운 젊은 여자가 이런 교묘한 구출, 또는 올가미를 계획할 수 있었을까?

그러나 그 순간에 안이하게 그런 생각이나 하고 있다는 것은 사치스러운 일이었다. 그는 자신의 본능에 모든 것을 맡기기로 했다. 그의 본능은 여자와 함께 행동하라고 지시하고 있었다.

그가 재킷을 갈아 입고 있을 때 그들이 탄 차는 VW 버스 앞에서 타이어를 찢을 듯 급정거했다. 하나의 그림자가 재규어 스포츠카로 재빨리 다가왔다. 또 하나의 그림자는 VW 버스의 운전석으로 기어오르더니 다음 순간 요란한 소리를 내며 버스의 시동을 걸고 있었다. 보란과 그 여자는 재빨리 그 버스에 올랐다. 재규어 스포츠카는 곧 작은 차고 속으로 사라졌다. 경찰차 한 대가 버스를 스치고 지나 어둠속으로 사라졌다. 버스의 운전석에 앉은 사내는 킬킬거리더니 경찰차들의 홍수 속으로 차를 몰기 시작했다. 그 여자는 보란과 같이 뒷좌석에 나란히 앉았다. 그녀는 몸을 떨며 가쁜 숨을 몰아 쉬었다. 위기의 순간이 지나자 긴장이 풀린 탓인지, 그녀는 몸을 심하게 떨고 있었다. 그녀가 그의 어깨에 살며시 머리를 기대 왔다.

보란은 조용히 생각했다. 이제 다시 시작이다.

그가 영국에 온 이유는 가능하다면 수첩에 있는 몇 개의 이름을 재빨리 처치하고 미국으로 돌아가기 위해서였다. 그러나 그는 이 나라에서도 그의 방법대로 전투할 것을 요청받은 셈이었다. 이제 그가 할 일은 온 힘을 다해 싸우는 것뿐이었다. 밀림이 다시 그에게 다가오고 있었다. 그는 자신의 방법으로 그 밀림을 헤치고 나가야 했다.

그의 생애는 이미 오래 전에, 선택할 여지도 없이 어떤 적과 연관지어졌다. 보란이 가는 곳은 어디건간에 곧 전쟁터가 되어 버린다는 분명한 사실을 받아들여야 한다는 것을 그는 알게 되었다. 그러나 그는 방어만을 위한 전투 방식을 높이 평가하지 않았다. 세력이 강한 적일수록 더욱 그러했다. 최대의 공격이 곧 최선의 방어인 것이다.

그녀는 그의 어깨에 기댄 채 울기 시작했다. 그는 숨을 크게 내쉬며 그녀를 끌어당겨 부드럽게 안았다. 그를 도와 주게 된 그녀의 동기가 무엇이건간에 그는 그녀에게 빚을 진 셈이었다. 그녀는 위기 일발의 순간에서 그를 구출해 내었다. 그리고 앞으로 그녀는 그가 반격 작전을 구상하고 실행할 수 있는 교두보를 마련해 주고 그가 영국을 떠나 무사히 미국에 도착할 수 있도록 길을 밝혀 줄지도 몰랐다.

별로 나쁜 교두보는 아니로군, 하고 그는 생각했다. 그녀의 부드러운 몸이 그에게로 밀착되어 오는 것을 느끼면서 그는 그녀를 안고 있는 팔에 힘을 주었다.

2
사드 미술관

그녀는 제법 꿋꿋한 마음을 가진 여자였다. 잠깐 동안 흐느끼고 난 그녀는 곧 눈물을 닦고 다시 평온을 되찾았다. VW 버스는 도버 시쪽 변경에서 경찰이 지키고 있는 바리케이드 앞에 멈춰 섰다. 그녀는 두 팔을 그의 목에 감았다.

「당신은 가만히 있어요. 얘기는 우리가 하겠어요. 당신의 미국 악센트를 들키면 안 되니까요.」

제복을 입은 경찰관이 운전석의 창가로 다가왔다. 그는 억양이 없는 어조로 운전수에게 몇 마디 건넸다. 운전석에 앉아 있던 사내는 면허증을 넘겨 주었다. 경찰관은 그것을 찬찬히 조사해 보더니 되돌려 주고 운전수의 눈앞에 무엇인가를 들이밀었다. 두 사람은 잠깐 동안 낮은 목소리로 얘기를 나누었다. 경찰관은 뒷좌석으로 다가왔다. 그는 유리창을 주먹으로 가볍게 몇 번 두들겼다. 그녀는 내키지 않는다는 듯 천천히 포옹을 풀고 웬일인지 모르겠다는 눈길로 경찰관을 바라보았다. 그녀는 마치 이제야 겨우 꿈에서 깨어났다는 듯한 표정을 짓고 있었다.

경찰관은 가볍게 목례를 하더니 커다랗게 확대된 보란의 사진을 내밀었다.

「이런 사람을 본 적 있습니까?」

그녀는 사진을 훌낏 보더니 머리를 끄덕이면서 대답했다.

「여러 번 봤어요. 텔레비전에서요. 미국인 모험가잖아요?」

「오늘밤 이 사내를 못 보았습니까?」

그녀는 무슨 소린지 모르겠다는 얼굴로 머리를 저었다. 보란도 붉은 가발을 쓴 머리를 흔들며 알아듣기 힘든 목소리로 뭐라고인지 투덜거렸다.

「재규어 스포츠카를 못 봤습니까?」

운전수가 킬킬거리며 끼여 들었다.

「경찰 나으리, 당신 시간 낭비하는 것 같소. 거기 두 사람은 오늘밤 서로의 얼굴 외에는 아무것도 못 보았을 거요. 물어 보나마나라구요.」

젊은 경찰관은 야릇한 미소를 입가에 떠올리며 경례를 하고는 운전석에 앉은 사내에게 가도 좋다고 말했다.

그들이 바리케이드를 빠져 나온 뒤, 운전수는 고개를 돌려 보란을 향해 웃어 보였다.

「우리가 이 곤경을 빠져 나오는 솜씨가 어떻소? 우린 곧 당신을 런던에 데려다 줄 거요. 그 동안 입이나 잘 닫아 두고 있으쇼.」

그의 말에 조금 놀라며 보란은 여자를 보았다. 그녀는 부드럽게 미소 지었다.

「입을 닫아 두라는 건 겁먹지 말라는 뜻이기도 해요.」

그제야 보란은 입가에 웃음을 떠올리며 좌석에 편안히 몸을 기대었다. 이곳에서 그는 프랑스에서보다도 더 심하게 언어로 인한 불편을 겪을 것 같았다. 그러나 그것은 나중 일이며 지금 당장은 신경 쓸 필요가 없었다.

여행은 침묵 속에서 계속되었다. 여자는 창 쪽으로 붙어 앉아 안개와 어둠으로 뒤덮인 거리를 계속 내다보고 있었다.

보란은 조용히 앞뒤의 도로를 살펴보았고, 운전수의 움직임을 주시했다. 때가 되면 이들로부터 설명을 들을 수 있게 될 것이었다. 그들의 그 설명을 다 듣고 난 후에 그의 태도를 결정해도 늦지 않다고 그는 생각했다.

그들이 런던에 들어선 것은 자정이 조금 지난 시각이었다. 그들은 웨스트민스터 다리로 템스 강을 건넜고, 팔말을 지나쳐 달렸으며, 소호 지역의 변경으로 달렸다. 거리는 뜻밖에도 대단히 활기가 넘치고 있었다. 영화를 보고 나온 사람들이 거리에 가득 차 있었고, 수천 개의 레스토랑은 사람들로 붐볐으며 디스코테크와 오락실은 즐거움으로 충만했다. 소호는 듣던 대로 세계에서 가장 현대적인 도시 중의 하나인 것이 분명했다.

보란이 도착한 곳은 소호의 서쪽 변경에 있는 19세기 양식의 한 건물 앞이었다. 멋진 건물이었다. 스테인드 글라스의 창문이 달려 있었고 입구에는 붉은 카펫이 깔려 있었다. 문 옆에는 아주 조그만 금속 현판만이 붙어 있었다.

사드 미술관
회원제

VW 버스는 보란과 여자를 내려놓고는 어디론가 사라져 버렸다. 보란은 여자를 따라 그 건물로 들어갔다. 크리스털로 만든 샹들리에가 매달려 있었고 벽은 침착하고 어두운 색의 목재로 치장되어 있었다. 그들은 마호가니로 장식된 클럽 룸으로 들어섰다.

그 방은 텅 비어 있었고 곰팡이 냄새가 풍겼다. 보란은 마치 매장당하는 듯한 기분이 들었다.

「이게 무슨 미술관이오?」

보란이 묻자 여자는 그를 흘겨보며 중얼거렸다.

「개인 미술관이에요. 걱정할 것 없어요. 관리인은 나구요. 제 이름은 앤 프랭클린이에요.」

「날 여기로 데려온 이유는 뭐요?」

「유감스럽게도 난 대답할 수 있는 입장이 아니에요. 내가 감독님들께 전화를 하는 동안 편안히 앉아 기다리세요.」

「무슨 감독이오?」

「이 미술관의 감독이죠. 이제까지의 모든 일들은 그 분들이 계획한 것이에요. 그렇지만 선착장에서의 총격전 같은 건 우리가 계획한 게 아니었다고 말씀드려야겠군요.」

여자는 그로부터 멀어져서 방의 맨 끝에 있는 문으로 갔다.

「바는 저쪽이에요. 마시고 싶으면 마시세요. 마음을 편안히 가지세요.」

보란은 전혀 편안하지 못했다. 그는 가발을 벗어서 한쪽에 내던진 다음, 다시 그 자신의 옷으로 갈아 입었다. 그는 바로 가서 토닉을 잔에 가득 따라 마셨다. 그런 다음 그녀가 나갔던 문으로 다가가 그것을 열어 보았다. 그의 예감은 적중했다. 문은 잠겨 있었다. 그는 방을 가로질러 다른 문으로 가서 그것을 열어 보았다. 그 문 역시 잠겨 있었다.

보란은 불안과 분노를 동시에 느꼈다. 그는 다시 바로 돌아와서 담배를 피워 물었다. 라이터를 켤 때 그는 맞은편 벽 한쪽에서 라이터 불빛을 반사하며 무엇인가가 반짝이는 것을 발견했다. 그는 가까이 접근해서 그것을 조사했다. 그것은 벽 속에 장치된 와이드앵글의 카메라 렌즈였다. 그는 잠깐 동안 그것을 노려보다가 손으로 렌즈를 가리고 외쳤다.

「됐소. 장난은 그만합시다. 당신들은 누구요?」

머리 위 어딘가에 감춰져 있을 것으로 짐작되는 스피커를 통하여 세련되고 명쾌한 영국인의 악센트로 즉시 응답이 들려 왔다.

「당신은 아주 예민하시군요, 보란 씨. 영국에 오신 것을 환영합니다. 당신도 우리들을 좋아하게 되기를 바랍니다. 도버에서의 그 고약한 사건은 아주 유감스럽게 생각합니다. 우리들이 그 사건과는 아무 상관도 없다는 사실을 분명히 이해해 주실 것으로 믿습니다.」

보란은 렌즈에서 손을 떼고 몇 걸음 뒤로 물러서서 차갑게 그것을 쏘아보며 말했다.

「제임스 본드 놀이라도 하자는 거요? 방을 밀폐시키고 폐쇄회로 장치를 해놓고, 도대체 왜 이런 짓을 하는 거요?」

「물론 우리의 행동이 심하기는 합니다만 그런 것도 이해해 주시리라고 생각합니다. 보란 씨, 당신의 전투가 우리에게는 쉽게 납득이 가지 않았습니다. 우리들 생각으로는…….」

보란은 화가 나서 그의 말을 가로막고 외쳤다

「듣기 싫소! 잠긴 문들을 모두 20초 안에 열도록 하시오. 그렇지 않으면 부숴 버리겠소.」

「제발 그런 어리석은 짓은 하지 마십시오, 보란 씨. 프랭클린 양의 보고를 받고 나면 우리는 곧 같이 앉아 즐겁게 얘기를 나누게 될 겁니다.」

「어리석다구? 빌어먹을!」

보란은 베레타를 뽑아 들고 카메라 렌즈를 향해 발사했다. 렌즈 조각들이 사방으로 튀었다. 총의 보고를 앤 프랭클린의 보고보다도 먼저 받아 보라는 생각이었다.

「아, 이것 정말 보란 씨…….」

스피커 속의 목소리는 당황한 듯 소리쳤다.

보란은 침착한 목소리로 물었다.

「지금도 내가 보이시오?」

「물론 안 보입니다. 당신이 조금 전 카메라에 대고 사격을 하셨으니까요.」

「자, 그럼 이제 우리는 평등해졌소. 미리 말해 두지만 난 참을성이 없어요. 저 문들을 열기까지 10초의 여유를 주겠소.」

목소리는 벌컥 화를 냈다.

「우리에게 명령하지 마시오, 젊은이. 우린 당신을…….」

「시간이 됐소.」

보란이 외쳤다.

그는 여자가 나갔던 문으로 가서 문의 자물쇠 장식에 사격을 가했다. 그는 포연이 가시기를 기다렸다가 문을 밀고 옆방으로 들어섰다. 그곳은 작은 교도소의 독방 같았다. 바닥에는 동양식 융단과 태피스트리가 깔려 있었고 얕으막한 침대 위에 베개들이

뒹굴고 있었다. 창문은 없었다. 방 안에는 딱 꼬집어 얘기할 수는 없었으나 어떤 이국적인 향기가 감돌았다. 방 끝에 있는 커다란 아치 형의 문이 보란의 시선을 끌었다. 그것은 목제품으로 조각된 거대한 엉덩이와 같은 형태를 취하고 있었다.

그 사이로는 보란의 키보다도 더 큰, 벚나무로 만들어진 입술이 보였는데 이 입술이야말로 지금 보란이 있는 클럽 룸에서 다른 장소로 통하는 진짜 출입구였다.

「별난 놈의 미술관이로군.」

보란은 투덜거리며 그 입술 사이로 들어섰다. 그곳은 좁고 어두운 계단이었다. 올라가는 계단만이 있었다. 보란은 베레타를 꼭 움켜쥐고 천천히 앞으로 나아갔다. 잠시 후 또 하나의 감옥 같은 방으로 그는 들어섰다. 그 방에는 칠도 되어 있지 않은 판자가 여러 장 깔려 있었으며 작은 책상 하나와 몇 개의 간이 의자만이 놓여 있었다. 벽에는 기다란 띠가 걸려 있었는데 그것은 철제의 정조대였다. 중세기에 기사들이 십자군 전쟁에 출정한 동안 아내들의 정조를 보호하고 확인하기 위하여 사용하곤 하던 것이었다.

보란은 고개를 설레설레 저으며 그 방을 지나쳐 그 방과 붙어 있는 또 하나의 작은 방으로 들어섰다. 천장에 붙은 작은 램프가 방 안에 희미한 빛을 던지고 있었다. 그 방에도 역시 사람은 없었고 낡은 목제의 간이 침대 하나만이 덩그렇게 놓여 있었다. 침대 머리와 발치에는 분명히 손목과 발목을 묶기 위해 고안된 것으로 보이는 고리가 설치돼 있었다.

보란은 등골이 서늘해지는 것을 느꼈다. 그는 이제야 이곳이 어떤 식의 미술관인지를 알 것 같았다. 그 다음 방에 들어섰을 때 그의 예상은 더욱 확고해졌다. 그 방은 천장에서부터 늘어뜨려진, 손목을 묶기 위한 한 쌍의 철제 수갑을 제외하고는 텅 비어 있었다. 그 철제의 장식 바로 아래 바닥에는 좁다란 판이 걸린 작은 기둥이 튀어나와 있었다. 그 용도는 자명했다. 수갑에 손목이 묶인 사람은 불안정한 발판에서 균형을 유지하기 위해 필사적인 노력을 해야만 할 것이었다. 그렇지 못할 경우 그의 몸무게 모두가, 수갑에 붙들려 매인 손목 하나에 의지하여야 할 판이었다.

그 맞은편 벽에는 커다란 가죽 채찍이 둥글게 말려서 걸려 있었다. 보란은 그 소름 끼치는 고리에 손목이 매달려 허공에서 몸을 뒤틀며, 그 가죽 채찍에 벌거벗은 온몸이 유린당하고 있는 자신의 모습이 눈에 보이는 듯했다. 그렇다면 이 미술관의 이름은 그 용도와 정확히 맞아떨어지는 것이었다. 보란은 이런 복잡 다단한 과정을 거치는 기묘한 성행위를 좋아하지 않았다.

그는 사드라는 이름을 잘 알고 있었다. 유명한 문필가 중 한 사람이며, 그의 이름으로부터 〈사디즘〉이라는 말이 유래되었다는 그 사나이를 그가 모를 리 없었다.

보란은 몸서리를 치며 그 방에서 빠져 나왔다. 그 방과 비슷한 가지 각색의 고문 장치들이 설치된 몇 개의 방이 계속되고 있었다. 그는 서둘러 그 방들을 스쳐갔다. 마침내 그가 다른 쪽의 계단에 이르렀을 때, 그는 그 자신이 그 모든 방들에서 행해졌던 온갖 고문을 다 견디고 나온 듯한 기분이 들었다. 그는 계단을 뛰어 올라갔다. 거기에서 맨 아래층의 클럽 룸과 똑같이 생긴, 그러나 깨끗이 정돈된 또 하나의 클럽 룸을 발견했다. 앤 프랭클린은 작은 책상 곁에 서 있었다. 그녀는 깜짝 놀란 눈으로 그를 바라보았다. 보란이 그녀에게 날카롭게 소리쳤다.

「손 들어!」

그녀는 그가 들고 있는 권총을 쳐다보며 두 손을 머리 위에 얹었다.

「아주 고약하게 행동하시는군요. 우리는 당신을 도와 드릴 생각인데요.」

그녀의 말투는 침착하고 냉랭했다. 그는 방을 한 바퀴 돌아보며 말했다.

「아니오. 당신들은 나한테 불리한 일을 꾸미고 있는 게 틀림없소. 난 여기서 장난하고 있을 시간이 없단 말이오. 그 자는 어디 있소?」

「누구 말씀이세요?」

「육군 대장 같은 목소리를 갖고 있으면서 남을 엿보는 행동이나 하는 그 사내 말이오. 그는 어디에서 날 엿보고 있었던 거요?」

「아……. 당신 그걸 알아냈었군요.」

「물론이오.」

보란은 그 방에 대한 탐색을 끝내고 앤 프랭클린이 서 있는 책상으로 다가갔다. 그는 베레타를 권총 케이스에 밀어 넣으며 말했다.

「손을 내려도 좋소. 난 이제 시내로 돌아가는 게 좋겠소. 이 공포의 계단과 방들을 지나는 것 말고 이곳을 나가는 길은 어디요?」

「그렇지만 지금 이렇게 떠나시면 안 돼요.」

그녀는 당황한 목소리로 소리쳤다.

「왜 안 된다는 거지?」

그는 그녀를 바라보다가 목소리를 부드럽게 하여 덧붙였다.

「이것 봐요. 당신은 도버에서 나에게 고마운 일을 해주었소. 난 분명히 당신에게 빚을 진 셈이오. 하지만 난 당신에게 그렇게 해달라고 부탁한 적이 없소. 그 고마움이 날 여기까지 끌고 왔소. 지나치다고 생각지 않소? 병적인 섹스를 즐기는 사람들을 위한 집에 나처럼 건전한 사람을 가두어 놓고 감춰진 카메라로 엿보는 일이 정당하다고 주장할 수 있는 거요?」

그녀는 시선을 떨어뜨렸다.

「우리의 조심성에 대해 오해하지 마시길 바랄 뿐이에요. 그게 필요하다는 건 당신도 아실 거예요. 그러나 당신 때문에 우리들이 그런 것들을 설치해 둔 건 절대로 아니에요. 그리고 감독님이나 찰스에 대해 궁금한 게 있으면 만나 보세요. 찰스는 지하실의 보안처에 있어요. 그러나 안 가시는 게 더 좋을 거예요. 일을 방해할 뿐이니까. 그는 나이도 많고 훌륭한 분이에요.」

보란은 태도를 조금 누그러뜨렸다.

「이건 단순한 미술관이 아닌 것 같소.」

「물론이에요. 누구나가 다 섹스를 즐길 권리를 갖고 있어요. 그 한계가 정해져 있긴 하지만요. 우리는 그 한계를 조금 넓혀줄 따름이에요. 이 사드 미술관에서요.」

「채찍과 고문으로?」

「아, 그것들은 단순한 장식일 뿐이에요. 심리적인 면을 고조시키는 거죠. 우리 회원들이 정신병자는 아니지만 그들에게도 환상적인 요소는 필요하거든요. 그러니까 그런 장식들은 포르노 영화 같은 효과를 지니는 거예요.」

「알겠소. 끔찍한 장식품들을 걸어 놓은 방을 지나오는 동안 그들은 극도로 흥분하여 당장이라도 누구하고든지 침대로 뛰어들고 싶어진다는 거로군 그래. 당신은 그게 말이나 되는 소리라고 생각하시오?」

「우리한테서 돈을 받고 일을 해주는 사람이 있어요. 그러니까 특정한…… 자극적인 서비스죠.」

그녀는 기가 죽은 듯 작은 목소리로 대답했다.

보란은 이 여자가 시간을 끄는 것이라 판단했다. 그를 여기에 조금이라도 더 붙들어 두기 위한 수단이리라.

「그러나 그런 것은 내가 알 바 아니오. 그런데 당신은 누구를 기다리고 있는 거요?」

「네?」

「당신은 지금 누군가가 여기 올 때까지 날 붙잡아 두려 하고 있소. 그게 누구요?」

「벌써 말씀드렸잖아요. 감독님한테 전화를…….」

「그들이 왜 나에게 흥미를 느끼는 거요?」

「그 이유는 그 분들이 직접 말씀히실 기예요.」

보란은 짜증이 났다. 그는 퉁명스럽게 말했다.

「안 되겠소. 당신이 얘기해 주시오. 지금 당장. 그렇지 않으면 난 떠나겠소. 난 그렇게 한가롭지가 못하오.」

「그 분들은 당신을 돕고 싶어 하세요. 또 그 분들은 당신이 자기들을 도와 주기를 바라시구요. 그렇지만 난 이런 얘기를 할 입장이 못 돼요. 잠깐만 기다리시면 곧 그 분들이 당신께 직접 말씀하실 거예요.」

「뭘 얘기한다는 거요?」

대답 대신 그녀는 그에게 다가왔다. 그녀는 집게손가락으로 그의 뺨을 톡 건드린 다음 한쪽 팔을 그의 목을 감았다. 젊은 여인의 체취에 보란은 취할 것 같았다. 이제 그녀는 보란을 조금도 무서워하지 않는 것 같았다.

「당신네 미국인들은 때때로 사람들을 놀라게 만들어요.」

「내가 당신을 놀라게 했소?」

「그래요. 바로 당신이 말이에요.」

그녀의 다른 팔도 그의 목에 감겨 왔다. 그녀는 온몸을 보란의 몸에 바짝 밀착시키며 뜨거운 입김을 내뿜었다. 그러나 그녀는 곧 몸을 떼며 다시 고통스럽다는 듯 한숨을 쉬었다. 그녀는 등을 보이며 말했다.

「좋아요. 가세요. 떠나시라구요. 당신을 비난하지는 않겠어요.」

보란은 그녀의 생각을 짚어 보려고 잠시 그녀를 찬찬히 뜯어보았다. 볼수록 아름다고 귀여운 여자였다. 이런 성도착자들을 위한 괴상한 섹스숍에서 그녀가 맡은 일은 어떤 것일까?

보란은 이런 음산한 장소에 머물러 있다가는 너무나 기묘한 문제들에 연루될 것이라고 판단했다.

「도버에서는 정말 고마웠소.」

그는 중얼거리고 문 쪽으로 돌아섰다. 한 남자가 문을 막고 서 있는 것을 보란은 그제야 보았다. 단정하게 손질한 구레나룻을 기르고 줄이 선, 구김살 하나 없는 트위드의 영국 장교 군복을 입은 남자였다. 그는 할리우드의 영화 감독과 같은 인상을 풍겼다. 뒤로 빗어 넘긴 머리카락은 은빛이었다. 키는 실제로 5피트 7인치나 8인치쯤 되어 보였으나 똑바로 버티고 선 그의 당당한 모습이 키를 더 커 보이게 했다.

보란의 손은 자동적으로 외투 속으로 미끄러져 들어갔다.

「아하, 당신이 바로 찰스라는 사람이오?」

그 사내는 머리를 저었다.

「아니오, 찰스는 당신이 아무 이유 없이 파괴한 카메라를 수선하느라고 몹시 바쁘다오. 사실 그렇잖소, 보란? 당신의 그런 행동은 우리들이 보여준 우정에 대한 짐승과도 같은 보답이었소.」

「친구라면 날 가두어 두거나 엿보는 짓은 하지 않았을 거요.」

이미 베레타의 총구는 문을 가로막고 선 사나이에게로 향하고 있었다. 보란은 천천히 문 쪽으로 걸어갔다.

그러나 그 사나이는 문을 열고 서서 꼼짝도 하지 않았다.

「지금 그런 것들을 해명할 시간이 없소. 요점만 말하겠소. 보란, 당신이 이곳을 빠져 나간다는 것은 불가능하오. 당신이 한 발만 내디뎌도 곧 사살될 거요. 우리들의 공동의 적들이 바깥에서 당신이 나타나기를 기다리고 있소.」

「그걸 당신이 어떻게 아시오?」

「여기로 올 때 그들을 내 눈으로 똑똑히 보았소. 이 지역은 완전히 봉쇄되었소.」

보란은 투덜거리며 물었다.

「무슨 얘기를 하는 거요? 경찰 얘기요?」

「경찰 얘기가 아니오. 물론 경찰도 멀지 않은 곳에서 당신을 기다리고 있겠지만.」

「아까 〈공동의 적〉이라고 했었소? 그게 무슨 뜻인지 설명해 주시오.」

「당신이 없애 버리려고 하는 바로 그 자들은, 이유는 다르지만 우리들에게도 역시 적이오. 우리는 당신이 영국에 오는 것을 도와 주었소. 그러니까 당신도 우리들을…….」

보란은 그의 말을 가로막았다.

「궁금한 게 있소. 도버는 당신들말고도 마피아들로 붐비고 있었소. 그들이 내가 온다는 것을 어떻게 알았을까요?」

「우리들도 바로 그 점을 궁금하게 여기고 있었소. 비밀이 어디에선가 새어 나갔다고밖에 생각할 수 없소. 우리들이 곧 그것을 밝혀낼 테니까 걱정 마시오.」

「그런데 내가 여기 나타났다는 것이 당신들한테는 무슨 의미가 있는 거요? 내가 당신네 편에 서서 무엇을 해주기를 바라시오?」

그 사내는 곤란하다는 표정을 지으며 어깨를 움찔했다.

「얘기가 좀 복잡해지는데……. 그건 좋도록 생각하시오. 확실한 것은 당신은 어떤 요소들을 제거하기 위해 목숨을 내걸고 있다는 거요. 이곳 런던에도 당신이 없애려고 하는 바로 그런 자들이 있소. 우리는 결정했소. 그러니까…… 우리는 투표를 했소.」

「무슨 투표요?」

「당신이 런던에 머무는 동안 우리는 당신을 지원하기로 마음먹었소.」

「난 고용되기 싫소.」

「물론 고용되는 게 아니오. 난 그런 뜻으로 얘기한 게 아니오. 우리는 당신에게 도움을 제공하겠소. 최대한 협력할 거라는 얘기요. 당신이 필요로 하는 온갖 정보를 제공하고, 모든 방법을 동원하여 당신을 보호하겠소.」

「나는 도무지 당신이 하는 말을 이해하지 못하겠소.」

보란은 마음속으로 이 사나이의 얘기를 곰곰이 짚어 보고 있었다.

그 사내는 계속 말을 이었다.

「또, 당신이 여기에서 일을 끝낸 뒤에는 이 나라에서 안전하게 빠져 나갈 수 있도록 최선을 다하겠소.」

보란은 이윽고 결론을 내렸다. 그는 더 이상의 얘기는 무의미하다는 듯한 표정을 짓고 머리를 저었다.

「안 되겠소. 한쪽으로 비켜 서시오. 난 가겠소.」

긴장된 미소가 그 사내의 입술에 흘렀다.

「키플링의 표범을 알고 있소?」

「무슨 얘기를 하려는 거요?」

「러드야드 키플링의 소설이 생각나서 하는 얘기요. 밀림의 표범에 관한 얘기가 있다오. 〈꼬리를 거칠게 흔들며, 야생의 네 발바닥으로 차례차례 땅을 밟고, 그는 축축한 야생의 밀림 속으로 되돌아갔다.〉 그게 바로 당신이오, 보란. 야생 밀림에 사는 공존이란 걸 모르는 짐승. 사실 대단히 경탄스럽소. 난 당신의 묘비명에 그렇게 새겼으면 싶소.」

『고맙소이다.」

보란은 그를 한쪽으로 밀며 문을 지나 계단으로 나섰다.

「기다려요!」

여자가 다급히 외치며 그를 뒤따라 나왔다. 계단 중간쯤에서 그녀는 그를 따라잡고 열쇠 하나를 그의 손 안에 쥐어 주며 말했다.

「퀸스 하우스를 기억하세요. 러셀 스퀘어에 있는 공원 맞은편에 있어요. 쉽게 찾을 수 있을 거예요. 거긴 안전한 곳이니 언제든지 오세요. 환영할게요.」

보란은 그녀의 이마에 키스했다.

「알았소.」

그는 계속해서 계단을 내려갔다. 러셀 스퀘어 근처의 아파트에 들른다는 것은 지금 현재의 그로서는 전혀 생각 밖의 일이기는 했으나, 그는 열쇠를 주머니에 넣었다. 만일 그 단단한 몸집의 사내가 한 말이 그를 위협하기 위한 거짓말이 아니라면 도처에서는 마피아들이 우글거리며 그를 기다릴 것이다. 그는 심호흡을 하고 베레타의 탄창을 다시 점검했다.

홀로 다니는 표범이라? 보란은 웃음이 나왔다. 그는 주머니 속을 뒤져 여분의 탄창들을 어루만졌다. 그는 탄창의 차가운 감촉이 좋았다. 그는 저 마피아들이 우글거리는 축축한 밀림으로 꼬리를 거칠게 흔들며 나아가고 있었다. 보란은 밀림의 법칙을 배웠으며, 그 법칙으로써 살아가는 방법을 알고 있었다. 그에게 있어서 모든 밀림은 똑같았다. 그리고 같은 법칙이 그 모든 밀림을 지배하고 있었다. 재빨리, 잔인하게 살해하고 흔적도 없이 사라지고 또 그것을 반복하는 그 법칙을 보란은 잘 알고 있었다. 그것은 인류보다 훨씬 오래 전부터 존재해 온 법칙이었다. 보란 자신도 키플링의 몇 구절을 알고 있었다.

〈이제 이것이 밀림의 법이다. 저 하늘처럼 오래 전부터 있어 왔고, 그 하늘처럼 분명한 법이었다.〉

그는 소름 끼치는 물건들로 장식된 이층의 작은 독방들을 지나서 조각된 입술 사이를 통과했고, 거대한 엉덩이의 문을 젖히고 동양식의 카펫이 깔린 방으로 들어섰다. 그 동안 보란은 사드 미술관의 꽃병은 가죽 부츠처럼 보이도록 만들어져 있고 램프

갓은 코르셋처럼 보이도록 만들어져 있다는 것도 발견했다. 그 외의 다른 물건들도 어떤 에로틱한 것들을 연상할 수 있게 만들어져 있었다. 그는 위층에 있는 앤 프랭클린을 생각하며 서글프게 머리를 저었다. 그는 클럽 룸을 재빨리 가로질러 갔다.

보란은 늙은 사내 하나가 벽에 뚫린 커다란 구멍 앞에서 무릎을 꿇고 있는 것을 보았다. 그 사내는 보란이 들어서자 분노의 표정으로 그를 바라보았다. 그 사내의 이름은 찰스일 것이었다.

그는 찰스에게 명령조로 말했다.

「나가는 길을 알려 주시오.」

「지하실 아래로 빠져 나가는 것이 최상의 길이오. 그러나 그 길로는 광장 너머까지밖에는 갈 수 없을 거요. 그것도 아주 가능성이 희박한 도박이오.」

그는 보란 쪽은 쳐다보지도 않고 퉁명스럽게 말했다.

「고맙소.」

보란에게는 그것이면 충분했다. 아주 가능성이 희박한 도박. 그는 희박한 가능성만으로도 모든 축축한 밀림의 벌판들을 휘저을 자신이 있었다.

3
죽음의 안개

찰스는 그의 성(姓)이었다. 부모가 붙여준 그의 이름은 에드윈이었다. 그러나 그는 이름보다도 찰스라고 불리는 것을 더 좋아했다. 보란이 그 목소리만으로도 짐작했듯이, 그는 용감한 예비역 육군 장교였다. 제2차 세계 대전 중에, 그는 첩보 활동을 하는 미국인들(OSS)과의 연락 책임을 맡아 탁월한 능력을 인정받은 고급 장교였다. 그래서 그는 미국인들을 제법 잘 이해할 수 있었다. 또한 그는 오늘 사드 미술관에서 보란이 재빨리 보안 장치를 발견해 내고, 그것에 대해 보인 반응도 이해하고 있었다. 뿐만 아니라 그의 재빠른 행동에 대해 찬탄을 금할 수 없었다.

보란은 그 늙은 사내의 나이를 쉽사리 짐작할 수 없었다. 그러나 그는 찰스의 나이가 75세 안팎이리라고 생각했다. 그 사내는 몹시 건강해 보였다. 특히 그의 정신력은 육체보다도 더 굳건할 것 같았다. 보란은 그의 나이를 훨씬 더 아래로 판단할 수도 있었을 것이다. 보란은 그의 회색빛 눈동자 너머로 아직도 대단한 정열이 숨어 있음을 알 수 있었다. 그의 몸동작은 젊은이처럼 날렵했고, 키가 큰 그의 몸은 꼿꼿하고 날씬했다. 그 나이의 사람들에게서 으레 발견하게 되는 울퉁불퉁한 골격의 돌출은 찾아볼 수 없었다. 한때는 아주 대단한 힘의 소유자였으리라고 보란은 짐작했다. 그의 턱은 길고 강인했으며, 깔끔하게 면도되어 있었다. 뒤로 빗어 넘긴 은빛 머리칼은 보기 좋게 굽슬굽슬하였다. 보란은 그가 3,40년만 젊었으면 좋겠다는 막연한 생각을 했다.

사드 미술관의 탈출 통로는 전에는 하수도였다. 찰스는 곧 보란을 뒤쫓아와 그 통로를 완전히 빠져 나갈 때까지 그와 동행했다. 그는 낡고 비좁은 통로를 사람들이 충분히 지나다닐 수 있는 길로 만들기 위해 폭탄을 장치했던 곳을 자랑스럽게 가리켰다. 미술관으로부터 탈출할 수 있는 비밀 통로는 꼭 필요한 것이었다. 찰스의 설명에 의하면 이제 그 터널은 미술관의 여러 다른 장비나 장치들과 마찬가지로 과거와의 연결을 발견할 수 있는 하나의 역사적 유물로서 간주될 것이라고 했다.

「오늘날 런던에서는 온갖 일들이 다 일어나고 있소. 괴익에서 즐거움을 발견하는 일까지도.」

그는 눈동자를 빛내며 보란에게 말했다.

그 통로의 끝에 도달하자, 보란은 그에게 감사의 뜻을 전하고 감시용 카메라를 파괴한 것에 대한 용서를 구했다. 그런 다음 그는 철제 사다리를 올라가기 시작했다.

찰스는 아래쪽에서 소형 플래시를 들고 보란의 길을 비춰 주었다. 그는 보란을 올려다보며 마지막으로 주의를 주었다.

「뛰쳐나가기 전에 주위를 한번 살펴보는 것을 잊지 마시오, 양키.」

「알았소, 명심하겠소.」

보란은 웃으며 대답했다.

「이 괴상 망측한 미술관에 대해 한마디 더 하겠소. 이 미술관에는 당신이 생각하는 것보다 깊은 의미가 있다는 걸 알아줬으면 하오. 그 뻔한 목적 외에도 또 다른 의미가 있단 말이오. 그것은 우리 시대의 상징이오, 보란. 아시겠소? 우리 시대의 상징이란 말이오.」

보란의 얼굴에서 웃음기가 사라졌다. 그는 마지막으로 손을 흔들어 보이고, 근심 어린 얼굴로 올려다보는 찰스의 머리 위에서 사라졌다.

보란은 의아스러웠다. 어떤 이유로 이런 우아하고 고상한 노인이 이렇게 의문스러운 행동을 하는 것일까? 그런 노인이라면 어떤 고급스러운 클럽의 회원으로 앉아 지나간 옛날의 영광스러웠던 추억들을 회상하며 안락하게 지내는 것이 정상적이지 않을까? 그런데 그가 이 기묘한 장소에서 비밀 정보원 놀이를 하고 있는 이유는 무엇일까?

보란은 찰스에 대한 생각을 곧 마음에서 지워 버렸다. 그에게는 그것보다도 더 현실적이고 다급한 문제가 가로놓여 있었다. 그는 비밀 통로를 통해 사드 미술관의 맞은편에 있는 다른 건물의 지하실로 나왔다. 이 건물도 사드 미술관의 소유임이 분명했다. 그곳은 섹스에 관계되는 책과 잡동사니들을 파는 가게였다. 노란 램프가 희미하게 밝히고 있는 지하실은 창고로 사용되는 모양이었다. 보란은 계단을 올라가 찰스가 열쇠가 있으리라고 얘기했던 곳에서 열쇠를 찾아냈다. 열쇠를 찾은 그는 곧 가게 안으로 들어섰다. 그곳은 가게 정면에 있는 커다란 창을 통해 들어오는 거리의 불빛을 제외하고는 지하실보다도 더 캄캄했다.

보란은 빛이 스며들지 않는 곳으로 가서 몸을 감추고 바깥의 동정을 살폈다. 안개는 서서히 걷히고 있었다. 일정한 거리를 두고 밝혀진 가로등으로는 쉽사리 어둠 속을 관찰하기 힘들었다. 보란은 몇 분 동안 더 그 어둠 속을 노려보았다. 가게 바깥에 있는 누군가가, 그러나 보란이 그 모습을 살펴볼 수 없는 곳에 있는 누군가가 담뱃불을 붙였다. 보란은 성냥의 불꽃을, 잠시 후에는 뭉게뭉게 피어 오르는 담배 연기를 보았다. 그 사나이는 아주 가까운 곳에 있는 셈이었다.

다시 몇 분이 흘렀다. 한 대의 커다란 차가 천천히 가게 앞을 지나갔다. 보란이 보기에 그 차는 링컨 콘티넨털인 것 같았다. 차 안에는 4,5명이 타고 있었는데 그 사내들은 보란을 잡기 위한 사냥꾼들임에 틀림없었다.

그 차가 사라져간 뒤 다시 또 몇 분이 지났다. 한 사나이가 길 건너 쪽에서 가로등 아래에 모습을 드러냈다. 그는 손목 시계를 보는 듯했다. 곧 그 사나이도 다시 어둠 속으로 스며들었다.

그렇다. 이것은 치밀한 계획 아래 진행되는 사냥이었다.

잠깐 뒤, 링컨 콘티넨털이 다시 모습을 나타내더니 보란이 숨어 있는 가게가 있는 쪽 도로에서 정지했다. 그러나 보란은 그것을 소리로 알 뿐 모습은 볼 수 없었다. 반대편에서 체격이 우람한 사내가 나타나더니 가게 앞을 지나 차가 멈춘 쪽으로 사라졌다. 바로 그 순간에, 사드 미술관의 문이 열리고 앤 프랭클린이 나왔다. 보란은 바짝 긴장하여 바깥으로 신경을 곤두세웠다. 그는 거리에서 서성거리고 있는 사내들이 그녀에게 어떤 반응을 보일 것인지 궁금했다. 그녀는 횡단 보도를 건너오더니, 도로 중앙에 꾸며진 작은 녹지대에서 발을 멈추었다. 가로등 바로 아래 그녀는 서 있었다. 그녀는 이쪽의 가게를 바라보고 있는 것 같았다. 보란은 찰스가 틀림없이 그녀에게 자신의 얘기를 해주었을 것이라고 생각했다.

그는 궁금함을 자제하며 그녀를 지켜보았다. 저 여자는 도대체 뭘 하려는 것일까? 그때 한 사내가 어둠 속에서 나타나더니 그녀를 향해 곧장 걸어갔다. 그는 앤 프랭클린과 닿을 듯 가까이 스쳤지만 계속 걸어갔다. 앤은 전신을 떨며 그가 사라져 가는 것을 바라보았다.

그들이 얘기를 나누었을까?

보란은 확실히 알 수는 없었다. 그러나 얘기할 틈은 없었을 것 같다. 잠깐 뒤에 택시가 나타나 그녀 앞에 정차했다. 그녀가 차에 오르자 택시는 곧 안개 속으로 사라져 갔다.

다음 순간, 아까 보았던 차가 아닌 다른 차가 나타나 그 택시를 뒤따르기 시작했다.

그녀와 그 사나이는 이야기를 주고받지 않았음이 분명했다. 그들은 신원을 확인하기 위하여 그녀에게 접근했던 것이며, 그리하여 그녀가 누구인지를 확인하자, 이제는 그녀를 미행하고 있는 것이었다. 그들은 아무 사소한 것이라도 놓치지 않을 작정인 듯했다.

그것은 역시 보란도 마찬가지였다. 그는 좀더 자세하게 주변을 관측하였다. 곧 그는 그곳의 지형과 적들의 세력을 파악할 수 있었다. 대단히 치밀한 함정이요, 계획이었다. 정면 습격은 전혀 불가능하다고 보란은 판단했다. 다시 한 번 그는 자신의 진면목을 보여 줘야 할 때가 왔다고 생각했다.

그는 천천히 뒷걸음질하여 갔다. 그리고는 뒷문으로 나섰다. 골목길은 좁고 악취가 풍겼으며 캄캄했다. 보란은 가게를 끼고 뻗어 나가다가 몇 피트 뒤에서 끝나는 골목을 잠시 생각에 잠긴 채 바라보았다. 보란에게는 단 하나의 탈출구인 도로 쪽으로 접근하는 수밖에 없었다. 그는 조심스럽게 모퉁이를 돌았다. 아까 본 적이 있는 사내가 건물에 기댄 채 서 있었다. 가게와 링컨 콘티넨털 중간 지점이었다. 피곤하고 지루하다는 듯 그는 팔짱을 끼고 하품을 늘어지게 하고 있었다. 보란은 느긋한 태도로 그에게 접근했다. 그 사내는 보란을 알아채지 못하는 것 같았다.

보란이 서너 걸음 앞으로 다가섰을 때에야 그는 겨우 인기척을 느끼고 깜짝 놀란 듯이 말했다.

「그런 식으로 사람을 놀라게 할 거야?」

보란은 킬킬거리며 목소리를 조금 바꾸어서 말했다.

「놀라지 마! 난 그 보란이란 놈이 저 안에 있을 것 같지가 않아. 이건 멍청한 짓이라구.」

보란은 좀 떨어져 있는 가로등을 등지고 서서 그에게 더욱 가까이 다가갔다.

「아하, 대노 생각도 그렇다던가?」

「그럴 거야.」

보란의 대답은 능청스러웠지만 대노라는 이름을 듣자 그의 심장은 빠르게 고동치기 시작했다.

대노 질리아모, 그가 런던에 있단 말인가? 그는 뉴저지 패거리의 보스 중 하나였다.

「뉴저지는 이렇지는 않은데…….」

보란은 투덜거리는 척하며 그 사내를 떠보았다.

「새벽 2시는 어디든지 마찬가지야.」

그 사내는 아무것도 모르고 이렇게 대답했다. 그는 보란의 얼굴을 좀더 자세히 보기 위해 눈썹을 치켜 올렸다. 그러나 런던의 안개 때문에 그것은 쉬운 일이 아니었다.

아마도 계급 서열 때문에 누구인지를 확인해 보려는 것일 거라고 보란은 추측했다. 마피아 패거리들은 계급 서열에 대해 아주 민감하다는 것을 그는 잘 알고 있었다. 보란이 선수를 쳤다. 그는 위압적으로 명령했다.

「저기 가서 커피나 마셔.」

「거기 커피도 있어?」

「그래. 커피가 있다구!」

그 사내는 알아들을 수 없는 소리로 뭐라고 웅얼거리더니 한숨을 내쉬었다.

「커피라…….」

그 사내는 주머니에 손을 넣어 담뱃갑과 성냥을 꺼냈다. 보란은 그 담뱃갑을 빼앗으며 으르렁거렸다.

「뭘 하려는 거야, 이 밥통아! 여기서 담뱃불을 붙이겠다는 거야?」

보란은 그 사내의 손에서 담뱃갑을 빼앗았다.

그는 담뱃갑을 보란의 손에서 다시 빼앗아 주머니에 넣으며 조심스럽게 말했다.

「이것 봐, 내가 이 멀리까지 온 건 맛이 더러운 커피 한 잔을 마시기 위해서가 아니야. 난 그 녀석을 사로잡아 10만 달러를 벌어야겠다구. 만약 그 녀석이 여기에 없다면, 그럼 그놈이 있는 곳으로 가야 할 거 아냐?」

계약으로 온 사내다, 하고 보란은 판단했다. 사람 사냥꾼, 청부 살인업자, 20세기의 사냥꾼, 마피아 패거리는 아니었다. 그것을 알게 되자, 보란은 어떤 가능성을 발견할 수 있었다. 보란은 한 발 뒤로 물러섰다.

「이름이 뭐라고 했지?」

보란은 목소리를 누그러뜨리지 않고 강압적으로 물었다. 그 사내는 좀 풀이 죽은 듯 대답했다.

「던랩, 잭 던랩. 철자까지도 말해줘?」

보란은 위엄을 갖춰 말했다.

「그따위 소리는 집어 치워, 던랩. 대노와 나는 너에 대한 보수를 계산하고 있어. 난 맡은 일을 열심히 수행하는 사람이 좋아. 저리 가서 커피나 한잔 마시고 대노한테 전해. 프랭키가 장소를 옮기라고 했다구. 정면으로 옮기라고 말이야. 알아듣겠나?」

「알았어, 프랭키. 난 그 보란이란 놈이 눈에 띄기만 하면 갈겨버릴 작정이야. 내 성질을 곧 알게 될 거야.」

「사람을 확인하고 갈겨야지.」

「물론 그래야지.」

그는 다시 한 번 보란의 얼굴을 자세히 들여다보려고 노력했다. 그러나 고개를 설레설레 젓더니 보란에게서 떨어져 거리를 가로질러 걷기 시작했다.

보란은 곧 링컨 콘티넨털을 향해 걸음을 옮겼다. 바로 아래쪽의 모퉁이에서 차는 시동이 켜진 채 서 있었다. 차의 불은 모두 꺼져 있었다. 그가 접근하자 차 안에 있던 사내들이 관심을 나타내며 내다보았다. 보란은 운전석의 창으로 허리를 굽히고 외쳤다.

「차에서 나와, 던랩과 합세해야겠어. 그가 위치를 바꿨어.」

3개의 문이 동시에 열리고 사내들이 어둠 속으로 우르르 나왔다. 운전사는 그대로 남아 있었다. 보란은 차 문을 열어 젖히며 소리를 질렀다.

「너도 나와 이 멍청아! 빨리 뒤를 쫓아가!」

그 사나이는 보란의 기세에 눌려 허둥지둥 차에서 빠져 나오더니 다른 사내들을 뒤따라갔다. 보란은 유유히 차를 타고 헤드라이트를 켜는 레버를 잡아당겼다. 헤드라이트가 안개를 뚫고 도로를 가로질러 빛의 기둥을 내놓았고 그 빛 속에 잭 던랩의 모습이 어슴푸레 드러났다.

「저기! 그놈이다!」

보란이 다급한 목소리로 외쳤다. 그러나 그의 얼굴에는 싸늘한 미소가 흐르고 있었다. 던랩은 순간적으로 얼어붙은 듯 멈춰섰다. 다음 순간 그는 커다란 리볼버를 꺼내 들었고, 그 불빛으로부터 벗어나려고 했다. 그러나 다른 사내들의 움직임이 더 빨랐다. 수많은 권총들이 일제히 불을 뿜었다. 던랩은 나무 인형처럼 고꾸라지더니 땅 위에 쓰레기처럼 널브러졌다.

보란은 앞쪽으로 서서히 차를 몰았다.

「잘못 잡았다!」

보란은 다시 소리쳤다. 차를 돌려 그는 헤드라이트 불빛 속에 다른 한 사내를 잡았다. 거리 아래쪽에서 맹렬히 달려오고 있던 사내였다.

그 사내는 우뚝 멈춰 서더니 두 팔로 헤드라이트 불빛을 가리고 외쳤다.

「아냐! 난 아니야!」

그러나 또다시 총구들이 불꽃을 토해냈고 그는 손을 휘저으며 허공에 붉은 핏줄기를 뿜어 냈다.

보란은 이제 재빨리 차를 몰기 시작했다. 신경질적인 총성들이 계속해서 밤의 정적을 찢으며 이쪽저쪽으로 쏟아지고 있었다. 흥분한 목소리들이 서로 다른 명령을 외치며 동분 서주했다. 사드 미술관 부근에서 한 사내가 총격을 멈추라고 악을 쓰며 외쳐 대고 있었으나 그 소리는 총성에 묻혀 들리지 않았다.

보란은 속력을 내어 그 도로를 빠져 나왔다. 몇 개의 총구가 그를 향해 불꽃을 뿜었으나 보란에게 아무런 피해도 입히지 못했다. 그는 더 속도를 높였다. 사람도 총성도, 더 이상 그를 쫓아오지 않았다.

보란은 생각했다. 동료들이란 적어도 서로의 얼굴 정도는 알아야 하는 것이다. 물론 적의 얼굴도 미리 알아 두어야 하지만.

그것은 그에게 있어서도 꼭 기억해 두어야만 하는 일이기도 했다. 그러나 이 순간에 맥 보란은 축축한 밀림으로 변해 버린 런던의 시가지를 맹렬히 달려가고 있었다.

4

폐쇄된 밀림

대노 질리아모는 화가 치밀어 못 견딜 지경이었다.

그는 너무나 불운한 사나이였다. 보란이라는 놈을 잡기 위해서 하루 밤 사이에 견고한 함정을 두 번이나 설치했었는데, 두 번 다 그놈은 피투성이의 시체들만 남겨 두고 그 함정을 뚫고 유유히 달아난 것이었다.

대노는 그의 조직에 대해 이렇게 변명했다.

「내 수하에는 2류급의 아마추어들밖에 없고 그들만으로 보란을 잡아야 한다는 데에 문제가 있다. 그놈들의 실력으로는 결코 보란을 잡지 못할 것이다.」

단단하게 몸이 단련된 45세 가량의 닉 트리거는 불이 꺼진 시거를 생각에 잠긴 채 오래도록 씹어댔다. 그는 곰곰이 문제투성이의 뉴저지 카포 체제를 생각하고 있었다. 닉은 오래 전부터 여러 가지 이름으로 알려진 사내로 앙당트, 푸머리, 우스 등이 모두 그의 이름이었는데 최근에는 닉 트리거라는 이름을 쓰고 있었다. 닉은 40년대 후반부터 마피아의 세력권 내에 있는 동부 지역에서 저격수로 활약해 왔다. 그가 영국으로 건너온 것은 1년도 채 되지 않았다. 그는 니콜라스 우스라는 이름으로 위조 여권을 사용하여 영국으로 입국했었다. 미국과 영국 사이를 오가는 통신에서 그는 닉 트리거라는 암호명으로 불리었다.

닉은 특수 임무를 띠고 영국으로 건너왔는데 그 임무란 영국 내에서 세력 있는 범죄 조직에 대한 마피아의 위치를 확고히 하고 나아가 영국 범죄 조직을 흡수하는 것이었다. 그 임무를 수행함에 있어서 닉보다 더 적합한 사람을 찾기는 어려울 것이었다. 냉혹하고 무자비하며 한편으로는 정보 수집에 능란한 그는 직접적 또는 간접적인 마피아의 요청에 의해 100명 이상의 생명을 처형한 것으로 알려졌는데, 그것은 그가 마피아와 관계하기 시작한 이후만의 기록이었다. 그 희생자 중 상당수가 평소에 그와 친근한 관계에 있던 사람들이었다고 알려졌다.

이제 그는 닉 트리거라는 이름으로 본국의 위원회에 직접적으로 여러 문제들을 상정, 보고하는 카포 협의회의 영국 지부 실력자 가운데서도 우두머리가 되어 있었다. 그래서 그는 뉴저지에서 온 한 사나이로부터 무릎을 맞대 놓고 불평을 듣는다는 것은 몹시 불쾌했다. 그는 시거를 입에서 떼고 그의 눈에는 애송이로만 보이는 사나이에게 조용히 물었다.

「대노, 애들을 몇 명이나 거느리고 있소?」

질리아모는 내뱉듯이 대꾸했다.

「내 개인 전투원들이 열댓 명 되는데 두 명은 부상을 당했소. 또 계약에 응해서 따라온 살인 청부업자들도 스무 명쯤 되오. 그런데 그 중 벌써 열 명 정도는 못 쓰게 돼 버렸소. 난 그놈의 청부업자들의 실력은 도무지 믿을 수가 없소. 그리고…….」

닉 트리거는 본론만 말하라는 듯 대노의 말을 가로챘다.

「그래, 지금 당신한테는 몇 명이나 있는 거요?」

「합해서 약 스물댓 명 될 거요.」

트리거는 놀랐다는 듯 눈을 크게 치떴다.

「그 정도면 정규군 수준이군. 그 인원으로도 보란이란 놈을 잡을 수 없다는 거요?」

「내 말을 믿으려면 당신이 직접 그놈을 상대해 봐야 할 거요. 그놈을 잡는 데는 사람의 머릿수가 문제가 아니라 실력이 문제요. 그런데 이번에는 좀 실력 있는 애들을 여러 명 데려왔소. 수준급에 속하는 놈들이지. 그런데 이놈들로도 안심은 할 수가 없소. 최근에 보란이 행한 공격을 당신이 보았더라면 내 말에 납득이 갈 텐데……. 지난 새벽의 총격전에서는 그놈 자신은 총 한 방도 안 쏘고 우리 애들끼리 서로 총질을 하게 만들었을 정도요.」

「아주 꾀가 많은 놈인가 보군.」

「교활하기 짝이 없어요, 닉. 그놈은 너무나 지능적이오.」

닉 트리거는 다시 생각에 잠겨 한동안 시거를 씹고 있다가 물었다.

「나한테 요구하는 게 무엇이오, 대노?」

「당신은 이번 작전에 참여하고 싶지 않습니까?」

「보란을 처치하는 일 말이오?」

「그렇죠. 닉 트리거 당신을 빼놓고 보란을 처치해 버릴 수 있는 인물이 어디 있겠소?」

「마이애미에서는 그 자가 탤리페론 형제들을 처치했다고 하던데…….」

닉은 혼잣말처럼 중얼거렸다. 대노는 그때 생각이 떠오르는지 얼굴이 벌겋게 상기되었다.

「엄청났었소. 그놈은 탤리페론 형제들을 바보로 만들어 버렸소. 사실, 바보가 된 건 그들만이 아니오. 난 그 현장을 목격했는데 그 장소가 송두리째 날아가 버렸으니까……. 정말 끔찍스러웠소.」

「탤리페론 녀석들은 세상에서 가장 멍청한 녀석들일 거요. 그런데 그 보란이란 놈은 소문대로 그렇게 대단하오?」

「두말 하면 잔소리요. 오늘 새벽에만 해도 그놈이 우리들을 너무나 혼란스럽게 만들었기 때문에 우리 애들은 서로에게 대고 총질을 해댔소. 움직이는 것은 뭐든 다 보란으로 보였단 말요. 그러니 총을 마구 쏘아댈 수밖에 없지 않았겠소? 닉, 당신 아니면 보란을 잡을 수 있는 사람이 없소. 이것만은 분명하오.」

저격수는 음산하게 미소 지었다.

「날 끌어들이려고 하지 말아요, 대노. 난 억지로 일을 하지 않는 성미요.」

「아니오. 난 그저 사실을 사실대로 얘기하는 것뿐이오. 당신도 알잖소, 닉? 난 정직한 사람이오. 사실이지, 그 일을 해낼 수 있는 건 당신뿐이요, 닉.」

닉 트리거는 다시 생각에 잠겼다.

「내가 영국에 온 후로는 좁은 바닥에서만 활동해 왔소. 말하자면, 내가 그런 일에 말려들었다가는 지금 내가 맡고 있는 임무에 많은 지장이 있을 거요. 그 일말고도 나한테는 엄청난 일들이 많아요.」

「알아요, 닉. 내가 왜 그걸 모르겠소? 내 말은…….」

「벌써 많은 돈이 투자되어 있소. 영화 회사니, 극장이니, 클럽, 카지노에다…… 손댄 일이 한두 가지가 아니지 않소? 대노, 이곳 런던 부근에 우리가 처넣은 돈은 엄청나요. 우리에게는 뮤지컬 그룹에다가 레코드 회사, 그 밖에도 벌여 놓은 일이 대단히 많다오. 그리고 경쟁자들은 호시 탐탐 노리고 있소. 게다가 이놈의 나라에서는 공무원을 매수할 수가 없소. 경찰도 정부 관리도 돈을 보고 절대로 달려들지 않는다니까. 난 세상에 이런 나라는 생전 처음이오.」

「나도 당신이 사소한 일에까지는 직접 손을 대지 않는다는 걸 알아요, 닉. 당신은 높은 자리에 앉아 지시나 하고 계획이나 세우는 걸 좋아하죠?」

「그렇소. 당신 말이 옳아요, 대노. 그런데 내가 이곳에 머무르고 있다는 사실이 벌써 내 부하들을 난폭하게 만드는 것 같소. 만일 당신이 스스로의 안전을 돈으로 살 수 없다면 혼자 힘으로라도 그 안전을 지켜야 되는 거요. 안 그렇소? 내 말뜻은 청부업자들이 당신의 이번 일에 도움이 되지 않거든, 당신 혼자서라도 당신 일을 완벽하게 해내야 한다는 뜻이오. 알겠소? 지금, 그 보란이라는 녀석말고도 나한테는 골치 아픈 일이 한두 가지가 아니오. 나는 눈코 뜰 새 없이 바쁘단 말이오.」

「당신이라면 눈 깜짝할 사이에 그 일을 끝낼 거라고 생각했소. 모자에 깃털 하나 붙어 있으나마나 아닙니까? 당신한테는 보란도 그 깃털의 하나에 지나지 않을 거요. 게다가 당신은 탤리페론 형제들과는 비교도 안 될 만큼의 실력자요.」

닉 트리거는 지겹다는 듯 한숨을 내쉬었다. 그는 넥타이를 느슨하게 풀고 커피잔을 내려놓았다.

「내가 만약 보란 사건을 맡게 된다면 미국에 있는 카포들에게 동의를 구해야 할 텐데…….」

「그건 염려 말아요. 그들은 맨해튼을 통째로 얻는 것보다도 보란을 더 원하고 있으니까. 내가 보증하겠소, 닉. 날 난처하게 만드는 일만 아니라면 무슨 일이든지 마음대로 하시오. 이렇게 얘기하면 어떻겠소? 내가 런던을 너무 모른다거나, 습관에 익숙지 않다고 말이오. 그리고 당신도 이 일을 직접 맡아 해결하고 싶다고……. 내가 겁을 먹었다고 본국에서 생각하게 하지만 마시고.」

「그럴까, 그럼? 당신이 한 얘기는 사실이오. 더 이상 무차별 총격전이 이 도시에서 벌어졌다가는 이 도시 전체가 봉쇄되고 말 거요. 내 작전에는 범죄 수사국 요원들이 얼씬거려서는 안 돼요. 감쪽같이 해치워야 하니까.」

「범죄 수사국이라니?」

「스코틀랜드 쪽에서는 경찰을 그렇게 부르고 있소. 범죄 수사국, 그놈들은 본국의 FBI보다도 더 지독한 놈들이오.」

「됐소. 그럼 그 얘기를 본국의 위원회에 보고하시오. 그러니까 당신이 보란을 처리해야겠다고 말이오. 난 당신을 지원하는 일을 맡겠소.」

「좋소. 그러나 좀더 생각해 보기로 합시다.」

닉 트리거는 그렇게 대꾸하기는 했으나 마음속으로는 벌써 결정을 해놓고 있었다. 보란은 곧 총알이 숭숭 박힌 고기 덩어리가 되고 말 것이다. 정확히 예정된 시각에 그의 생명은 트리거의 손에 의해 끝장이 나고 말 것이다.

템스 강가의 한 건물 안에서 음산한 얼굴의 사나이들이 그들 앞에 가로놓인 새로운 문제, 그리고 더욱 큰 문제에 대해 얘기하며 앉아 있었다. 그들의 대부분은 잔뜩 찌푸린 얼굴에 날카로운 눈동자를 굴리고 있었으나 몇몇 사람은 잠에서 깨어난 지 얼마 되지 않은 듯 졸리운 얼굴이었다. 대화는 별로 없었다. 시간은 새벽 4시가 가까워지고 있었다.

그들의 지휘자는 런던시의 지도가 걸린 벽을 등지고 그들을 마주 보고 서 있었다. 그는 팔짱을 끼고 사람들이 모두 자리에 앉아 서로 인사말을 나누기까지 기다렸다. 잠시 후 서로 인사를 나누는 속삭임들이 가라앉자 그는 팔을 풀고 작은 연단으로 올라섰다. 거기에는 몇 장의 서류가 놓여 있었다. 그는 조용히 입을 열었다.

「우리들의 일과가 오늘은 너무 늦게 시작되는 것 같소. 벌써 거리는 활발히 움직이고 있으니 말이오. 모두들 거리로 달려나가 바쁘게 움직이고 싶어하는 모양이니까 될 수 있으면 짤막하게 얘기를 끝내겠소.」

그는 자신의 농담에 대해 누군가의 반응을 기다리는 듯 잠시 말을 멈추었다. 그러나 아무런 반응도 없었다.

「내가 지금부터 하려는 얘기는 그 보란이라는 범죄자에 대해서요. 미국에서는 보란에 대해서 누구나 다 알고 있소.여러분들도 그에 대한 얘기는 들어 봤을 거요. 그가 어젯밤 도버를 통해 우리나라로 들어왔다고 판단할 만한 명백한 근거들이 있소.」

그제서야 사나이들은 반응을 나타냈다.

졸음에 겨웠던 눈들이 커다랗게 떠졌다. 뒤쪽에 앉아 있던 한 사내의 입이 갑자기 딱 벌어졌다. 다른 사람들도 이 사태의 중요성을 눈빛으로 서로 교환하였다. 그것이 소문이 아니라 사실이었군, 하고 그들은 갑자기 닥친 사태에 놀라고 당황했다.

「자, 그러면 이처럼 이른 시간에 여러분들을 소집한 것을 이해할 수 있을 거요. 해야 할 일은 많은데 시간이 너무 없소. 정신을 똑바로 차리고 들어주기 바랍니다. 필요한 사항들은 메모해 두는 게 좋을 거요. 뭐든 분명히 이해되지 않는 건 질문하시오. 결코 혼자서 마음대로 짐작하면 안 됩니다. 지금 당장 행동을 취해야 하니까. 보란은…….」

그 회합은 약 40분을 소요했다. 그것으로써 보란이 영국에 나타난 것에 대한 스코틀랜드의 대응책은 완전히 수립되었다. 모든 일상적인 경찰 업무가 일시적으로 중단되었다. 모든 휴가는 무기한 연기되었으며, 가장 능력 있는 것으로 평가되는 경찰들이 맥 보란 사건 전담반에 투입되었다.

그것은 아주 심각하고 주의 깊게 고려된 대응책이었다. 프랑스에 보란이 나타났던 사실, 그리고 거기에서 보란이 야기시켰던 엄청난 사태는 바다 건너 이쪽의 영국인들에게도 대단히 경악스러운 것이었다. 보란이 해협을 건너 영국으로 들이올 가능성은 50퍼센트라고 판단되었다.

그런데 어느 틈에 보란은 이 나라로 스며들었고 몇 시간 지나지도 않은 사이에 벌써 두 건의 엄청난 충격전을 영국인들에게 선사했던 것이다.

일단 정상적인 경찰 업무 계획은 모두 취소되었다. 새로운 작전을 위한 체제로 모든 경찰력이 개편된 것은 그날 아침이었다. 그 체제는 벌써 업무를 개시했고 영국의 모든 범죄 통제 기관은 이 새로운 문제에 대응하기 위한 작전에 투입되었다. 기동 타격

대가 활동을 개시했고 긴급 전화선이 개통되었으며, 지하에 있는 모든 정보원들과의 사이에 밀접한 연락망이 이루어졌다.

5
질 주

보란은 런던에서 격렬한 총격전을 벌일 생각은 전혀 갖고 있지 않았다. 물론 그것은 그가 맞서 싸울 만한 적이 없다고 판단했기 때문이었다. 그는 영국이라는 나라도 그 국민성도 전혀 알지 못했다. 뿐만 아니라, 영국 지역 마피아에 대해서 갖고 있는 정보도 전혀 없었다. 그의 수첩에 몇 개의 이름들이 표적으로서 기록되어 있는 것이 전부였다. 그들의 주소나 행동 반경도 알지 못했으며, 적이 누구이건 현재로서는 그 적에 대한 아무런 감정도 갖고 있지 않았다. 단 하나, 그에게 남은 행동이라고는 될 수 있는 대로 마피아나 경찰의 눈을 피하여 이 고약한 곳으로부터 빨리 빠져 나가는 일이었다. 프랑스를 떠날 때의 보란의 의도는 영국을 경유하여, 바로 미국으로 돌아가는 것이었다. 하지만 이런 계획도 이제 더 이상 가능한 것이 아니었고, 보란도 그 계획에 더 이상 매달리고 싶지 않았다. 바로 앤 플랭클린이 그의 앞에 나타남으로써 사태는 돌변했던 것이다. 잠깐 동안 그는 물결이 밀리는 대로 따라가 볼까, 하는 생각도 들었다. 그리고 지금까지 그는 그렇게 행동해 오고 있기도 했다.

사드 미술관에서 순간적인 격돌이 있은 지 벌써 1시간이 흘렀다. 그곳을 떠난 이래 보란은 계속 움직여야 한다는 것 외에는 아무런 생각도 없이 느긋한 마음으로 한가롭게 차를 몰고 있었다. 앞으로 그가 취해야 할 행동을 머릿속에서 계획하면서 그는 메트로폴리스 광장을 몇 바퀴 돌며 무작정 달렸다.

앤 플랭클린과 찰스라는 사내가 그의 마음속에서 고민거리로 남아 있었다. 그 귀엽고 사랑스런 여자가 아무런 무장도 갖추지 않고 위층의 클럽 룸에 앉아 있던 것이, 그리고 도버 해협에서 마피아들로부터 그를 구출해 낸 사내들이 생각났다. 그런데 이유는 무엇일까? 왜 그들은 나에게 그런 도움을 베푼 것인가? 그리고 목숨을 잃을지도 모르는 위험을 무릅쓰고 날 구출해 낸 목적은 과연 무엇인가? 그들로 하여금 이런 골치 아프고 복잡한 문제 속으로 뛰어들게 만든 것은 무엇일까?

보란은 사드에 있는 사람들에 대한 자신의 지나친 반응 때문에 약간의 죄책감을 느꼈다. 생각이 거기에 미치자 그는 자신의 죄책감과 논리를 서로 대항시켜 마음속에서 전투를 벌였다. 그는 항변했다. 그들의 목적도 모르는데 어떻게 그들이 내미는 손을 잡을 수 있겠는가? 그것은 보란에게는 안일하고 이기적인 일이었다. 최근에 벌인 개인 전투가 그것을 충분히 증명해 주고 있었다. 그에게 온정의 손을 내밀었던 모든 사람들은 결국 이런 저런 식으로 죽어 버렸던 것이다. 마피아들이란 적에게 여하한 동정심도 보이지 않는 무리들이었다. 보란이 사랑하는 사람들의 주검이 캘리포니아 전투때 사방에 널브러져 있지 않았던가. 더구나 온갖 고문과 학대를 받기까지 했다……. 프랑스에서 그는 하마터면…….

그는 머리를 흔들며 그런 생각을 지워 버렸다. 맥 보란은 장례식과 같은 호사를 누릴 수는 없었다. 프랑스에서의 가슴 아픈 사건 이후로 보란은 결코 다시는 어떤 우정 어린 단체와의 관계도 기피하겠다고 맹세했었다.

그 문제는 이제 결론 지어졌다.

다음 문제는 런던을 빠져 나가는 일이었다. 그 일은 이렇게 좋은 차를 타고 있는 한 쉬운 일이 아닐 것은 분명했다. 마치 우뚝 솟아서 번쩍이는 네온사인처럼 금방 눈에 띄는 거창한 외제 승용차를 타고서는 거의 불가능하리라.

보란은 차의 콤팩트 등을 뒤졌다. 예상했던 대로 런던시의 지도를 발견했을 때 그는 몹시도 반가웠다. 사실 그는 이미 오래전부터 길을 잃고 있었던 것이다. 그러나 이제 지도를 발견한 이상, 그의 뛰어난 방향 감각은 곧 지도 위에서 그의 위치를 확인해 줄 것이고, 그리하여 그의 목적지도 좀더 뚜렷해질 것이었다.

그러나 적어도 몇 분 동안 그는 미궁 속을 더 헤매야 했다. 곧 그는 거대한 도로로 나서게 되었고, 그 후 마담 투소드의 밀랍인형 곁을 지나쳤다. 이제 보란은 자신의 위치를 완전히 파악할 수 있었다. 그는 리젠트 공원과 동물원 바로 남쪽의 매리리본 도로 위를 달리고 있었다.

그는 도로 한쪽에 차를 세우고 지도를 세밀히 살펴보았다. 그는 런던의 지리를 어느 정도 눈에 익혀 두어야 했다. 그의 현재 위치는 북쪽 끝, 시 중앙으로부터 약간 서쪽으로 벗어나 있는 곳이었다. 런던 공항은 현 위치에서 좀더 서쪽에 위치하고 있었다. 그는 재빨리 두 지점 사이의 거리를 계산해 보았다. 갑자기 그는 본능에 이끌린 듯 차에서 내리더니 뒤 트렁크를 조사하기 시작했다.

그 트렁크 안을 들여다본 보란은 자신이 네 바퀴 달린 차만을 몰고 다닌 것이 아니라는 사실을 알았다. 그는 또한 병기고도 인수받은 셈이었다. 트렁크는 각종 화기들로 가득 차 있었다. 그 가운데에는 쇼도프 소총, 이스라엘제의 우지 반기관총, 고성능 폭약의 볼트, 조준 망원경이 부착된 웨더비 마크 V 50발짜리 연발 기관총 등이 들어 있었다. 보란은 이 마지막 화기를 발견한 순간 휘파람을 불었다. 그 총은 총만큼의 가격을 줘야 구할 것 같은 고급스러운 가죽 케이스에 들어 있었다. 게다가 탄창도 삽입되어 있었으며 언제라도 사격할 수 있도록 완전 무결하게 손질되어 있었다. 그뿐이 아니었다. 그 총에는 1000야드까지를 측정할 수 있는 조준 망원경까지 부착되어 있었다. 총 케이스에 붙어 있는 주머니에서 보란은 탄도를 그린 그래프와 그 탄도에 대한 설명서까지도 찾아냈다. 보란은 다시 한 번 깜짝 놀라며 휘파람을 불었다. 그 그래프에 의하면 탄도는 일직선 밑으로 처져 빗나가는 경우가 최대한으로 잡아도 5인치 이하였고 직선 사격거리는, 그것은 교정이 불가능했는데 400야드 가량이었다.

웨더비는 성능이 좋은 화기였다. 이것이 있다는 것은 이 무기를 다룰 줄 아는 탁월한 사격수가 적 가운데에 있다는 것을 뜻했다. 보란은 그 총을 갖게 된 것만이 기쁜 것이 아니라 이제 적에게는 그 총이 없다는 사실이 더욱 기뻤다. 누구든 저런 총을 조립하고 조작할 수 있는 사람이라면 그것을 정확히 사용하는 방법도 알고 있음이 틀림없었다. 이런 생각이 그에게 적에 대한 경계심을 심어 주었다. 그들 모두가 바보는 아닌 것이다. 그들 중 몇몇은 죽음에 대한 전문가였다. 웨더비는 이런 소름 끼치는 사실을 보란에게 상기시켜 주었다.

보란은 그 무기들을 트렁크 속에 챙겨 넣고 다시 차를 몰기 시작했다. 매리리본 도로와 교차로를 지나 옥스퍼드를 향하여 도로를 따라 달렸다. 다음에는 하이드 파크 동쪽과 접하고 있는 널찍한 파크 가(街)를 넘어섰다. 그는 런던 힐튼을 지나서 나이츠브리지를 지났고, 그 다음 크롬웰 가를 지나 런던 공항을 향하여 신나게 달려갔다.

그는 우선 공항 터미널에 들러야 했다. 파리에서 그 자신이 송탁한 가방을 찾기 위해서였다. 가방 안에는 그에게 필요한 많은 물건들이 가득 들어 있었다. 옷도 구두도 갈아 입어야 했다. 그 외에도 유용하게 쓸 수 있는 것들, 마르세유에서 그가 산 물건들이 있었다.

보란은 링컨 콘티넨털의 트렁크에 들어 있는 화기들을 마음에 두지 않을 작정이었다. 만일 예상대로만 된다면 그는 그것을 전혀 사용할 필요가 없을 것이다. 보란의 목적은 이곳에서 사라지는 것이지 전쟁을 유발하려는 것은 아니었다. 웨더비에 대해서는 미련이 남지 않는 것은 아니었다. 다른 화기들은 거의가 평범한 것들이었고 그런 정도의 화기들은 마음만 먹으면 언제 어디서라도 구할 수 있는 것들이었다. 그러나 지금 현재로는 베레타만으로 충분했다.

런던 공항은 몹시 혼잡스러운 곳이었다. 산을 넘고 바다를 건너 다른 대륙으로 가는 항공기들이 국내선 항공기와 다른 터미

널을 썼다. 보란을 더 정신 없게 만드는 것은 화살표들이었다. 화살표를 따라가다 보면 전혀 엉뚱한 곳으로 들어서 있는 자신을 발견하게 되곤 했다. 그 혼돈에 큰 몫을 하는 것은 짙은 안개였다. 안개는 다른 지역보다도 특히 이 공항 부근이 더 심한 듯했다. 20분이 넘도록 실수와 반복을 거듭한 끝에 보란은 드디어 공항 터미널 건물로 들어서는 길을 찾아냈고 다시 10분이 넘도록 온 정신과 주의력을 쏟은 결과 그는 수화물 송탁소를 찾을 수 있었다. 그가 송탁소로 들어설 무렵에는 자신이 공항의 모든 출입구를 훤히 알게 되었다는 사실 또한 발견했다.

공항에서 가방을 찾는 절차는 간단했다. 그는 가방을 찾은 다음 표를 사기 위해 매표구로 다가갔다.

그가 매표구 앞으로 몇 걸음 다가갔을 때 그의 옆으로 누군가가 다가오더니 긴장으로 억눌린, 그러나 몹시 흥분된 목소리로 그에게 말했다.

「안 돼요! 안 돼요, 보란.」

앤 프랭클린이었다. 그녀는 아직 그의 삶으로부터 떨어져 나가지 않은 모양이었다.

런던의 짙은 안개 속에 서 있는 그녀는 정말 매혹적으로 보였다. 짧은 코트를 입고 귀여운 방울이 달린 작은 모자를 쓰고 있었으며 아주 걱정스러운 얼굴을 하고 있었다. 보란의 손이 서서히 상의 속으로 미끄러져 들어갔다.

「왜 안 된다는 거요?」

그녀는 숨을 몰아 쉬며 대답했다.

「찰스가 당신을 찾아서 알려 주라고 했어요. 범죄 수사국 요원들이 당신을 찾아내기 위해 도처에 깔려 있다구요. 물론 여기에도 있을 거예요. 찰스 얘기로는 매표소마다 범죄 수사국 요원들이 대기중이라고 했어요.」

「매표소마다?」

「그래요. 아시겠어요? 이런 식으로는 영국에서 빠져 나갈 수 없어요.」

보란은 재빨리 마음속으로 결정을 내렸다. 그는 그녀와 팔짱을 끼고 차로 되돌아왔다. 그녀를 차에 태운 그는 가방을 뒷좌석에 놓고 운전석에 앉아 천천히 차를 몰기 시작했다.

그들이 공항을 벗어나 크롬웰 가로 들어선 뒤에야 보란은 입을 열었다.

「다시 한 번 감사를 드려야겠소. 그런데 그들은 어떻게 처리했소?」

「누구 말씀이에요?」

「당신이 사드 미술관을 떠날 때 마피아들이 미행자를 붙이던데.」

그녀는 웃으면서 귀엽게 머리를 흔들었다.

「아, 그거요? 처음엔 그 사람들 멋대로 미행하도록 놔두다가 피커딜리 부근에서 따돌렸어오.」

「당신 보통 여자가 아니군.」

「미국 여자들보다는 나을 거예요.」

보란은 한숨을 내쉬었다.

「그 차가운 안개 속에서 얼마 동안이나 날 기다렸소?」

「오래 기다리지는 않았어요. 사실 난 당신이 벌써 그곳을 빠져 나갔을지도 모른다고 생각했거든요. 찰스가 나한테 전화를 한 게 4시를 조금 지난 시각이었어요. 난 통화를 끝내자마자 곧 달려왔죠. 스톤 소령은…… BOAC(영국 항공 회사) 운전사 말예요, 그는 당신을 따라잡기 위해 웨스트 런던 터미널로 갔구요. 아마 내가 운이 좋았나 봐요. 이곳에서 내가 당신과 만나게 됐으니까요.」

「그렇소. 당신은 운이 좋은 여자요.」

「그런데, 소호로부터 빠져 나가기는 아주 힘들었을 텐데……. 찰스한테서 그 얘기를 들었어요. 우리들은 당신이 아주 자랑스러워요.」

보란은 이런 상황에서 자신의 밀림 법칙을 고집할 수가 없다고 판단했다. 그는 거의 보이지 않을 정도로 희미하게 입술 끝으로만 웃으며 말했다.

「좋소. 같이 일해 봅시다. 이번만이오. 그러나 이 사실을 결코 잊지 마시오. 당신들이 나에게 우정을 베푼다는 것은 당신들이 나의 적들의 공격 대상이 된다는 것을 의미하오. 그놈들은 아주 난폭한 놈들이오. 그리고 당신들이 내 적으로 돌변한다면 그때는 나도 대단히 난폭한 놈이 된다는 것을 명심해 둬야 할 거요.」

그녀는 아무렇지도 않다는 듯 미소 지으며 대답했다.

「우리도 그쯤은 다 알아요. 모든 위험을 각오하고 있어요.」

보란은 더 이상 아무 말도 할 수 없었다. 그들은 크롬웰 가를 따라 몇 분 동안 말없이 달려갔다.

그 침묵을 깨고 먼저 입을 연 것은 앤 프랭클린이었다.

「글로세스터 가가 바로 앞에 있어요. 거기에서 왼쪽으로 방향을 바꾸세요. 패딩턴으로 가서 북쪽으로 계속 달려야 해요.」

「목적지는 어디요?」

「퀸스 하우스예요. 당신도 열쇠를 갖고 있죠?」

「그건 당신 집인 줄 알았는데…….」

「그래요. 내 집이에요. 내 비밀의 집. 아시겠어요? 안전한 곳이에요.」

보란은 똑바로 앞만을 바라보며 말했다.

「알았소. 기억해 두지.」

그녀는 그의 곁으로 바싹 다가앉더니 그의 어깨에 얼굴을 기대었다.

「너무 깊이 생각하지 말아요. 거기엔 당신과 나만 있게 될 거예요, 보란. 그리고 우린……. 지금보다도 훨씬 더 서로를 잘 알게 될 거구요.」

보란은 그때 두 가지 감정에 얽혀들고 있었다. 사드 미술관에서 갖가지 고문 기구들을 보았을 때의 기분이 그 하나였고, 다른 하나는 그의 어깨에 얼굴을 묻고 있는 이 아름다운 여자에 대한 감정이었다. 그는 다리가 긴장으로 뻣뻣해지는 것을 느꼈다. 그는 목청을 가다듬었다.

「우리가 좀더 친해지기를 기대해 보겠소.」

앤 프랭클린은 달콤한 목소리로 보란의 말을 받았다.

「난 틀림없이 그렇게 될 거라고 생각해요.」

그러나 보란은 아무것도 확실히 믿을 수 없었다. 이제 물결은 어느 쪽으로 흘러가고 있는 것인가? 나의 본능은 어느 방향으로 나를 인도할 것인가? 보란은 생각에 잠긴 채 계속 차를 몰았다.

6
위 기

앤 프랭클린이 차를 주차시키기 위해 건물 뒤쪽으로 천천히 차를 몰아가는 동안 보란은 먼저 차에서 내려 그 부근을 일단 관찰했다. 러셀 광장은 런던 대학교와 대영 미술관에서 가까운 곳으로 런던 북동 지역에 있는 매혹적인 작은 공원이었다. 퀸스 하우스는 조지아 풍의 건축 양식으로 지어진 건물로 광장의 남쪽을 향하고 있었다. 주로 가족들이 주말을 즐기기 위해 찾아올 듯싶은 느낌을 주는 곳이었다. 지은 지 오래된 것 같았으나 몹시 임대료가 비싼 아파트임이 분명했다. 보란의 관찰은 완벽했고 그리고 재빨랐다. 그는 적이 근처에 있다는 아무런 냄새도 맡을 수 없었다. 그때 앤이 그의 가방을 들고 차고에서 나오는 모습이 보였다. 두 사람은 뒷문을 통해 퀸스 하우스 안으로 들어섰다.

뜻밖에도 그녀의 아파트가 아주 소박하게 꾸며져 있음을 보자 보란은 조금 어리둥절했다. 그는 사드 미술관과도 같은 에로틱한 분위기가 그대로 그녀의 아파트에도 옮겨져 있으리라고 상상했었다. 그러나 그녀의 방에는 꼭 필요한 최소한의 가구들만이 놓여 있었고, 그래서 도서관과도 같은 분위기를 풍겼다.

「다시 한 번 나와 동행해 주셔서 고마워요. 사실 이 집은 내가 사는 곳이 아니에요. 여기는 뭐랄까…… 일종의 도피처예요. 사람들이나 어떤 문제가 좀 성가시다 싶을 때요.」

방으로 들어서며 앤이 말했다. 보란은 가방을 들고 거실로 가서 창 앞에 다가섰다. 창에는 두터운 커튼이 쳐져 있었다. 그는 커튼을 조금 열고 밖을 살펴보았다. 밖은 아직도 안개가 자욱했다. 바로 맞은편의 공원에서 가로등이 안개 때문에 희미하게 떠올라 있었다.

「침실은 왼쪽이고 주방은 오른쪽이에요. 어느 쪽이 더 마음에 들어요? 침실이에요, 아니면 술 한 잔이에요?」

보란은 한숨을 내쉬며 그녀에게 돌아섰다.

「갑자기 피곤해지는 기분이오. 좀 쉬는 게 좋을 것 같소.」

「루는 침실 곁이에요.」

「루라니?」

그녀는 웃음을 터뜨렸다.

「욕실 말이에요. 당신 샤워하고 싶죠?」

「고맙소. 정말 그래야겠소.」

보란은 침실로 가서 가방을 의자 위에 올려놓고 열었다. 그녀는 보란을 바라보고 있었다. 그녀가 좀 불안해 보였다. 보란은 상의를 벗고 그녀에게 물었다.

「이 옷을 어디 거는 게 좋겠소?」

그녀의 눈은 그의 가슴에 걸려 있는 권총 벨트에서 못 박혀 있었다. 그녀는 옷장을 가리키며 거의 속삭이듯 말했다.

「저기요.」

옷장에는 대여섯 개의 빈 옷걸이만이 덩그렇게 걸려 있었다. 보란은 갈아 입을 양복 한 벌과 상의를 옷장에 걸었다.

「여기가 당신의 도피처라고 했소?」

그녀는 아직도 놀란 눈으로 그를 바라보고 있었다.

「내가 사는 곳이 아니라고 이미 말씀드렸잖아요. 난 스톤 소령과 같이 살아요.」

「그렇군.」

그녀는 몹시 긴장한 얼굴로 보란 곁으로 다가왔다. 보란은 가방에서 물건들을 꺼내는 중이었다. 그녀는 내키지 않는다는 듯 입을 열었다.

「당신한테 잘못된 인상을 준 것 같군요. 아까 말예요. 우리가 서로 좀더 잘 알게 될 거라고 했을 때 난 그러니까…… 침대 속에서 알게 된다는 걸 뜻하지는 않았어요.」

보란은 피곤하다는 듯한 표정을 짓고 별다른 감정이 섞이지 않은 투로 대꾸했다.

「물론 나도 그렇게 생각하지는 않았소.」

그녀는 망설이듯 덧붙였다.

「내가 당신을 싫어한다는 뜻은 아니에요. 사실 난…… 모든 남자들을 무서워한답니다.」

보란은 한동안 말없이 그녀를 바라보다가 머리를 끄덕였다.

「무슨 말인지 알겠소.」

그는 슈트케이스의 비밀 포켓을 열고 남아 있던 그의 〈전투 자금〉들을 꺼냈다. 그것은 고액권 지폐로 약 수천 달러 가량 되는 현금이었다. 그는 돈을 침대 머리맡의 탁자에 놓고, 그 위에 베레타를 올려놓은 다음 와이셔츠를 벗기 시작했다.

앤 프랭클린은 그가 침대 위에 꺼내 놓은 야간 전투용의 얇은 옷을 가리키며 말했다.

「당신은 검은 색 속옷을 입나요?」

보란은 웃음을 터뜨렸다.

「그건 내 전투복이오. 어떤 스페인 사람은 마이애미에서 날 만났을 때, 그 검은 옷이 적의 가슴을 공포로 얼어붙게 하는 효과를 가졌다고 하더군. 그러나 그런 이유로 그걸 입는 건 아니오. 검은 색은 밤에 남의 눈에 잘 안 띄게 마련이오. 또 옷이 몸에 꼭 끼니까 좁은 장소에 드나드는 데도 적당하구.」

「특공대처럼?」

「그와 비슷하오. 그러나 그건 옛날 얘기요.」

그들의 대화에는 이제 긴장이 풀려 있었고 조금은 동지와도 같은 친밀감이 흐르게 되었다. 그녀는 그 야간 전투용 복장을 꺼내 자신의 몸에 감아 보았다.

「이 옷 따뜻한가요?」

「얇아도 보온성이 뛰어나죠.」

보란은 양말과 구두를 벗기 위해 침대에 걸터앉았다.

「그런데 아까 당신이 무서워한다고 한 게 남자들이오? 그게 정말이오?」

그녀는 보일듯 말듯 얼굴을 붉히며 그 옷을 침대 위에 올려놓았다.

「그래요. 난…… 바보 같죠? 그러니까…… 내가 알아온 남자들은 모두…… 무서워했어요.」

「스톤 소령 같은 사람도 포함해서요?」

「오해 말아요. 스톤 소령님은 나한테는 아버지 같은 분이에요. 그 분은 내가 열두 살 때부터 날 키워 주셨어요.」

「아, 그랬군.」

보란은 전기 면도기를 찾기 위해 가방을 뒤졌다.

그녀는 더 설명해야겠다는 필요성을 느낀 것 같았다.

「스톤 소령님은 절대로 거칠게 대한 적이 없어요. 단 한 번도요. 그 분은 날…… 모든 것으로부터 보호해 주세요. 또 그 분이 가진 것 중 제일 좋은 것을 항상 나에게 주시죠.」

「좋은 사람이로군. 여기는 커피도 없는 모양이죠?」

그녀는 주방 쪽으로 바삐 걸어가며 말했다.

「있어요. 먼저 샤워부터 하세요. 난 주방에서 뭘 좀 준비할 테니까요.」

보란은 그녀가 방에서 나가는 것을 지켜보았다. 기이한 생각이 들었다. 왜 이들이 자신에게 이처럼 세심하게 신경을 쓰는지 그로서는 이해할 수가 없었다. 그리고 그는 그들의 보살핌 때문에 오히려 더 지치는 기분이었다. 그는 옷을 벗고 손목 시계를 풀었다. 시간은 거의 7시에 가까웠다. 길고 긴 밤이 이제 거의 지나고 있었다. 침실은 추웠다. 그러나 보란은 몸을 떨 기운조차도 없었다. 그는 베레타와 면도기를 들고 욕실로 들어갔다.

10분쯤 뒤에 욕실 문을 가볍게 두들기는 소리가 나더니 앤 프랭클린이 들어섰다. 그녀는 낮은 소리로 노래를 흥얼거리며 쟁반을 받쳐 들고 있었다. 보란은 따뜻한 물로 가득 찬 욕조 속에서 가만히 눈을 감고 있었다. 그는 완전히 긴장을 풀고 있는 듯했고 거의 잠든 것처럼 보였다. 그러나 반쯤 감긴 눈으로 그는 그녀의 움직임을 낱낱이 지켜보고 있었다.

그녀는 욕조 옆으로 높다란 의자를 옮겨 놓고 그 위에 쟁반을 놓았다. 그녀는 보란이 손닿기 쉬운 곳에 타월로 싸둔 베레타를 보고는 한숨을 내쉬며 말했다.

「어떤 사람이 잘 때도 총을 끌어안고 잔다는 얘기를 들은 적이 있어요, 보란. 그런데 좀 지나치다고 생각지 않아요?」

그녀의 말투에는 따뜻한 애정이 배어 있지 않다는 것을 보란은 알아챘다. 처음 만났을 때와 같은 긴장된 목소리로 그녀는 말하고 있었다.

「생존을 위한 행동은 조금도 지나친 짓이 아니오.」

그는 눈을 감은 채 침착하게 대답했다.

그녀는 보란을 외면하면서 냉정한 어조로 말했다.

「물론 그런 일에 대해서는 나보다 당신이 훨씬 더 잘 아시겠죠. 커피와 머핀 빵을 가져왔어요. 먹는 것도 생존의 문제예요.」

보란은 킬킬거리며 팔을 뻗었다. 그녀는 커피잔을 그의 손에 쥐어 주며 물었다.

「잠을 자본 지 얼마나 됐죠?」

「잊어버렸소.」

「그럼 너무나 오래되었다는 얘기로군요.」

그녀는 욕조 옆의 바닥에 무릎을 꿇고 앉아서 머핀 빵을 잘라 보란의 입에 넣어 주었다. 그는 이런 것을 먹은 지도 꽤 오래되었다고 생각하며 빵을 먹었다.

「당신은 좀 이상한 사람이군요, 보란.」

「그렇지도 않소. 나도 남들과 똑같은 기분과 욕구를 가진 평범한 사람이오. 당신은 아직도 내가 두렵소?」

그녀는 머뭇거리다가 대답했다.

「두렵지 않아요.」

「난 당신이 두렵소.」

보란은 그녀를 똑바로 바라보았다.

그녀는 잠시 말문이 막힌 듯 그를 바라보다가 입을 열었다.

「그렇다 해서 내가 우쭐할 필요는 없을 것 같군요.」

보란은 한숨을 내쉬고 미소 지으며 설명했다.

「생존의 본능이오. 난 모든 사람을 최악의 경우로 의심해야 하는 거요.」

「그럼 왜 사나요? 제 말은 그런 의심 속에서 혼자…….」

보란은 깜짝 놀랐다. 그녀의 말이 그의 마음속에 순간적으로 어떤 경이로운 깨달음을 불러일으켰다.

그는 그와 똑같은 질문을 스스로에게 한두 번 던졌던 것이 아니었다. 또한 앤 프랭클린에게서만 그런 질문을 받은 것은 아니었다. 이미 오래 전에 몇몇 사상가들은 그녀의 의문과 같은 문제를 제기했었다.

〈사랑과 믿음이 없으면 이미 사람 그 자체도 죽은 것이다. 그는 다만 그 사실의 공식적 선언을 기다리고 있을 뿐인 주검이다.〉

그렇다. 보란도 그런 관념에 대해 숙고해 보았었다. 그리고 그는 그런 관념을 거부하는 쪽을 택했다.

「난 해야 할 일이 있소. 내가 사는 이유는 그 일을 성취하기 위해서요. 나에게 생존이란 바로 그런 뜻이오.」

「살인을 말하는 거군요.」

작은 목소리로 그녀는 대꾸했다.

「그렇소.」

「당신은 다만 죽이기 위해 사는 것 같군요.」

「그렇다고 할 수 있소.」

그는 커피를 다 마시고 잔을 그녀에게 돌려 주었다.

「난 그런 얘기는 이해할 수 없어요.」

그녀는 거의 들리지 않을 정도로 나지막히 말했다.

「그럼 믿지 마시오.」

「만일 내가 당신의 적이라고 판단되면 당신은 날 죽일 건가요?」

그는 희미하게 웃었다.

「당신은 내 적이오?」

「아니에요.」

「그럼 됐소. 난 친구를 죽인 적은 한 번도 없소.」

그녀는 두 눈에 슬픔을 가득 담고 한동안 그를 바라보았다. 그녀는 그를 외면하며 깊은 한숨을 내쉬었다.

「영국에는 당신의 진정한 친구란 한 명도 없어요. 이렇게 하는 게 어때요? 영국의 모든 인구를 단번에 학살해 버리세요. 그리고 하루 빨리 이곳을 떠나세요.」

그녀는 욕실 밖으로 나가 버렸다.

빌어먹을, 하고 보란은 혼자 중얼거렸다. 그녀는 그가 마음을 열기를 바라고 있었다. 그녀를 경탄시키고 만족감을 느끼게 할 어떤 것을 말해 주기를 바라고 있었다. 그러나 무엇 때문에 그래야 할 것인가? 그녀는 그녀 자신이 좋아하지도 않은 어떤 것을 내부에 간직하고 있었다. 그리고 누군가가 그녀에게 그것이 가치 있는 것이라고 얘기해 주기를 바라는 것이었다.

그러나 보란은 그런 얘기를 하고 싶은 생각은 추호도 없었다. 그는 자신 외에는 아무도 믿을 만한 사람이 없는 극한 상황을 오래도록 혼자 힘으로 헤쳐 나온 사람이었다. 예를 들면 지금도 이 따뜻한 물 안에 그의 모든 고통과 고독을 내던지는 것은 아주 쉬운 일이었다. 그렇다면 더 이상의 공포도, 피비린내 나는 전투도 없을 것이다. 앤 프랭클린의 욕실에서 따뜻하고 행복하고 고요한 망각만을 느긋하게 향유할 수도 있으리라. 왜 안 될 것인가? 누가 맥 보란에게 이 병든 사회의 의사가 되라고 지시하기라도 했단 말인가? 온 세계가 마피아라는 암세포로 뒤덮인다 한들 보란이 모든 걸 포기한다면 그게 무슨 상관이란 말인가? 보란보다 이 일을 더 훌륭히 해낼 수 있는 외과 의사가 또 없다고는 단정할 수 없지 않은가.

그를 계속 이 일에 붙들어 놓고 있는 것은 단지 그 혼자만의 문제가 아닌가? 신문에서는 그를 돈키호테라고 불렀다. 신문은 차라리 그를 건방진 재판관이라 불러도 좋으리라. 그렇다. 오히려 그게 더 적합할지도 모른다. 자기 도취에 빠진 서구 세계의 구세주…….

보란이 잠을 자지 않고 지낸 것은 벌써 60시간이 넘어 있었다. 그 시간 동안 그는 잠시도 긴장을 풀어 보지 못했다. 수백 마일을, 여러 가지의 수송 수단을 이용하여 작전상 후퇴를 하면서 그는 법의 집행자들과 지하 세계의 조직들로부터 계속 추적을 받고 있었다. 그는 네 번씩이나 죽음의 함정에 빠지기도 했었고 세 나라의 경찰들을 속이고 그들의 추격을 물리쳐야 했었다. 그런데도 그는 아직 자신을 보호할 안전한 장소를 찾지 못했다.

지금 그는 정신적인 힘도, 육체적인 힘도 거의 모두 탈진한 상태였다. 마지막 한 조각의 기운도 그에게는 없었다.

다른 사람들이라면 훨씬 이전에 완전한 패배를 자인하였을 것이다. 보란에게의 패배의 순간은 한 젊은 여자의 눈에 떠오른 혐오의 표정으로 나타났다. 그것은 불시에 그를 스스로에 대한 깊은 의혹에 빠져들게 만들었다.

무한한 듯한 시간 동안, 아니 오히려 시간이 흐르지 않는 듯한 정지의 어떤 순간을 보란은 그 따뜻한 욕조 속에서, 삶에 대한 본능과 죽음의 안락함 사이를 방황하였다. 그러나 베레타를 의식한 순간 그는 환상 속에서 빠져 나왔다.

현재의 그가 의식하는 위험은 완전히 그의 내부에 있었음에도 불구하고 그의 기운이 완전히 탈진되었다는 사실이 집 밖 어디엔가 있을 가상의 적을 자꾸만 떠오르게 하였다. 그러나 그 적이 단지 가상에 의한 것임에도 불구하고 그것에 대한 보란의 반응은 재빨랐고 예리했다.

보란이 욕조에 걸터앉아 있을 때 프랭클린이 다시 욕실문 가에 나타났다. 그는 베레타를 꼭 움켜쥐고 두 눈으로 한 곳을 똑바로 노려보고 있었다 그가 중얼거렸다.

「됐소. 됐어.」

그녀는 재빨리 상황을 알아차렸다. 그녀는 무릎을 꿇고 한팔로 보란의 어깨를 감싸안았다. 다른 한 손은 그가 쥔 베레타의 총구를 잡았다. 그녀는 속삭이듯 말했다.

「총은 이리 주세요, 맥.」

「괜찮소.」

보란은 사실상 거의 무의식의 상태였다. 앤 프랭클린은 그것을 알 수 있었다.

「총을 이리 줘요. 물에 다 젖겠어요.」

그는 총을 놓았다. 그녀는 베레타의 안전 장치를 잠근 후 조심스럽게 바닥에 내려놓았다. 그리고 타월로 보란의 어깨를 감싸주며 말했다.

「이제 침실로 가요.」

그는 욕조에서 일어난 다음 조금 비틀거리다가 한 손으로 벽을 짚고 몸의 균형을 잡았다. 그녀는 그를 부축하여 침실로 이끌어갔다.

그녀가 그를 침대에 누이고 커버로 몸을 덮고, 베개 위에 머리를 편히 해주려고 애쓰자 그는 다시 중얼거렸다.

「됐소. 괜찮아요.」

「그래요. 알아요.」

「내 총은 어디 있소?」

그녀는 침실을 잠깐 나갔다가 권총을 들고 돌아와서 보란에게 보여 주고는 그것을 베개 밑에 찔러 넣었다.

「이제 됐어요?」

「음!」

보란의 두 눈이 그녀를 찬찬히 바라보다가 갑자기 자신의 몸을 살펴보고 투덜거렸다.

「이런, 난 벌거숭이로군.」

그녀는 따뜻하게 미소하며 대답했다.

「완전히 벌거숭이에요. 몸도 마음도…….」

그녀는 시트 커버로 다시 그의 몸을 잘 덮어 주었다.

「고맙소.」

「이제 좀 주무세요.」

보란은 두 눈의 초점을 맞추려고 노력하고 있었다.

「나한테 왜 사느냐고 물었었소? 대답하겠소. 나는 이기기 위해서 사는 거요. 내가 죽으면 그놈들이 이기는 거요. 그놈들이 이기게 내버려 둘 수는 없소. 그놈들이 전지 전능하지 않다는 사실을 깨닫게 해줘야겠소. 그놈들을 죽음으로 몰아 넣고…… 그놈들을 공포에 떨게 하고…….」

「그래요. 알았어요. 그만 하세요.」

「그게 모두요. 이건 자기 도취가 아니오. 건방진 재판관도 물론 아니오. 하나의 전술이오. 그놈들 방식으로 그놈들을 공격하는 거요.」

「그래요, 그래요. 다 이해할 수 있어요.」

그녀는 일어서더니 그의 눈을 똑바로 바라보며 옷을 벗기 시작했다.

「뭘 하는 거요?」

그녀를 바라보고 있던 그가 놀라며 물었다.

그녀는 브래지어를 벗더니 그의 눈앞에서 그것을 흔들다가 바닥에 떨어뜨렸다.

「잠잘 준비를 하는 거예요.」

그녀는 팬티를 두 손으로 끌어내리고 다리를 옮겨 팬티로부터 빠져 나왔다. 보란은 한 팔을 짚고 반쯤 몸을 일으키며 말했다.

「지금은 안 되겠는데, 난 지금 너무 피곤해서…….」

「정말이에요?」

그녀는 그를 바라보며 대꾸하고는 커버를 들치고 그의 곁으로 미끄러져 들어와 알맞게 부풀어 오른 젖가슴을 그의 몸에 꾹 눌렀다.

「나에게도 생존의 문제가 있어요.」

그녀는 몸을 가늘게 떨며 속삭였다.

그는 두 팔로 그녀를 힘껏 끌어안았다. 그녀의 몸은 마치 한 마리 작은 새처럼 그의 넓은 가슴 안에서 파들거렸다. 그녀는 나지막하게 신음했다. 보란이 중얼거렸다.

「아아, 기분 좋군.」

잠깐 뒤 앤은 보란의 두 팔이 스르르 풀리는 것을 느꼈다. 그의 온몸에서 모든 기운이 하나도 남김 없이 빠져 나가는 것처럼 느껴졌다. 팽팽히 긴장되었던 그의 의식까지도 그렇게 풀리는 듯했다. 그녀는 그를 침대 위에 바로 누이고 베개를 그의 머리 밑에 편안하게 받쳐 주었다. 그녀는 그의 얼굴을 잠시 동안 바라보다가 그의 입술에 키스했다.

「무정한 보란.」

그녀는 얼굴을 그의 가슴에 묻고 아주 편안히 그의 잠 속으로 흡수되어 들어갔다.

두 사람 모두에게, 한 남자와 한 여자에게 있어서 생존의 위기는 그 나름대로의 방식으로 다가왔다. 또한 그들 나름대로의 방식으로 해소되어 기억의 저편으로 물러갔다. 그러나 그 위기는 단 한 번으로 끝나는 것이 아니었으며 내일이라도 또다시 그들에게 찾아올지도 모를 일이었다.

7
카포들의 협의회

길고도 길었던 맥 보란의 밤은 끝났다. 그러나 대서양 너머 미국 대륙의 동부 도시에서는 그날의 밤이 시작되고 있었고, 마피아의 두목들은 비공식적인 회합을 갖고 있었다. 회의는 교외에 자리잡은 강력한 뉴욕 가문의 우두머리인 오기 마리넬로의 저택에서 열렸고, 회의의 의제는 맥 보란을 어떻게 해야 할 것이냐 하는 것이었다.

일반적으로 널리 유포된 신화와는 달리 우두머리 중의 우두머리 카포들의 의장은 없었다. 살바토레 마란자노를 처음이자 마지막으로 모든 카포들 중 최고의 카포로 삼았었고, 1931년의 대전투에서 그가 죽은 이래 그런 것은 없어져 버린 것이다. 그 대신에 각 지방의 코사 노스트라 가문이 위원회나 두목 협의회를 대표하였고 그 위원회와 우두머리 협의회가 범죄 신디케이트를 지배하였다.

현재의 회합은 대규모의 정식 협의회는 아니었으나 주목할 만한 세력들이 참석하고 있었다. 참석한 사람들은 마리넬로와 그 외에 뉴욕 가문들에서 온 보스 둘, 그리고 근처의 지역을 지배하는 여러 명의 영주들이었다. 1957년의 애팔래치아에서의 회합 이후로 이처럼 큰 규모의 회합은 일찍이 없었다고 할 수 있었다. 그러나 몇 주일 전 마이애미에서의 대회합은 애팔래치아 회합의 놀라운 규모를 영원히 마피아들의 기억에서 사라지게 했다. 그것이 모두 맥 보란 때문이었다.

이제 동부의 세력가들은 깊은 생각에 잠긴 채 앉아 있었다. 거기에 참석한 모든 사람들은 마이애미에의 회합에도 왔던 사람들이었다. 그 경악스러웠던 사태에서 남은 상처들이 지옥과도 같았던 그날을 상기시켰고, 그들이 그날 입은 치욕과 공포의 상처는 그들의 큰 꿈을 깨뜨렸으며 그들이 깨어 있는 순간마다 치를 떨게 만들었다. 마이애미 사태는 마피아들의 뇌리에서 결코 잊혀지지 않을 것이다. 또한 그 사태를 야기시킨 인물 역시 그들은 결코 잊지 않을 것이다.

맵시 있는 양복을 차려입은 두 사내가 회의 탁자 주변을 조용히 걸어다니며 술잔을 채우고 냅킨을 단정히 놓았다. 이런 순서가 끝나자 그들은 조용히 방을 나갔고 보수들의 회합을 방해하지 않기 위해 문을 꼭 닫았다.

그날의 회합은 오기 마리넬로가 목청을 가다듬는 소리로 무거운 침묵을 깨뜨리면서 시작되었다.

「그 불한당놈이 영국에 나타났다고 하더군.」

농부 어니 카스틸리오네, 즉 대서양 연안의 보스인 그는 의자를 끌어당겨 탁자 앞에 바싹 다가앉으며 불안한 목소리로 말문을 열었다.

「그러니까 우린 그놈을 프랑스에서 생포하는 일에 실패한 셈이오. 나는 여러분들에게 그 실패에 대해 용서를 빌어야겠소. 그런데 난 맹세하건대…… 아니, 그게 아니라, 난 그놈이 도대체 어떻게 살아서 프랑스를 빠져 나갔는지 도무지 알 수가 없소.」

「분명히 그는 살아서 영국으로 건너갔소.」

펜실베이니아의 보스가 무뚝뚝하게 대답했다.

뉴저지에서 온 사나이는 더 심하게 카스틸리오네를 윽박질렀다.

「당신 엉덩이에 난 뾰루지보다도 그놈이 살아 나갔다는 게 더 확실한 일이라는 걸 아직 모르겠소? 그걸 증명하기 위해서 나는 내 아이들을 벌써 몇 명이나 죽게 했는지 아시오? 영국에서 말이오.」

농부 어니는 그를 힐끗 쳐다보았다.

「죽은 전투병 얘기는 하지 마시오. 우리는 아직도 프랑스에서 죽은 전투원들이 몇이나 되는지 정확히 계산도 못하고 있소. 살아 있는 녀석들은 감방에 갇혀 있소. 그리고 내가 입은 피해는 …….」

마리넬로가 헛기침을 하며 그의 말을 막았다.

「닉 트리거한테서 들어온 보고가 있소.」

그는 뉴저지에서 온 사나이를 똑바로 바라보며 말을 계속했다.

「닉 트리거는 보란 사냥에 자신이 직접 나서야겠다고 얘기했소.」

「나는 영국에 대부대를 파견했소, 마리넬로.」

뉴저지의 사나이가 어림없다는 듯 머리를 저으며 말했다.

「알고 있소. 그러나 그들이 지금껏 한 일이 뭐요?」

「그들은 두 번이나 함정을 만들어 보란을 붙잡을 뻔했소.」

「함정이라면 마이애미에서만도 수십 개는 만들었소. 그래, 그 결과가 무엇이었소?」

잠깐의 침묵이 흘렀다.

「빌어먹을!」

농부 어니가 내뱉었다.

「빌어먹을이라니! 당신 그게 무슨 뜻이오?」

뉴저지 출신의 사내가 언성을 높이며 농부 어니를 쏘아보았다.

「난 말이오, 프랑스에다 대규모의 완벽한 전투원들을 보냈었소. 그런데 그들 중 반도 못 돌아왔소. 그게 바로 내가 빌어먹을이라고 얘기한 뜻이오. 새미 슈브와 뚱뚱이 안젤로, 쌕쌕이 토니 등을 보냈는데 한 놈도 못 돌아왔단 말이오. 그게 바로 빌어먹을 노릇이 아니고 뭐겠소?」

농부 어니는 술로 입술을 축이고 뉴저지에서 온 사나이에게 분통이 터진다는 듯 계속 투덜거렸다.

「그래, 당신이 영국에 보낸 애들이 그 방면에서 최고라고 자신할 만하다는 거요?」

「난 대노 질리아모와 그의 전투원들을 보냈소. 그놈들 실력이면 될 거요.」

농부 어니는 그 말을 듣자 눈이 번쩍 뜨였다.

「대노를 보냈다고! 정말이오?」

마리넬로가 끼어 들었다.

「대노는 대단한 실력의 사내요. 누구라도 그건 인정할 거요. 닉 트리거가 그 일을 맡도록 한다고 해서 내가 대노를 믿지 못한다는 뜻은 절대 아니오. 닉 얘기로는 대노하고도 상의를 했다고 했소. 대노도 그의 말에 동의했다고 하더군요. 잘 들어 두시오. 자존심이 상한다고 기분 나빠 할 문제가 아니오. 여러분, 우리는 어떤 대가를 치르더라도 꼭 보란이라는 놈을 잡아야 한단 말이오. 그놈을 잡지 못하는 한 우리는 점점 더 많은 것을 잃고 궁지에 몰릴 뿐이오.」

「청부 살인 계약금은 어떻게 생각하시오?」

펜실베이니아에서 온 사내가 물었다. 농부 어니는 목청을 높여 외쳤다.

「난 이제 계약금의 두 배라도 지불할 용의가 있소!」

다른 사내들이 몹시 놀라며 그를 바라보았다. 농부 어니는 술잔을 들어 다시 입술을 적신 다음 이야기를 계속했다.

「나는 계약금을 100만 달러로 올려도 상관없다고 생각하오. 생각해 보시오. 우리는 그 녀석 때문에 이미 100만 달러 이상의 손실을 입었소. 그놈이 살아 있는 한 그보다도 더 막대한 손실을 계속 입게 될 거요. 게다가 그놈은 우리들을 바보로 만들고 있지 않소? 그놈이 계속 살아 있다면 앞으로 우리들은 사업을 얼마나 더 계속할 수 있을지 아무도 알 수 없는 형편이 아니오?」

그의 말을 부정하는 사람은 아무도 없었다. 정적이 다시 그들 주변에 무겁게 내려앉았고 한동안 그 정적을 깨뜨리지 못했다.

뉴저지의 보수가 카랑카랑한 목소리로 다시 입을 열었다.

「계약금을 높인다 해서 문제가 해결되는 건 아니오.」

농부 어니가 격앙된 목소리로 쏘아붙였다.

「아니, 그럼 도대체 어떻게 해야 문제가 해결된다는 거요? 당신도 보란을 쉽사리 잡을 수 없다는 걸 잘 알고 있지 않소?」

마리넬로가 서둘러 얘기에 끼여 들었다.

「그 대답은 이미 우리들이 알고 있는 것이오. 우리는 해야 할 일을 하고 있소. 그러나 문제는…….」

「잠깐 기다려 주십시오. 보란을 잡을 수 없다고 얘기하는 사람이 누구죠?」

모든 눈들이 뉴욕 변두리 지역의 보스인 조 스타치오에게 쏠렸다. 누군가가 외쳤다.

「자네 미쳤나, 조?」

「그럴 수도 있겠죠. 그러나 그렇지 않을 수도 있습니다. 우리는 지금까지 옛날 사람들처럼 행동해 왔습니다. 그런데 옛날 사람들도 어떤 문제를 해결하는 데 한 가지 방법만 있다고는 생각하지 않았습니다. 또 다른 방법이 분명히 있는 겁니다.」

스타치오는 조용하고 차분한 음성으로 대답했다. 오기 마리넬로는 생각에 잠긴 눈으로 조 스타치오를 바라보고 있었다. 스타치오의 얘기가 뜻하는 것이 무엇인지를 알아차렸는지 카스틸리오네는 입이 근질근질하다는 듯 입술을 씰룩거렸다. 뉴저지에서 온 사내는 마리넬로를 바라보고 있었다.

드디어 카스틸리오네가 참지 못하겠다는 듯 쉰 듯한 목소리로 말했다.

「우리가 어떻게 하기를 바라는 건가, 조? 손을 들고 그놈에게 자비를 구하라는 건가?」

회의실의 웅성거림이 점점 더 커지고 있었다. 마리넬로가 입을 열었다.

「조용히 해주시오. 우리들 모두가 적어도 한두 번은 생각해 보았을 만한 문제를 조가 꺼냈소. 그러니 이제 우리들 모두 그 문제를 털어놓고 얘기해 봅시다. 아마 조가 옳을지도 모르겠소. 모두가 이 문제를 잘못 판단하고 있을 수도 있는 일이오.」

스타치오는 조용히 입을 열어 얘기를 시작했다. 그의 얘기는 살바토레 마란자노에 관한 것이었다.

「나는 옛날 사람들의 시대를 생각해 보고 싶습니다. 그 시대의 사람들은 다른 모든 사람들을 쏴죽였습니다. 남은 아무도 믿을 수 없었죠. 말하자면 그런 전쟁은 우리들의 손을 벗어나서 계속되고 있었습니다. 만일 찰리 럭키가 평화를 수립하지 않았더라면, 모든 과거를 용서하고 잊어버리지 않았더라면, 그래서 사태를 정리하지 않았더라면 우리들 중 어느 누구도 여기 앉아 있을 수 없을 것입니다. 그렇지 않습니까?」

「옳은 얘기네, 조.」

동의의 말을 던진 사람은 마리넬로였다. 농부 어니는 냉정하게 대꾸했다.

「찰리 럭키 루치아노와 맥 보란은 전혀 다른 사람이야.」

스타치오는 농부 어니를 보면서 말했다.

「옳아요, 어니. 그러나 요점은 그게 아니오. 전쟁을 끝내는 데에는 한 가지 길만이 있는 게 아니라는 사실 말입니다.」

뉴저지에서 온 사내가 끼여 들었다.

「우린 이제까지 일방적으로 막대한 상처를 입었어. 끔찍스러운 상처를. 그걸 부정할 수 있는 사람이 있나? 우리는 어떤 식으로든 이 전쟁을 빨리 끝내야 해.」

「조, 자네가 생각하고 있는 게 어떤 건가? 자세히 얘기해 보게.」

「협상이오.」

「어떤 협상?」

「그가 우리를 용서하고 우리도 그를 용서하는 거요. 과거는 깨끗이 묻어 버리고.」

농부 어니가 얼굴이 벌겋게 되어 분노를 터뜨렸다.

「우리가 용서받을 게 뭐란 말이야?」

변두리 지역에서 온 사내는 침착했다.

「현실을 직시합시다, 어니. 보란은 자기 가족을 모두 잃었습니다. 그는 가족이 죽은 것이 우리들 때문이라고 생각하고 있구요. 우리가 먼저 그가 저지른 모든 난동을 잊지 않는다면, 그도 우리들이 저질렀다고 생각한 그의 원한을 결코 잊지 않을 거요. 그러니까 서로서로 그 빚을 청산해 버리기로 하자는 얘깁니다. 현실적으로 생각해서 이 전쟁을 끝낼 방법을 궁리하자는 겁니다.」

농부 어니는 입에 거품을 문 채 입을 다물어 버렸다. 마리넬로가 말했다.

「좋소. 그럼 양쪽이 모두 과거사를 잊어버리기로 했다고 가정합시다. 그 다음은 무엇인가, 조?」

스타치오는 침착하게 대꾸했다.

「찰리 럭키 루치아노가 했듯이 하는 겁니다.」

「그럼 보란을 우리의 조직 안으로 끌어들이자는 게로군.」

마리넬로가 조용히 말했다. 스타치오는 다시 침착하게 반문했다.

「그래서는 안 될 이유라도 있습니까? 예전에는 그런 식으로 일이 처리되곤 했잖습니까? 이번에도 그런 식으로 처리될 수 있을 거요. 그가 우리 쪽에 서면 아주 훌륭한 전투원이 될 거요. 때가 되면 우리는 모두 그를 신뢰할 수도 있을 거요.」

농부 어니는 벌떡 일어서더니 눈을 부릅뜨며 강경한 어조로 입을 열었다.

「난 엉덩이에 골프 공만한 구멍을 가지고 있소. 바로 보란이라는 놈이 만들어 놓은 구멍이오. 나는 결코, 평화라는 미명 아래 잠자코 있지만은 않겠소.」

스타치오는 냉소를 띠고 말을 받았다.

「당신 혼자만 당한 게 아닙니다. 우리들 모두 그놈을 미워할 이유는 충분히 갖고 있어요. 그러나 다시 생각해 보자는 거요. 총으로 이 전쟁을 끝내려는 시도는 모두 다 실패했소. 그렇다면 머리로라도 이 전쟁을 끝내야 하오. 그렇지 않으면 우리가 가진 모든 것들은 산산 조각이 나버릴 겁니다. 우리는 옛날의 그 무자비한 전쟁과도 같은 위기를 맞고 있는 것입니다. 그 위기를 직시하여 그것을 극복해 내야 합니다!」

카스틸리오네는 냅킨으로 입을 닦으며 머리를 저었다.

「보란과 협상을 한다……. 전혀 가능성이 없소, 진혀! 그런 방법은 마음에 들지 않소. 난 싫소!」

마리넬로가 진정하라는 듯 손을 저었다.

「이봐요, 냉정해지시오. 당신들 두 사람 얘기는 충분히 알아들었소. 이제 좀 진정들 하고 상의해 봅시다.」

카스틸리오네는 마지 못해 자리에 앉았으나 여전히 소리를 질러댔다.

「당신이 보란에 대한 우리의 원한을 묻어 버리려 한다면 그건 곧 우리들 모두의 멸망을 자초하는 거요, 오기. 우리는 막대한 피해를 입었소. 용서하거나 잊어버리기에는 너무나 큰 피해이고 원한이오.」

「알아요, 알아. 그러니 지금 상의해 보자는 것 아니오.」

펜실베이니아의 보스가 입을 열었다.

「그런데 우리가 만일 협상할 생각이라 해도 보란이 그것을 그대로 받아들일지 의심스럽소.」

스타치오가 고개를 끄덕이며 대답했다.

「그렇소. 그는 아주 의심이 많은 사람이오. 쉽게 믿으려 하지 않을 거요. 진지하게 협상을 요청한다 해도 그가 믿어 줄지 의문이오.」

농부 어니가 또 나섰다.

「우리가 그따위 것을 논의한다는 것은 괜히 시간만 낭비하는 셈이오. 그따위 쓰레기 같은 생각으로 왜 황금 같은 우리들의 시간을 허비하는 건가, 조?」

펜실베이니아의 보스가 조용히 입을 열었다.

「내가 아는 사람이 있소. 그라면 보란과 얘기할 수 있을 거요.」

마리넬로는 생각에 잠긴 채 말했다.

「레오 퍼시 말이로군.」

「그렇소. 세르지오의 조카요. 그는 지금 피츠필드의 내 구역에서 일하고 있소. 그라면 충분히…….」

스타치오가 끼어 들었다.

「보란과 같이 돌아온 그 사람 말이오?」

「그렇지. 그가 설득을 시킬 수 있을 거요. 우리 생각을.」

카스틸리오네가 손을 내저으며 다시 외쳤다.

「무슨 설득? 우리는 아직 아무것도 결정하지 않았소!」

펜실베이니아의 보스가 카스틸리오네를 바라보며 말했다.

「그러니까 우리가 만일 그렇게 결정을 내리면 말이오.」

「시간을 절약합시다. 난 그런 결정에 동의할 수 없소.」

마리넬로가 다시 나섰다.

「얘기하는 데에는 아무런 손해도 없지 않소, 어니? 하나의 가능성으로 생각해 봅시다. 우리는 두 가지 대응책을 동시에 추진시킬 수도 있을 거요. 알아듣겠소?」

농부 어니 카스틸리오네는 어림없다는 투로 중얼거렸다.

「무슨 생각으로 그런 소리를 하는지 난 모르겠소.」

「자, 가능성을 얘기해 봅시다. 우리가 두 가지 계획을 갖고 있다고 가정하고 조는 조대로 자기 계획을 추진하고, 어니는 어니대로 자기 계획을 추진하는 거요. 그래서 누가 먼저 목표에 도달하는지 한 번 두고 봅시다.」

「어처구니없는 얘기로군!」

「그러지 마시오. 난 진지하게 얘기하는 중이오.」

마리넬로는 펜실베이니아 보스를 향해 시선을 돌렸다.

「레오 퍼시가 정말 보란과 접촉할 수 있을 것 같소?」

「할 수 있을 겁니다. 다른 사람이 하는 것보다 그가 하는 게 훨씬 나을 거요.」

마리넬로는 스타치오에게로 시선을 옮겼다.

「어떤가, 조? 레오 퍼시와 만나 상의해 볼 의향이 있나?」

「해보겠습니다.」

변두리에서 온 그 사내는 분명하게 고개를 끄덕였다. 카스틸리오네가 차갑게 비웃었다.

「소용없는 짓들이오. 나도 그런 식으로 이미 해보았소. 보란을 붙잡기 위해서였소. 보란의 검둥이 전우를 그에게 보냈었는데 보란은 사라지고 나한테는 시체들만 도착했소. 우리 전투원들이었지.」

「그래도 다시 해볼 만한 일이라고 생각합니다.」

스타치오도 고집을 버리지 않았다.

마리넬로가 제안했다.

「좋소. 그럼 그 방법을 해봅시다. 아니, 당신은 청부 살인 계약을 좀더 적극적으로 밀어붙이시오. 닉 트리거가 아주 유용할 거요. 또 대노와 그의 전투원들도 당신 계획에 따르는 사람들이오. 당신이 판단해서 필요하다고 생각되는 것이라면 사람이건 돈이건 다 쓰시오. 다음 조, 자네도 보란을 사로잡기 위해서 필요한 것은 뭐든지 다 쓰도록 하게. 어떻소, 좋은 해결책 아니오? 당신들 모두에게 묻겠소. 어떻게 생각하시오?」

어니는 아직도 불만이었다. 그러나 다소 누그러진 말투로 입을 열었다.

「내 생각엔 그것은 쓸데없는 낭비요. 그러나 결정을 따르겠소. 그것이 한푼 가치도 없는 계획이라 해도 모두를 그 계획에 찬성한다면 따라야지. 그러나 이걸 알아 두시오. 조나 레오 퍼시에게 무슨 일이 일어나건 그건 내 책임이 아니오. 우리는 각자 자기가 맡은 일을 할 뿐이오. 내가 데리고 있는 아이들은 보란을 발견하는 즉시 사살할 것이오.」

「왜 계속해서 내 계획이 한푼 가치도 없다고 고집하는 겁니까?」

스타치오가 항의했다.

「왜냐하면 레오가 보란과 접촉할 수 있다면 총을 들고서 보란을 만날 수도 있을 것 아닌가? 그렇다면 협상이 무슨 소용인가? 쏴죽여야지.」

「당신이 모르는 것은, 보란이 평범한 총잡이가 아니라는 사실이오. 그에게는 우리들에게 대항하는 육감이 있습니다. 나는 마이애미 사태 이래 그놈에 대해 연구해 왔소. 탤리페론 형제에 대해서도 생각해 봤습니다. 또 나는 팜 스프링스에서의 그의 놀라운, 거의 환상적인 작전을 검토해 봤습니다. 디조르쥬와 그의 전투원들을 보란이 어떻게 쳐부쉈는지 생각해 보았소. 그에게는 우리들이 갖지 못하고 있는 어떤 것이 있습니다. 그게 무엇인지 정확히는 모르지만……. 그러나 이걸 기억해 두십시오. 세계의 모든 경찰들이 우리들과 마찬가지로 그를 잡으려고 혈안이 돼 있습니다. 그런데도 그는 우리들을 농락하듯 그 경찰들을 농락하면서 이리저리 멋대로 내빼고 있단 말이오. 그게 바로 육감이 아니고 뭐겠습니까? 우리가 함정을 만들려고 하면 그는 함정을 만들기도 전에 알아채 버립니다. 그는…….」

뉴저지의 보스는 조용히 웃음을 띠고 그의 말을 막았다.

「아마 그놈은 마술이라도 부리는 모양이군. 조, 그놈은 검은 옷을 입고 다닌다더군. 그래서 악마나 마술사로 변신하는 모양이야.」

다른 사내가 투덜거렸다.

「그런 말은 장난으로라도 하는 게 아니오.」

스타치오가 두 손을 깍지 끼고 음울하게 얘기를 이어 나갔다.

「내 얘기는 다름이 아니라, 아주 진지하고 솔직하게 내 계획을 추진해 나가겠다는 겁니다. 함정도 술수도 부리지 않겠습니다.

사실 그대로 할 겁니다. 농부 어니와 나와의 경주는 내가 보란과 접촉하는 그 순간에 결판이 나는 겁니다. 내가 보란과 어떤 결정을 내리건 말이오. 내가 일단 보란과 맺은 협정은 이 협의회의 권위하에서 이루어지는 겁니다. 모든 가문이 그 협정을 존중해 줘야 합니다. 여기 있는 우리들만이 아니라 카스틸리오네와 버지니아의 블루 블러드를 포함한 모든 가문이 그 결정에 승복해 줘야겠습니다.」

조 스타치오의 얘기가 계속되는 동안 마리넬로는 카스틸리오네를 지켜보고 있었다.

마리넬로는 고개를 끄덕이며 말했다.

「우리의 말은 곧 우리들의 명예와 직결되네, 조.」

「됐소. 우리들 모두가 이제 의견의 일치를 본 것 같소.」

카스틸리오네는 멋적은 듯한 미소를 띠며 말했다.

「조는 아마 미신을 믿는 모양이야.」

「아냐, 조가 옳아요. 나도 자네 생각을 따르겠네, 조. 우리가 여기에서 의견의 일치를 본 이상 다른 가문에게도 모두 연락을 해서 이 결정을 확고 부동한 것으로 만들어 놓기로 하겠네. 자, 어떻소, 여러분? 모두 이 계획에 찬성하시오?」

「일의 진행 과정을 나도 세밀히 알아야겠소. 그 조건으로 찬성이오.」

「그럼 밤을 새워서라도 이 일을 모두에게 연락해야겠군.」

카스틸리오네가 다시 입을 열었다.

「나도 내 얘기를 끝내야겠소. 나는 벌써 보란에게 당할 만큼 당한 몸이오. 그래서 각 가문에서 사람들을 지원받아야겠소. 말하자면 피해도 모두 같이 나누어야 된단 말이오?」

「지미 포테이토와 그 전투원들을 빌려 주겠소.」

펜실베이니아의 보스가 제일 먼저 말했다.

「나는 토미 넬슨과 그 일당을 보내겠소.」

마리넬로가 말했다.

「스쿠터 리조.」

다른 뉴욕의 보스도 말했다.

「됐소. 대단하군요. 전화 협의회가 성립되면 각 가문에게 실력 있는 전투원들을 요구하겠소.」

마리넬로가 머리를 끄덕였다.

「자, 이것만으로도 큰 진전이오. 그럼 이제 다른 계획을 논의해 봅시다. 조, 우리가 자네를 어떤 식으로 지원해 줬으면 좋겠나?」

「먼저 내가 보란에게 제공해야 하는 선물에 대해 결정을 내려야 합니다. 멋진 선물이 되어야겠죠. 평범하고 단순한 뇌물이 아니라 보란이 정말 기꺼이 받아들일 수 있는, 미래를 약속하는 그런 선물이라야 할 거요. 우리 조직 안에서의 직위도 포함해서. 탤리페론 형제가 죽어 버렸으니까 우리에게는 위원회를 담당할 실력자가 필요합니다. 내 생각으로는…….」

「아니, 그럼……!」

카스틸리오네는 탁자를 내리치며 외쳤다. 조 스타치오가 하려는 얘기가 무엇인지 그는 알 수 있었기 때문이다.

마리넬로가 손을 들어 그를 제지시켰다.

「아아, 기다려요. 기다려, 어니. 조가 얘기를 계속하도록 내버려 둡시다. 계속하게, 조. 좋은 생각이 떠오를 것 같으니까.」

「좋습니다. 내 생각으로는 보란을 바로 그…….」

이렇게 마피아들의 긴 밤은 더욱더 깊어지고 있었다. 위기에 처한 마피아들의 협의회에서 내린 최후의 결정은 맥 보란에게는 대단한 충격이 될 것이다.

보란의 길고 긴 밤의 행로는 끝난 것이 아니었다. 그것은 이제 다시 시작되고 있는 것이다.

8
추 적

보란이 잠에서 깨어났을 때 그의 주위는 완전히 어둠에 잠겨 있었다. 그는 눈을 뜨자마자 베개 밑의 베레타를 거머쥐고 현재 위치가 어디며 왜 여기에 있게 되었는지가 생각날 때까지 꼼짝도 않고 누워 있었다. 그는 곧 그가 있는 곳을 생각해 냈다. 그와 동시에 그의 벗은 몸에 밀착해 오던 부드럽고 따뜻한 여자의 감촉도 기억해 냈다. 그러나 그는 그 기억이 꿈이었나 현실이었나를 잠시 생각해 보아야 했다. 지금 그는 침대에 홀로 누워 있었다. 손으로 주위를 이리저리 더듬어 보았으나 곁에는 아무도 없었던 것이다. 그는 조용히 침대를 빠져 나와 아파트 안을 수색해 보았다. 아파트 안에는 그 자신 이외에는 아무도 없다는 것을 확인한 뒤에야 그는 침실로 돌아와 램프를 켰다.

그는 손목 시계를 들여다보았다. 퀸스 하우스에 들어온 지 열네 시간이 흐른 뒤였다. 뱃속이 완전히 텅 비어 있엇다. 너무도 오래도록 아무 음식도 먹지 않고 지낸 것이었다. 그 아파트의 난방 시설은 잘 작동되고 있었다. 벌거벗고 서 있는데도 그는 전혀 한기를 느끼지 않았다.

그는 검은 나일론으로 만들어진 야간 전투복을 입고 권총 벨트를 걸친 다음에 주방으로 갔다.

냉장고 안에는 달걀, 우유, 베이컨이 들어 있었다.

그는 우유를 큰 컵에 따르고 달걀 두 개를 깨뜨려 그 잔 속에 넣었다. 달걀은 묵직하게 우유 속에 가라앉았다. 그는 그것을 단숨에 벌컥벌컥 들이켰다. 배가 가득해지는 듯했다. 그리고 가스불을 켜고 커피포트를 올려놓고는 침실로 되돌아왔다.

그제야 그는 앤 프랭클린이 써놓은 메모를 발견했다. 그것은 가방에서 꺼내 놓았던 돈뭉치 위에 놓여 있었다.

〈소호 사이크에서 오후 11시에 만나요.〉

그 메모 위에는 조잡한 종이 성냥이 놓여 있었고, 그 종이 성냥의 표지 인쇄로 미루어 볼 때 소호 사이크라는 곳은 런던에서도 대단히 난잡스러운 곳인 것 같았다. 성냥에는 전화 번호도 인쇄되어 있었다.

보란은 야간 전투용 복장 위에 깨끗한 와이셔츠를 입고 넥타이를 맸으며 트위드 바지와 재킷을 걸쳤다. 그는 돈뭉치를 들고 잠시 생각에 잠겨 있다가 지폐의 일부를 야간 전투복의 허리 부분에 달린 주머니에 쑤셔 넣었다. 나머지는 7장의 소액권 지폐들이었다. 2장은 미국 지폐로 50달러짜리였고, 나머지 5장은 영국 지폐로 10파운드짜리였다. 그는 그것만을 지갑 속에 챙겨 넣었다.

9시 30분에 그는 베이컨과 달걀 프라이와 우유로 배를 채우고 다시 뜨거운 커피로 몸을 덥혔다. 이제 나가야 할 시간이었다. 그는 뒷계단을 이용하여 소리 없이 차고로 내려가 마피아들에게서 빼앗은 링컨 콘티넨털의 트렁크를 열고 병기고를 점검했다.

그는 이스라엘제 우지 반기관총을 한뭉치의 탄창과 함께 앞좌석 밑에 감췄다. 그것은 나토군들이 일반적으로 사용하고 있는 작지만 성능 좋은 무기였다. 길이는 17인치로 다른 기관총들보다 훨씬 짧아 사용도 간편했다. 잠시 동안 머릿속으로 궁리를 거듭하다가 보란은 웨더비와 탄약 벨트를 들고 아파트로 다시 올라가서 그것들을 침실 옷장 속에 감추었다.

다시 차고로 내려와서 그는 차를 타고 소호 지역의 변두리로 차를 몰았다.

재즈 클럽 조니 스코트 근처에서 그는 주차장을 발견했다. 차를 그곳에 세우고 그는 프리드 거리의 행인들 속으로 스며들었다.

20세기 후반, 휘황 찬란한 런던의 밤 풍속도가 바로 거기에 펼쳐져 있었다.

그리니치 빌리지와 피셔맨스 와르프가 있었고, 스트립 쇼와 값싼 음식점, 세계 각국의 온갖 요리를 제공하는 호사스런 레스토랑, 게다가 디스코테크와 나이트 클럽이 있었다. 네온사인의 밀림 속을, 그 지역의 분위기를 충분히 느끼면서 먼 곳에서부터 들려오는 재즈와 전자 플래시 장치의 명멸과 로큰롤 뮤직의 강렬한 앰프 소리 사이를, 보란은 그 구역의 지형과 분위기를 파악하기 위해 잠깐 돌아보았다.

〈프리드 가 광장 옆〉이라고 소호 사이크의 성냥갑에 인쇄된 그대로 보란은 쉽게 약속 장소를 찾았다. 셀프서비스의 레스토랑이 눈에 띄었다. 〈찻집〉이라는 간판을 붙여 놓기는 했으나 그 곳은 분명히 카페테리아였다. 그곳에는 창문 근처에 탁자가 몇 개 놓여 있었다. 보란은 앤 프랭클린의 아파트에서 배불리 먹었으므로 별로 생각이 없었다. 그 레스토랑은 거리를 살펴보기에 적합했다. 그는 그 집으로 들어가서 음식이 죽 놓여 있는 바를 지나면서 쟁반에 몇 가지 음식들을 조금씩 덜어 놓었다.

계산대 앞에 앉아 있던 여자가 그가 들고 있는 쟁반을 보고 말했다.

「6하고 6이에요.」

보란은 장갑을 꺼내며 그 여자에게 물었다.

「뭐가 6이오? 무슨 말인지 모르겠군요.」

그녀는 미소를 지으며 보란을 빤히 쳐다보았다.

「미국인이세요?」

그는 고개를 끄덕이고 10파운드짜리 지폐를 꺼냈다.

「계산이 6실링 6펜스예요.」

그제야 그녀는 그가 꺼내 놓은 10파운드 지폐를 보았고 동시에 미소는 사라져 버렸다.

「잔돈 없으세요?」

「미안하오.」

그녀는 78센트의 물건을 사면서 25달러짜리 지폐를 꺼내 놓는 사람에게, 미국인들도 흔히 그러듯 못마땅하다는 태도로 돈을 바꿔 주더니, 거스름돈을 쟁반 위에 놓고 되돌아가는 그를 쏘아보았다.

보란은 창 바로 옆 탁자에 앉았다. 40분 동안 거기 앉아서 스테이크와 양파 푸딩, 간 토마토, 그리고 그 밖의 영국 음식을 먹기 위해 진땀을 흘렸다. 그곳에서 그는 거리를 훤히 내다볼 수 있었다. 그는 소호 사이크를 드나드는 모든 사람들을 조용히 관찰하며 그들의 특징을 머리에 새겨 두었다.

11시 10분 전에 택시 한 대가 클럽 앞에 멈추었다. 뒷좌석에서 앤 프랭클린이 내렸다. 보란은 담배를 붙여 물었다. 그녀는 택시 안에 있는 내릴 뜻이 전혀 없는 어떤 사내와 몇 마디 말을 주고받았다. 택시는 곧 떠났고, 그녀는 클럽 안으로 사라졌다.

보란은 계속 기다리며 관찰했다. 1, 2분 뒤에 또 한 대의 택시가 나타났고——보란은 그것이 아까의 택시와 같은 차라고 추측했다——한 사내가 내렸다. 보란은 그를 알아볼 수 있었다. 도버로부터 그와 앤을 런던까지 태워다 준 그 운전사였다. 그녀가 그를 해리 파커라고 하던 것도 기억해 냈다.

그 택시를 바로 뒤따라 또 한 대의 차가 모퉁이를 돌아 나타나는 것을 보란은 보았다. 그것은 영국제의 조그마한 차였다. 두 남자가 그 차에서 내리더니 몇 발자국 뒤에 처져서 해리 파커를 뒤따랐다. 해리 파커가 소호 사이크로 들어가자 그들도 클럽 안으로 들어갔다. 그 차는 좀더 앞쪽으로 이동하였다. 클럽의 바로 윗길에서 또 한 사내가 나왔다. 그는 도로를 가로질러 보란이 있는 쪽의 인도로 올라섰다. 보란은 이 마지막 사나이를 바라보았다. 그가 담배에 불을 붙이는 동안 보란은 그를 차근차근 주의깊게 훑어보았다. 그 사나이는 마치 누군가를 기다리는 듯 가로등에 기대어 섰다.

보란은 그 사내가 누구를 기다리는지 알 수 있었다. 그는 한숨을 내쉬며 상의의 단추를 풀고 베레타를 뽑아 무릎 위에 놓고는 소음기를 총구 끝에 부착시켰다. 보란은 다시 베레타를 권총 벨트에 넣었다.

함정은 완전히 구축된 듯 보였다. 이제 그들은 다만 주빈이 나타나기만을 기다리고 있는 손님들 같았다.

그래서 주빈은 밖으로 나섰다.

그는 모퉁이에 서서 더욱더 촘촘한 그물이 자신을 기다리고 있지나 않은지 도로 위아래를 살펴보았다. 더 이상은 없었다. 그러나 가로등에 기대어 섰던 사나이는 즉시 그에게 주의의 눈길을 보냈다. 그러나 그 사나이는 짐짓 모르는 체하고 피우고 있던 담배를 허공에 날렸다. 그 거리 어딘가에서 또 하나의 파수꾼이 바로 그 담배 꽁초가 허공으로 날아오르기를 기다리고 있으리라는 것을 보란은 직감으로 알 수 있었다. 또 한 명의 사나이가 도로를 바삐 가로질러 와서 자리를 잡았다. 보란의 오른쪽이었다.

보란은 혼자서 음산한 웃음을 지으며 클럽 쪽으로 발걸음을 옮겼다. 그는 미행이나 감시에 대하여 크게 염려하지는 않았다. 적과 친구를 구별해야 하는 때가 온 것뿐이었다. 앤 프랭클린과 사드 미술관의 사내들이 어떤 쪽의 사람들인지를 명백하게 알게 될 때가 온 것이었다. 그가 클럽으로 들어갔을 때 뒤에 처져 있던 두 사내도 도로를 가로질러 건너왔다.

흠 하나 없이 깨끗하게 옷을 차려입은 늙은 사내가 로비의 데스크 바로 안에 서 있었다. 데스크 위에는 회원만이 입장할 수 있다고 씌어 있었다. 보란은 곧 그 책상으로 가서 노인에게 말했다.

「아름다운 아가씨를 여기에서 만나기로 했습니다.」

노인은 그를 힐끗 쳐다보았다.

「회원증을 보여 주십시오. 이곳의 엄격한 규칙입니다. 회원이 아닌 경우에는 입장료를 지불하셔야 합니다.」

보란은 지갑을 꺼냈다.

「입장료가 얼마요?」

노인은 자못 유쾌하다는 듯 킬킬거렸다.

「당신 같은 미국인한테는 파운드니 실링이니 하는 계산이 아주 힘들 거요.」

두 사나이는 이제 클럽으로 들어와서 문 가에서 서성거리고 있었다. 그들은 보란과 그 노인에게는 전혀 관심 없다는 듯한 태도를 애써 꾸미고 있었다.

노인은 수첩에 씌어진 것을 잠깐 들여다보고는 물었다.

「선생님이 만나기로 한 분이 미스 프랭클린 아닌가요?」

「그렇습니다.」

미국인을 경멸하던 노인의 태도가 갑자기 공손해졌다.

「아, 그렇다면 실례했습니다, 선생님. 선생님은 입장료를 지불하지 않아도 됩니다. 방금 근무 교대를 해서 아직 당직표를 들여다보지 못했습니다.」

「들어가도 된다는 뜻인가요?」

「물론입니다, 선생님. 바를 지나서 계단으로 올라가십시오. 클럽 룸을 가로질러 계속 가시면 됩니다. 3호실입니다.」

보란은 10파운드 지폐를 데스크 위에 놓고 말했다.

「그걸 비밀로 해주시오.」

10파운드 지폐는 순식간에 노인의 손바닥 안으로 사라졌다.

「문 가에 서 있는 저 사람들은 선생님과 동행이십니까?」

「아니오. 아는 사람들이오?」

「저 사람들은 스코틀랜드 야드 경찰관입니다.」

노인은 낮은 목소리로 말했다. 보란은 깜짝 놀랐다.

「고맙소.」

그는 클럽 안으로 들어섰다.

돌아서서 나갈 수는 없었다. 경찰들을 쏘아 쓰러뜨리는 것도 있을 수 없는 일이었다. 또 하나 남은 길은 곧장 밀림 속으로, 그것이 보란이라는 나방을 잡기 위해 쳐진 것일지라도 그 거미줄 속으로 들어서는 수밖에 없었다.

9
함 정

소호 사이크는 근래에 런던에서 급격히 증가하고 있는 전형적인 로큰롤 뮤직 클럽이었다. 그러나 이런 종류의 클럽은 대개 놀랄 만큼 빠르게 나타났다가는 어느 틈에 다시 사라져 버리곤 했다. 소호 사이크는 그런 와중에도 계속 사라지지 않고 있다는 것 때문에 독특하였다. 런던에서 이 클럽의 경쟁자들이 나타났다가 하루 밤 사이에 사라져 버린 데 반하여 관광객들과 밤을 새우는 남녀들로 계속 성황을 이루고 있는 소호 사이크 클럽은 벌써 여러 시즌에 걸쳐 영업을 계속하고 있었다. 이 클럽은 관광객들에게뿐만 아니라 이 도시의 음악 애호가들이나 음악광들에게도 사랑을 받는 장소가 되었다. 대개의 도시에서 그렇듯 어린 소녀들과 젊은 여자들은 로큰롤 뮤직 그룹을 쫓아다녔다.

홀 안에는 생음악이 연주되고 있지 않았다. 다만, 유리 상자나 커다란 유리 튜브 속에서 벌거벗은 모델들이 갖가지 요염한 포즈를 취하고 있는 것 정도가 전자 매체를 통하지 않고 제공되는 유일한 여흥거리였다. 바에는 서서 마시고 지껄이는 사람들로 가득 차 있었다. 고막을 울리는 로큰롤과 함께 그들의 떠들썩한 대화로 머리가 지끈거릴 지경이었다. 홀 안은 캄캄했다. 빛이라고는 누드 모델들이 들어 있는 유리 튜브로부터 흘러나오는 것뿐이었다. 그 빛은 음악에 따라 바뀌었고 그 빛의 변화에 따라 벌거벗은 모델들도 포즈를 바꾸었다. 그러나 그들에게 주의를 기울이는 사람은 없었다.

보란은 담배에 불을 붙이기 위해 금발 머리의, 동상과도 같은 포즈를 취한 여자 앞에서 발을 멈추었다. 로비에 있는 두 사나이가 왜 홀 안으로 따라 들어오지 않는지 그는 의아스러웠다. 아마도 그들은 즉각적인 반응을 보이는 태도는 삼가하라는 명령을 받은 것 같았다.

보란은 여자가 들어 있는 튜브 근처에서 어슬렁거렸다. 두 사나이가 홀 안으로 들어왔는지 살펴보기 위해서였다. 호기심으로 그는 튜브 속의, 살아 있는 마네킹의 시선을 붙잡아 보려고 했다. 그러나 그녀는 앞에 있는 사람들은 전혀 의식하지 못하는 듯하였다. 그때 튜브의 불빛이 바뀌었다. 붉은 조명이 사라지고 진한 자줏빛 조명이 튜브 안을 채웠다. 그러자 그녀는 나무로 조각한 님프와도 같던 포즈에서 이국적인 에로티시즘을 표현하는 듯한 포즈로 바꾸었다. 한쪽 무릎을 들어 다른쪽 다리 위에 포개더니 엉덩이를 위로 들어올렸다. 보란은 웃음을 터뜨리고는 그곳을 떠났다. 런던이라는 곳은 놀 시간이 많은 사람에게는 괜찮은 도시인 것 같다고 그는 생각했다. 그러나 보란에게는 그렇지 못했다. 스코틀랜드 야드의 형사들이 바로 그때 홀 안으로 들어선 것이었다.

보란은 계단을 찾아 위층으로 올라갔다. 그곳은 현란한 사이키델릭 조명이 난무하는 가운데 천지를 뒤흔드는 듯한 거친 음악이 풍랑처럼 흔들리고 있는 커다란 홀이었다. 중앙에는 악단을 위한 스탠드가 있었고 그 위에서 날뛰고 있는 로큰롤 뮤직 연주자들은 그 밴드 스탠드 한쪽에서 독립된 마이크로 거의 악을 쓰며 노래인지 절규인지를 외치고 있는 가수와 큰 소리 지르기 경쟁이라도 벌이는 듯했다.

그는 그 혼란과 소음을 떠밀고 홀을 가로질러 맞은편 끝에 있는 계단으로 갔다. 계단에서 그는 슬쩍 뒤돌아보았다. 두 형사는 헐레벌떡 그를 뒤쫓고 있었다. 보란은 계단을 달려 올라가서 좁은 복도를 따라 걸어갔다. 방의 번호를 확인하며 걷다가 3호실을 발견하자 그는 문을 밀고 들어섰다.

그곳은 감옥의 독방보다 조금 큰 작은 방이었다. 촛불만으로 밝혀진 방 안은 어두웠다. 커튼이 내려진 창 밑에 두 사람을 위한 작은 탁자가 놓여 있었고 그 창으로는 클럽 룸을 내려다볼 수 있었다. 한쪽 벽에는 얄으막한 침대가 놓여 있었다. 그 위에는 할렘 스타일의 베개가 한 쌍 올려져 있었다. 그 방에서도 역시 음악 소리는 들렸다. 밑의 클럽 룸으로부터 들려 오는 희미한 로큰롤이 벽을 미세하게 흔드는 듯했다.

앤 프랭클린은 두 손으로 물을 한 잔 받쳐 들고 탁자에 앉아 있었다. 그녀는 커튼 틈으로 클럽 룸을 살피고 있었던 것 같았다. 보란이 들어서자 그녀는 고개를 돌려 문을 향했다. 그녀의 얼굴에 환한 미소가 번졌다. 그러나 그의 얼굴에 나타나 있는 어떤 표정이 그 미소를 얼어붙게 만들었다. 그녀의 얼굴에서도 미소는 곧 사라져 버렸다. 그녀는 다시 창 밖으로 시선을 돌렸다.

해리 파커라는 사나이는 침대에 비스듬히 걸터앉아 있다가 몸을 일으키며 소리쳤다.

「당신 늦었군. 무슨 일이 생긴 건 아닌지 우린 걱정을…….」

보란이 그의 말을 가로막았다.

「경찰들이 당신을 미행하여 여기까지 왔소. 적어도 4명이 이 클럽 안에 있을 거요.」

파커는 걱정스럽게 머리를 흔들었다.

「그래. 나도 앤한테 누가 우리 뒤를 밟는 것 같다는 얘기를 하고 있었소. 그래서 당신이 오지 않기를 바랐지. 그들이 당신을 못 알아본 게 다행이군.」

「그들은 날 알아보았소. 날 쉽사리 체포할 수도 있었을 거요. 그런데 그러지 않더군. 그들이 왜 날 체포하지 않았을까? 그들에겐 무언가 계획이 있을 거요. 그게 무슨 계획인지 알아내야겠는데.」

파커가 문으로 걸음을 옮기며 말했다.

「내가 그걸 알아보겠소.」

「조용히.」

보란이 말했다.

「나도 내가 어떻게 행동해야 하는지는 알고 있소.」

파커는 투덜거리며 밖으로 나갔다.

보란은 앤 프랭클린의 맞은편 의자에 앉았다. 두 사람의 다리가 탁자 밑에서 얽혔다. 그녀는 머뭇거리며 자기 다리를 뽑아 냈다. 그녀는 보란에게 놀랐다는 듯한 시선을 던지더니 갑자기 눈을 내리깔았다. 그가 입을 열었다.

「침대를 따뜻하게 해줘서 고맙소.」

「아, 아니에요.」

「여러 가지 일에 대해 감사를 드리고 싶소.」

보란의 태도에서 나타나는 심상치 않은 상황이 다시 그녀의 태도를 경직되게 한 것 같았다. 그녀는 팔을 뻗어서 그의 손을 쥐었다.

「여기서 빠져 나가야 해요. 잘못하면 큰일나요.」

「앤, 나도 알아요. 그러나 당신이 여기에서 만나자고 한 거요. 왜 만나자고 했소?」

「사실은 스톤 소령이 당신을 만나고 싶어했던 거예요. 벌써 오셨어야 하는데 아직 안 오는군요. 걱정이에요.」

그녀의 얼굴엔 수심이 가득했다. 보란도 역시 걱정이 되었다.

「왜 약속 장소를 여기로 정한 거요? 사드 미술관에서 만나기로 하지 않은 이유가 뭐요?」

「여러 가지 이유가 있어요. 지금은 그런 얘기를 할 때가 아니에요. 제발 떠나세요.」

「안 가겠소. 얘기를 더 듣기 전에는.」

「무슨 얘기요?」

「난 거의 포위당해 있소. 난 그런 건 싫소, 앤. 그러니 얘기하시오. 사실을 그대로 얘기해요.」

「미안해요.」

그녀는 조용히 대답했다. 분명히 더 이상의 얘기는 하고 싶지 않다는 태도였다.

「알았소, 그럼 떠나겠소.」

그는 조용히 일어서서 문으로 갔다. 그때 그녀가 외쳤다.

「아, 기다려요!」

그녀는 의자에서 튕기듯 일어나 그를 붙잡았다. 보란은 두 팔로 그녀를 끌어안고 뜨겁게 그녀의 입술에 키스했다. 그런 행동이 그녀를 놀라게 한 것 같았다. 잠시 동안 그녀는 반항을 했다. 그러나 곧 포옹 속으로 휘말려들었고 그녀는 온몸을 보란의 열정적인 키스와 애무에 맡겼다. 그가 그녀를 놓아 주자 그녀는 신음을 하며 그에게 매달려 왔다. 그는 갑자기 냉정하게 물었다.

「사드 사람들에 대해 얘기해 보시오. 왜 맥 보란에게 이다지도 관심을 갖는 거요?」

그녀는 숨을 가쁘게 몰아 쉬고 있었다. 아직도 포옹의 열기에서 빠져 나오지 못한 듯했다.

「난 자세히 알지 못해요.」

「그럼 아는 대로만 얘기해 봐요.」

그녀는 그에게서 몸을 떼고 문에 기대어 섰다. 그녀는 평정을 되찾기 위해 심호흡을 했다.

「보란, 내가 이렇게 행동해서 미안해요.」

「그런 것은 괜찮소. 자, 나한테 대답할 말이 있죠? 지금은 내 목숨이 오락가락하는 시간이오.」

그녀는 다시 한 번 심호흡을 하고 입을 열었다.

「미국인 마피아들이 런던으로 이주해 왔어요. 아마 당신도 아실 거예요. 그들은 여기 있는 모든 것들을 차지하려고 해요. 나도 들은 얘기예요. 거대한 세력을 갖고서 하는 행동이래요. 정치, 산업 등등 온갖 분야가 망라된 세력이라고 해요. 그런데 그들은 노력에 비해 그다지 성공을 거두지 못하고 있어요.」

「왜?」

「그들이 스톤 소령의 클럽을 완전히 제압하지 못하고 있기 때문이죠. 그런데 그들은 아주 강력한 세력으로, 정치적으로 막대한 세력으로 그곳을 차지하려고 호시 탐탐 노리고 있어요. 증거를 갖고서 그것을 약점으로 잡아 위협하는 식으로요.」

보란은 한숨을 내쉬며 조용히 말했다.

「알 것 같소. 당신네 클럽에는 VIP 회원도 있소?」

그녀는 머리를 끄덕였다.

「바로 그 사람들이 아주 곤경에 처해 있는 거죠.」

「어떤 정도요?」

「심각해요. 60년대의 프로퓨모 스캔들에 대한 얘길 들은 적이 있죠?」

「누구나 다 아는 얘기 아니오?」

보란은 그녀의 얘기에 온 신경을 다 집중했다.

「그런데 이번 일은 그때보다도 10배나 더 심각해요. 이 마피아들은 정부를 꼼짝 못 하게 할 수 있는 정보를 갖고 있어요. 정부를 거꾸러뜨릴 수도 있을 거예요.」

「소령이 그런 스캔들에 지접 관련되어 있소?」

「직접적으로는 아니에요. 그렇지만 그는 책임을 느끼죠. 그는 보안을 담당하고 있었거든요.」

「그에게 전하시오. 내가 생각해 보겠다고.」

「끔찍스러운 악몽 같아요. 이 모든 일들이…….」

그는 잠깐 그녀를 바라보고 있다가 갑자기 미소를 지으며 말했다.

「너무 염려 말아요. 곧 무슨 대책이 세워질 거요. 어디로 가야 소령을 만날 수 있겠소?」

보란은 이미 문의 손잡이를 잡고 있었다.

「나도 모르겠어요. 왜 그가 이렇게 늦는지도 모르겠구요. 여기에서 빠져 나가시거든 곧장 퀸스 하우스로 돌아가세요. 거기에서 소령을 만날 수 있도록 주선해 보겠어요.」

보란이 소리 내어 웃었다.

「좋소. 생각해 보시오. 우리는 아직 끝내지 못한 일이 있잖소? 바로 퀸스 하우스에서 말이오. 당신과 내가 하다 만 일이…….」

그녀는 입가에 보일듯 말듯 미소를 띠고 고개를 숙이며 작게 대답했다.

「그래요.」

그는 그녀의 어깨를 다독거려 주고는 문을 조금 열고 밖을 재빨리 살펴보았다. 아무도 없음을 확인하자 그는 밖으로 빠져 나갔고 문은 그 뒤에서 닫혔다.

해리 파커가 계단을 올라오고 있었다.

「당신이 옳았소, 친구. 경찰들이 덫을 놓은 모양이오.」

보란은 다른 쪽 끝의 계단을 가리켰다.

「저건 어디로 통하는 거요?」

「다음 층이요. 침실들이오.」

「그 위층은 뭐요?」

「알려고 해본 적이 없는데. 거기로 나가겠다는 거요?」

「그래야겠소.」

「그럼 나는 다른 길로 나가야겠군. 저 경찰들을 혼란시키기 위해서라도.」

「그러는 게 좋겠소.」

해리 파커는 킬킬거리더니 말했다.

「내 주특기가 달아나는 거요.」

곧 해리는 주 객실용 클럽 쪽을 향해 복도를 따라 움직였다.

보란은 반대 방향으로 바삐 걸어갔다. 계단을 발견하자 그는 아래쪽을 먼저 살펴보았다. 잠시 그는 기다렸다. 누가 올라올지 알 수 없는 일이었다. 그때 스톤 소령이 아래에서부터 바삐 올라오고 있었다.

두 사람은 거의 같은 순간 서로를 보았다. 보란의 베레타는 어느새 그의 손아귀에 쥐어져 있었다. 소령은 즉시 발을 멈추더니 아래쪽을 가리키며 다급한 목소리로 말했다.

「빨리 정문을 빠져 나가요. 당신은 아주 위급한 처지요.」

「거리로는 안 돼요. 경찰들에 의해 봉쇄되었소.」

스톤은 조심스레 계단을 올라왔다.

「바로 내가 당신을 곤경에 빠뜨린 셈이군. 나를 미행하고 있던 니콜라스 우스를 떼어 버리느라고 20분 동안이나 헤매고 다녔소. 결국 그놈의 차를 따돌리고는 골목으로 차를 몰아 여기로 오긴 했지만 내가 정말 그놈의 미행을 피해 온 건지 아닌지는 아직 확실히 모르겠소.」

「니콜라스 우스가 누구요?」

「이곳의 마피아요. 당신이 그를 모른다니 놀랐는걸. 그놈은 또 닉 트리거라는 이름으로도 알려진 자요.」

「아, 알았소. 그들은 몇 명이었소?」

소령은 어깨를 으쓱해 보였다.

「적어도 5명 이상이었소. 지금 당장이라도 이곳으로 들이닥칠지도 모르겠소.」

보란은 한숨을 내쉬었다. 어떤 쪽을 택해야 할 것인지 그는 생각했다. 경찰들 사이로 몸을 날려 달아날 수도 있을 것이었다. 그러나 그를 추격해 온다면 보란에게는 더 이상의 방법이란 없었다. 그러나 소령의 미행자들과 맞부딪친다면? 그것은 경찰들보다는 몇 배나 강력한 마피아의 부대와 직면해야 한다는 것을 의미한다. 그는 스톤에게 이렇게 말했다.

「됐소. 나는 지붕으로 올라가겠소. 앤이 당신을 3호실에서 기다리는 중이오.」

보란은 위층을 향해 계단을 올라가기 시작했다.

계단 꼭대기에는 무표정한 얼굴을 한 작은 체구의 사내가 낡은 의자에 앉아 있었다. 그는 보란의 손에 들린 베레타를 보고는 깜짝 놀라 외쳤다.

「이게, 이게 뭐요?」

해리 파커의 거친 말투를 흉내 내어 보란이 말했다.

「저 아래 도둑놈들이 있어, 친구. 사람들을 모두 밖으로 내보내. 빨리!」

그 남자는 등 뒤에 있는 단추를 눌렀다. 보란은 비상벨이 아래층에서 울리는 소리를 들을 수 있었다. 그 사내는 일어서서 계단 아래로 달아나려고 했으나 보란은 그를 붙잡았다.

「그 길로는 못 가!」

보란이 외쳤다. 그 작은 사내가 또 다른 출입구를 알고 있기를 바라며…….

「다른 길은 없어요!」

그 사내는 비명을 지르면서 보란의 손을 뿌리치더니 곤두박질치듯 계단을 내려갔다.

벌써 복도에는 온갖 기괴한 광경이 벌어지고 있었다. 거의 벌거벗은 남녀들이 혼비 백산하여 방에서 쏟아져 나왔다. 한 젊은 이가 바짓가랑이에 바지를 꿰려고 애쓰면서 보란 곁으로 스쳐 달려갔다. 그는 구두를 겨드랑이에 끼고 있었고 셔츠는 입에 물고 있었다. 벌거벗은 젖가슴을 출렁이며 아름다운 여자가 달려갔다. 그녀는 블라우스를 여미며 젖가슴을 가리려고 애를 썼으나 벌거벗은 채 노출된 하체에는 아직 신경이 미치지 못하는 것 같았다.

보란은 마치 지옥을 보는 듯했다. 쾌락에 잠깐 방해를 받은 이 사람들은 아래로 내려가면 곧 평온을 되찾게 되리라는 것을 그는 알고 있었다. 그러나 보란이 평온함을 누린다는 것은 불가능했다. 그는 불운한 사람들의 숨가쁜 흐름이 다 지나간 뒤에 소호 사이크의 이층을 재빨리 조사하기 시작했다. 복도를 사이에 두고 한쪽마다 3개의 침실이 있어서 이층에는 6개의 침실이 있었다. 정면을 향한 3개의 방에는 창문이 없었다. 꽉 막힌 벽들뿐이었다. 건물의 윗부분은 아랫부분과 분리되어 있는 것 같았다. 거리를 향하고 있으면서도 창문이 없다는 것은 기묘한 일이었다. 다른 쪽에 있는 3개의 방에는 골목길을 향한 작은 창문이 있었다.

보란은 1분도 채 지나지 않은 사이에 그것들을 모두 살펴보았다. 보란은 자신이 절망적인 상황에 몰려 있다는 것을 확실히 깨닫게 되었다. 비상구를 나타내는 표지도 없었고, 지붕으로 나갈 수 있는 길도 없었다. 30피트나 아래에 있는 골목으로 뛰어내리는 수밖에 다른 방법은 없는 것 같았다.

보란은 나갈 수 있는 길이 하나쯤은 있을 것으로 기대했었다. 끝 방의 옷장 위 천장에 다락으로 나가는 통풍구가 있었다. 그러나 그 길도 밖으로 통하는 것인지 아닌지는 알 수 없었다. 그는 뚜껑을 열고 몸을 이끌어 올린 뒤 조심스럽게 다시 뚜껑을 닫았다. 그는 라이터를 켜서 어둠을 밝혔다. 그가 상상했던 대로 다락은 대개의 건물처럼 아무런 장애물도 없이 뚫려져 있었다. 그리고 아주 낮았다. 그것은 지붕에 박공들이 있으며 따라서 지붕의 표면이 평평하지 않다는 것을 뜻하는 것이었다. 그것은 보란에게는 좋은 일이었다. 박공이 있으므로 창문이 있을 것이며, 그리하여 지붕으로 나갈 수도 있을 것이었다.

보란은 라이터를 켜들고 주변을 비추며 엉금엉금 기기 시작했다. 어디에서든지 빛이 새어드는 곳을 찾아내야 했다. 여기저기에서 쥐들이 그가 나아가는 통로를 뛰어다녔다. 보란은 소름이 끼쳤으나 어쩔 수 없는 일이었다.

그는 먼 곳에서 빛이 흘러드는 것을 보았다. 희미한 장방형의 빛이 흘러들고 있었다. 보란은 그곳을 향해 기어갔다. 단 1초라도 낭비할 수 있는 시간은 없었다.

빛은 격자가 있는 통풍창으로부터 흘러들고 있었다. 통풍창은 천장의 들보로부터 몇 피트 위의 지붕에 수평으로 설치되어 있었고 격자는 나무로 짜여져 있었다. 그러나 오랜 세월에 나무는 몹시 삭았고 너비는 보란의 어깨가 간신히 빠져 나갈 수 있을 정도였다.

창의 격자는 보란이 슬쩍 힘을 주자 둔한 소리를 내며 쉽사리 부러졌다. 보란은 부러진 격자들을 빠른 동작으로 창에서 떼어냈다. 보란은 그 속으로 머리를 밀어 넣고 위아래를 재빨리 훑어보았다. 그 창 바로 밑에 지붕의 평평한 부분이 있었다. 그러나 아주 좁았다. 그 아래로는 프리드 가가 펼쳐져 있었다.

보란은 몸의 자세를 바꾸어 발부터 그 구멍으로 내보내기 시작했다. 클럽 바로 앞의 거리에서 무슨 일인가가 벌어진 것 같았다. 그러나 보란의 시야는 가려져 아무것도 보이지 않았다. 그는 그쪽에 대해서 큰 관심을 기울일 수 있는 여유가 없었다. 통풍창을 빠져 나오자 그는 조심스럽게 박공을 돌아 뒤쪽으로 움직였다.

보란은 그 지붕이 다른 건물들과 마찬가지로 평평하지 않고 표면이 울퉁불퉁하다는 것을 알게 되었다. 잠깐 뒤 보란은 건물 뒤쪽 끝부분에서 빠져 나갈 수 있는 길을 발견했다. 낡은 벽돌 속에 철제의 사다리가 박혀 있었던 것이다. 그는 곧 바로 그 사다리를 타고 내려가기 시작했다.

그가 땅에 내려서자마자 곧 거친 목소리가 들려 왔다.

「야, 거기 뭐야!」

그리고 그 건물로부터 몇 피트 아래쪽 그늘 속으로부터 하나의 그림자가 튀어나왔다. 그 말투는 분명 미국인의 악센트였다. 보란은 그 그림자의 손에 쥐어진 리볼버를 볼 수 있었다.

보란은 땅으로 뛰어내린 직후였기 때문에 손을 상의 속으로 넣을 시간이 없었다. 보란은 빠르게 몸을 굴렸다. 그와 동시에 손을 넣어 베레타를 뽑았고, 다음 순간 작지만 강력한 무기는 소음기를 통해 죽음을 부르는 탄환과 함께 불꽃을 토했다. 슈욱! 하는 소리와 함께 그 그림자는 낮은 신음 소리와 함께 건물의 벽에 부딪치더니 땅바닥에 나뒹굴었다.

그러자 곧 골목 어귀에서 기다란 코트를 입은 사내가 나타나며 외쳤다.

「조니? 무슨 일인가?」

베레타가 이번에도 무섭게 불을 토했다. 긴 코트를 입은 사내는 소리도 한 번 지르지 못하고 바닥에 나뒹굴었다. 그가 쓰러진 곳은 골목 바로 앞이었다. 보란은 권총을 손에 쥔 채 큰 대자로 뻗은 시체를 남겨 두고 당장에라도 어느 쪽을 향해서건 사격할 수 있도록 베레타의 방아쇠에 손가락을 건 채 인도로 뛰쳐나갔다.

바로 그 순간 도로 아래쪽 모퉁이에서 차의 헤드라이트가 번쩍하고 밝혀지더니 그 불빛 너머로부터 몇 개의 총구가 불을 뿜었다. 보란의 귀 옆으로 음산한 휘파람을 불며 탄환이 날았고 보도 블록 위에 탄환이 박히며 불빛을 발했다. 그러나 보란은 이미 날쌔게 몸을 날려 총탄이 닿지 않는 곳에 몸을 감추고 베레타의 총구를 자동차에 맞추고 있었다. 그의 베레타가 요란한 적의 총성에 불꽃으로 답변을 대신했다. 보란의 표적들이 곧 풀썩풀썩 나가 떨어졌다.

경찰의 호각 소리가 프리드 가 위쪽에서부터 들려 왔고, 여기저기에서 사람들의 부산한 움직임이 느껴졌다. 구석과 양쪽 보도에서 사람들이 갑자기 들어왔다.

영국인의 악센트인 듯한 굵직한 목소리가 위엄 있게 소리쳤다.

「경찰이다! 즉시 총격을 중지하라!」

보란의 총격은 이미 중지된 뒤였다. 그는 이미 차들의 봉쇄선을 넘어 어둠 속으로 사라지고 있었다. 그러나 차 안에 있던 누군가가 경찰을 향해 총격을 가했다. 조준하고 있던 경찰들의 총구들이 그 총격에 즉시 반격을 가했고 프리드 가는 때 아닌 총성으로 뒤흔들렸다. 보란은 이미 길 모퉁이를 지나 사라진 뒤였다.

그는 이제 안전하다고 생각했다. 마피아와 경찰들의 함정을 그는 다시 한 번 빠져 나왔던 것이다. 그러나 앞으로 얼마 동안이나 안전을 누릴 수 있을 것인가? 얼마나 많은 함정과 올가미가 그의 앞길을 가로막고 그의 생명과 임무를 위협할 것인가? 얼마나 오래도록 그는 이 스코틀랜드 야드의 수사관들을 피하며 적을 분쇄할 수 있을 것인가?

런던 전투는 명백히 개인적인 경향을 띠고 시작되고 있었다. 보란은 분노가 치미는 것을 참을 수 없었다. 그는 이제 더 이상 이런 식의 방어적인 싸움을 계속하고 싶지 않았다. 그가 살아 남으려면 먼저 공격을 가하여 기선을 잡아야 한다는 것을 그는 잘 알고 있었다. 그의 마음은 그런 공격을 주저하였으나 전투에 단련된 그의 육체와 본능은 그 사실을 분명히 깨닫고 있었다. 대대적인 규모의 전투, 다시 말하면 보란 자신이 계획하고 그 계획에 따라 그 자신의 리드로 진행되는 전투——그것이야말로 그가 영국에서 살아 남을 수 있는 유일한 길이었다.

그리고 그는 그 전투가 어디에서 출발되어야 하는 것인지 잘 알고 있었다. 그는 링컨 콘티넨털로 되돌아오자 이스라엘제 우지 반기관총을 앞좌석 밑에서 꺼냈다. 차가운 죽음의 감촉이 전해지자 전신에 소름이 돋는 것을 느꼈다. 그는 사드 미술관을 향해 차를 몰기 시작했다.

이제 영국에서의 전투는 서서히 본격적인 규모로 전개되어 가고 있었다.

10
노인의 최후

보란은 전투를 위한 복장을 입고 있었다. 몸에 꼭 끼는 검은 색의 야간 전투복에 역시 검은 색의 운동화를 신고 있었다. 그는 우지 반기관총을 어깨에 둘러메고 권총 벨트에는 베레타를 꽂았다. 그리고는 최종 목표를 향해 발걸음을 옮겼다. 런던의 밤거리는 고요했으며 대기는 차가웠고 칠흑처럼 어두웠다. 그는 전투용 복장 위에 겹쳐 입었던 바지와 상의를 벗어던진 지 오래였다. 그는 그 옷들을 거리 건너편에 주차시켜 놓은 링컨 콘티넨털 안에 넣어 두었다.

그는 미술관 맞은편으로부터 광장의 입구로 들어서자 잠시 걸음을 멈추었다. 광장에는 어둠의 장막이 두텁게 드리워져 있었다. 모든 것이 어둠에 가려져 있었다. 그는 두 귀를 곤두세우고 조용히 기다렸다. 몇 분이 지난 뒤 그는 기다림에 대한 대가를 얻을 수 있었다. 인기척을 들었던 것이다. 앞쪽에 펼쳐져 있는 어둠 속 어디선가 구두가 시멘트 바닥을 밟는 소리가 들려왔다. 짤막하게 속삭이는 목소리와 기침 소리도 들렸다.

적은 바로 보란의 눈앞에 있었다. 그들은 이번에도 자신들의 목표물이 나타날 때를 대비하여 만반의 준비를 갖추고 있었다. 그들은 가로등에도 어떤 조처를 취한 것이 분명했다. 모든 가로등의 불은 꺼져 있었다. 이제는 귀기울여 듣는 것만이 사태를 파악할 수 있는 유일한 방법이었다.

보란은 도로 저편에 위치한 미술관을 건너다보았다. 제일 아래층에는 희미한 불빛이 새어 나오고 있었다. 그는 창문마다 드리워져 있던 두터운 커튼을 상기했다. 그 미술관은 지금 외양으로 보이는 것처럼 비어 있지는 않으리라는 것을 추측할 수 있었다.

그는 건물 벽에 몸을 바짝 붙이고 조그만 소리 하나라도 놓치지 않도록 두 귀를 활짝 열어 놓았다. 그러나 그가 행동함에 있어서는 아무런 소리도 나지 않도록 최대한으로 노력했다. 그는 아주 천천히 발을 옮겨 놓기 시작했다. 앞쪽에서 누군가가 코를 훌쩍거렸다. 발소리가 들렸다. 보란은 그 자세에서 몸의 모든 움직임을 멈추고 앞쪽을 쏘아보았다. 캄캄한 어둠을 배경으로 거의 식별할 수 없는 검은 물체가, 아니 검은 물체의 희미한 윤곽만이 보였고, 그 윤곽이 움직이고 있는 것을 보란은 발견했다. 보란은 의아스러웠다. 이 자들이 언제부터 밤 전투에서 검은 옷을 입는 법을 배웠던 것일까? 그는 숨을 죽이고 앞으로 움직여 갔다. 그 사내 바로 뒤로 손을 뻗으면 그의 몸에 닿을 수 있는 거리까지 조심스럽게 움직여 갔다. 그 사내는 벽을 등진 채 두 손을 코트 주머니에 찌르고 있었고, 모자를 이마 밑까지 깊게 눌러

쓰고 있었다.

한밤중에 소리 하나 내지 않고 온몸을 바짝 긴장시킨 채 오랜 시간 동안을 기다린다는 것이 얼마나 힘드는 일인지를 보란은 잘 알고 있었다. 신체의 모든 감각이 칼끝처럼 예민해지는 순간이 있는가 하면 때로 그 감각이 완전히 마비되는 듯한 때도 있게 마련이었다. 어떤 사람들은 선 채로 잠들어 버리기도 했다.

이 사내도 반은 수면 상태에 빠져 있는 듯했다. 그는 코가 막히는 듯 이따금 코를 킁킁거렸다. 그러다가 이윽고 고개를 돌렸으며 보란의 얼굴과 맞닥뜨려졌다.

그 순간 보란은 앞으로 성큼 발을 내디디며 한 손으로 그의 목을 움켜쥐어 벽으로 밀어붙였고, 그와 동시에 다른 한 손으로는 그의 입과 코를 막아 터져 나오는 비명을 짓눌렀다. 동시에 목덜미를 쥐었던 손을 떼어 주먹을 단단히 쥐고 목을 힘껏 강타했고, 벽을 등지고 무너지는 사내의 양 어깨를 붙들고는 무릎을 곤두세워 연거푸 배를 가격했다.

사내의 몸에서 모든 기운이 빠져 나가며 보란의 품으로 안겼다. 그의 몸이 더욱 무거워지는 것을 보란은 느꼈다. 보란은 그를 조용히 땅 위에 뉘었다. 그는 제대로 소리 한 번 지르지 못하고 마치 처음부터 생명이 없었던 물체처럼 널브러졌다. 보란은 그가 완전히 숨이 끊어졌는지를 살폈다. 호흡 소리는 들리지 않았다. 그의 호흡 기관은 갑작스런 공격과 급소에 받은 충격으로 말미암아 마비된 것이었다. 밀림의 검은 표범은 런던에 펼쳐진 밤의 밀림 사이로 다음의 표적을 찾아 앞길을 재촉했다.

그는 광장 다른 쪽에서 기침을 하는 사내를 찾아내기 위해 서서히 나아갔다. 그를 찾아내자 보란은 곧 그를 괴로운 기침에서 해방시켜 주기 위해 죽음이라는 선물을 주었다.

그 다음 그가 발을 멈춘 곳은 포르노 가게의 문 앞이었다. 이 곳은 사드 미술관 지하로 연결돼 있는 바로 그 건물이었다. 가게의 문은 잠겨 있었다. 그러나 보란에게 있어서 문이 잠겨 있다는 것은 아무런 의미도 없었다. 그는 주머니에서 칼을 꺼내 어깨에 힘을 주어 칼날을 서너 차례 문틈으로 밀어 넣었다. 그의 생각대로 문은 소리 없이 열렸다. 보란은 문으로 들어섰다.

건물의 지하로 내려서자 보란은 통로를 따라 미술관 아래에 있는 에드윈 찰스의 비밀 보안 하수도로 향했다. 그가 처음 이곳을 통과했을 때는 다만 이곳의 통로 구실에 대해서만 유의했었다. 그는 이곳으로부터 빠져 나가기만을 원했으며 그래서 이곳의 보안 장치 등에 대해서는 아무런 주의도 기울이지 않았었다. 그러나 지금은 그것이 제일 우선적이며 중요한 문제였다.

그날 밤 찰스가 그를 인도한 길은 아래층으로부터 지하로 계단을 내려가 좁은 하수구를 통과하여 맨홀에 이르는 길이었다. 보란은 그 좁은 하수구 양쪽 끝에 묵직한 철문이 있는 것을 보기는 했으나 그때는 더 이상의 관심을 기울이지 않았다. 다만 그 노인이 그 철문들 너머에서 자신의 술래잡기 놀이를 지휘하고 모의하는 것이리라고 추측했다.

지금 그 두 철문은 모두 조금씩 열려 있었다. 보란은 그 문 너머를 수색해 보기로 했다. 철문을 밀고 그는 안으로 들어섰다.

넓고 정교하게 꾸며진 지하의 아파트였다. 방 하나 안에 모든 것들이 갖추어진 구조였으며 잠재적인 필요가 있는 것까지도 모두 갖춰져 있는 아파트였다. 멋진 전자 제품들까지도 준비되어 있었다.

그러나 그 안에 사람은 없었다.

그 아파트의 맞은편 문 너머에서 보란은 보안 경보실을 발견했다. 그가 예상했던 것보다도 훨씬 정교한 장치였다. 전자식으로 감응, 작동하는 폐쇄 회로 텔레비전이 가장 큰 경보 장치였다. 그 외에도 필름을 편집하는 탁자와 영사기를 포함한 갖가지의 장비들이 갖춰져 있었다. 에드윈 찰스의 모습은 보이지 않았다.

제일 먼저 보란의 관심을 끈 것은 텔레비전 모니터였다. 모든 모니터들이 다 작동되고 있었으며 그 복합 장치들은 건물의 일층과 이층 모두를 다 감시할 수 있는 것처럼 여겨졌다. 한 스크린은 입구의 홀을 비추고 있었고, 다른 한 스크린은 그날 밤 보란이 갇혔던 그 클럽 룸을 와이드 앵글로 포착하고 있는가 하면, 또 다른 스크린은 에로틱하게 장식된 할렘의 방을 여러 가지 앵글로 포착하고 있었다. 이층에 있던 작은 방들에도 따로 감시하는 모니터들이 설치되어 있었다.

예전에 보란이 사드 미술관에 왔을 때에는 그 방들은 모두 텅 빈 채로 희미하게 밝혀져 있었다. 그러나 지금은 그 모든 방들이 텔레비전 감시를 용이하게 하기 위한 것처럼 전부 환하게 밝혀져 있었고 비어 있는 방은 하나도 없었다. 젊은 남자와 여자들이 모두 벌거벗은 채 여러 가지의 형태로 감금되어, 그 부자유스러움을 견디고 있는 듯한 괴로운 표정을 짓고 있었다.

역시 모니터가 나타내고 있는 할렘의 방은 이와는 좀 달랐다. 거기에는 남자와 여자들이 마치 〈아라비안 나이트〉와 〈로마의 잔치〉를 뒤섞어 놓은 듯이 여러 가지의 사치스러운 물건들과 같이 널브러져 있었다. 그것은 파티라고도 할 수 있을 것 같았다.

가장 진보적인 파티, 그리고 감각적으로 성적인 기쁨과 환희가 가장 적나라하게 나타나고 있는 파티였다. 대개의 남자들은 중년의 나이거나 그보다 더 늙은 사람들이었다. 그러나 여자들은 하나의 예외도 없이 모두 젊고 아름다웠다. 그들이 걸치고 있는 옷은 로마 인들이 입던 갑옷과 할렘의 잠옷들, 또는 여자 노예의 의상이었다.

이런 남녀들이 어우러져 있는 방의 중앙에는 회전 무대가 있었고 그 위에는 커다란 십자가 위에 팔과 다리를 넓게 벌린 채 묶인 흑인 남자가 누워 있었다. 그는 실오라기 하나 걸치지 않은 알몸이었고 아주 광포한 성적인 격동 속에 빠져들고 있는 것 같았다.

키가 큰 금발의 젊은 여자가 역시 벌거벗은 채 아주 도발적인 춤으로 그를 자극하였다. 그녀는 가끔 그의 하체에 몸을 앉힐 듯 앉힐 듯 하다가 다시 일어섰고, 그의 상체에 자신의 풍만한 두 젖가슴을 문질러 댔다. 그러나 그 여자는 흑인 사내가 격정을 이기지 못해 몸부림칠 듯한 상태가 되면 그에게서 떨어져 나가 다시 도발적인 춤을 계속하는 것이었다. 흑인 사내가 격정으로 몸부림칠 때마다 그는 또 한 명의 여자에게 채찍질을 당하곤 했다. 그녀는 보기에도 으스스한 가죽 채찍을 든 아마조네스의 여자처럼 보였다. 이곳은 사드 미술관 극장인 셈이었다.

그것을 바라보는 동안 보란은 간담이 서늘해지는 것을 느꼈다. 이 작은 무대에서 얼마나 많은 또 다른 행위들이 공연되었는지를 보란은 생각해 보았다. 회전 무대에 있는 사람들은 공연자, 즉 배우인 셈이었다. 작은 방들에 갇혀 있는 사람들도 모두 맡은 연기를 연출하고 있는 배우들이었다. 관객들은 원하는 대로 회전 무대 위에서 벌어지는 진기한 쇼를 구경하거나 각 방에서 연출되는 기묘하고 고통스러운 쾌락을 즐길 수 있도록 되어 있는 것이었다.

그리고 이 보안 경보실에서는 그 모든 광경들을 한눈에 살펴볼 수 있도록 되어 있는 것이었다. 이 보안 경비실의 장비는 단순한 보안을 위해서라기보다는 오히려 여흥에 초점을 맞춰 설치된 것 같았다. 보란은 그들이 비디오 테이프 녹화 시설을 갖추고 있는지가 궁금했다. 그가 궁금한 것은 그것뿐이 아니었다. 위층에서 그 환락을 즐기고 있는 많은 사람들이, 그들이 하고 있는 모든 행위가 카메라에 포착되고 있다는 사실을 알고 있는 것일까?

만일 그 구경꾼들의 모습이 담긴 비디오 녹화 테이프가 공갈과 협박에 이용된다면……. 그렇다면 이곳은 공갈 협박으로 어떤 야심을 성취하려는 자에게는 금광과도 같은 곳이 아닌가?

보란은 이번에는 두 손목을 천장의 고리에 묶인 채 널판지 위에서 아슬아슬한 균형을 취해야 하는 장치가 있는 방에 포착된 스크린을 바라보았다. 아마조네스의 미인 한 명이 이제 막 그 방에서 카메라의 시야 안으로 들어서고 있었다. 그녀가 몸에 걸친 것은 넓적다리까지 오는 기다란 검은 가죽 부츠와 허리를 꽉 조이고 있는 코르셋뿐이었다. 그 외의 모든 부분은 완전히 노출되어 있었다. 건드리기만 하면 소리가 날 듯한 엉덩이는 둥글고 풍만했으며 마치 정교한 솜씨의 조각처럼 아름다고 단단한 젖가슴이 허공을 찌를 듯 곤두서 있었다. 숱이 많고 윤기 있는 검은 색 머리카락이 그녀의 허리께로 흘러내렸다. 그러나 그 여자의 얼굴은 기묘하고 무시무시한 화장을 하여 사탄과도 같은 인상을 풍겼다.

굽이 높은 부츠를 제외해도 그녀의 키는 6피트 정도 돼 보였고, 손에는 무시무시한 검은 채찍을 쥐고 있었다.

사지가 잘 발달된 젊은 남자가 그 널빤지 위에 서서 균형을 잡으려 애쓰고 있었다. 그는 카메라를 등지고 있었다. 그의 얼굴은 벽으로 향하고 있었고 두 손목은 천장에서 늘여뜨려진 강철 고리에 묶여 있었다. 악마와도 같은 얼굴의 여자는 즉시 맡은 배역의 연기를 시작했다. 가죽 채찍을 높이 들어 그 벌거벗은 남자의 옆구리를 휘갈겼다. 지옥 같은 고통을 표현하는 그 젊은이의 연기는 훌륭했다. 그는 널빤지 위에서 균형을 잃더니 손목을 죄는 강철 고리의 아픔에 절망적으로 몸을 뒤틀었다. 보란이 그 방을 지나면서 예상했던 대로의 연기를 그는 보여주고 있었다.

보란이 보기에 그 연기는 너무나 실감나는 것이었다. 그는 그 채찍이 가죽이 아닌 다른 재료로 만들어져서 맞더라도 아픔을 느끼지 못할 것이라고 생각했다. 그러나 그렇다 해도 그 젊은이의 연기는 너무나 사실적이어서 보고 있는 사람이 옆구리에 통증을 느낄 정도였다. 그는 눈살을 찌푸리며 텔레비전 스크린으로부터 고개를 돌렸다. 도대체 찰스는 어떻게 된 것일까? 보안 경보실을 텅 비워 두고 도대체 어디로 가버린 것일까? 이 모든 관중들이 화면에 비춰지는 것을 그대로 방치해 두고 어디로 갔단 말인가? 분명히 오늘밤은 사드 미술관으로 보아서는 파티의 밤이었고 보안 경비를 게을리할 시간이 아닌 것이 명백했다.

보란은 빠른 동작으로 지하층을 수색해 보았다. 아무런 이상도 발견할 수 없었다. 몇 분 뒤 그는 다시 보안 경보실로 되돌아왔다. 그가 없는 사이에 그 흑인 사내는 파티가 열리고 있는 방에서 사라지고 다른 쇼가 진행되고 있었다.

이번에는 벌거벗은 두 남자가 서로 등을 맞대고 묶인 채로 각각 채찍을 들고 서 있었고, 역시 벌거벗은 두 젊은 여자는 각각 한 팔씩 서로 묶인 채 역시 채찍을 들고 서 있었다. 그들 두 쌍의 남녀는 서로의 채찍을 피하려고 발버둥치고 있었다. 네 사람의 벌거벗은 남녀가 벌이는 연기는 희극적이면서도 또한 몹시 무시무시하고도 에로틱한 서커스를 보는 듯한 기분이었다.

보란의 주의력이 갑자기 다른 스크린 위로 옮겨졌다. 또 다른 방을 비추는 스크린에 아주 기묘한 움직임들이 비춰졌던 것이다. 악마와도 같이 화장을 한 여자가 카메라 렌즈 앞을 비틀거리며 지나갔는데 그 표정은 끔찍스러운 충격을 받은 사람의 그것이었다. 그 여자가 갑자기 그 작은 방에서 나가 버리는 것이 스크린을 통해 보였다. 보란은 스크린 앞에 바짝 붙어 섰다. 거기 포착된 광경은 첫눈에도 아주 전형적인 것이었다.

한 피해자가 불안정한 받침대 위에 포박되어 있었다. 분명히 그것은 어떤 악마적인 성격의 인물이 고안해 낸 장치일 것이었다. 그 널빤지는 바닥에서 몇 인치 위에 설치되어 있었는데 피해자의 두 발목을 묶어 조일 수 있는 구멍이 뚫려 있었다. 바로 뒤에는 바닥보다 약간 높은 위치에 또 하나의 널빤지가 설치되어 있었는데 그 널빤지에는 목과 두 발목을 낄 수 있도록 구멍이 뚫려 있었다.

보란은 간밤에 그곳을 지나오면서 그 장치를 보았었지만 그 기구의 용도가 무엇인지 하는 것은 오래 생각지 않았었다. 피해자는 몸이 꺾여 반으로 접히게 되고 말 것이었다. 아마도 머리가 두 다리 사이에 박히도록 몸을 완전히 꺾는 자세까지도 강요할 수 있는 장치였다. 너무 심한 육체적 곡예요, 너무 잔인한 사디즘적인 여흥이었다. 어떤 상황에서건 조금이라도, 어떤 방향으로라도 작은 실수가 생기기만 하면 피해자로 지정된 사람은 크게 부상당하리라는 것은 분명했다. 그뿐 아니라 균형을 잃는 경우에는 목뼈가 부러져 버릴 것이었다. 보란은 그날 밤 이것들을 보면서 그런 생각들을 했을 따름이었다.

그러나 이제야 보란은, 자신이 간밤에 이 악마적인 장치의 잔인 무도함을 완전히 파악했던 것은 아니라는 것을 깨달았다. 지금 그 장치는 피해자가 등쪽으로 몸을 굽혀 꺾도록 이용되고 있었다. 그뿐이 아니라 또 하나의 특징이 발견되었다. 톱과 비슷하게 생긴 또 하나의 기다란 널빤지가 피해자의 등뼈와 평행하게 그의 몸 밑에 밀어 넣어져 있었는데, 그 널빤지에는 무수한 강철 못이 박혀 있었던 것이다. 만일 이것이 일반 무대에서 공연되는 쇼였다면 아마 이런 역은 탁월한 곡예사에게 맡겨져야 할 것이었다.

그러나 그 피해자는 분명히 곡예사가 아니었다. 가까이 가서 자세히 들여다보는 보란의 등에는 소름이 끼쳤고 입안은 순식간에 바짝 말라 버렸다. 그 피해자는 결코 연기를 하고 있는 것이 아니었다. 그는 제법 나이가 많은 사람이었고 그런 위험하고 소름 끼치는 곡예를 부릴 수 있을 만한 체력도 갖춘 것 같지가 않았다. 보란은 카메라의 각도가 나빠서 광선 때문에 그 피해자의 모습을 명확히 볼 수가 없었다. 다만, 그 피해자의 뒤통수만이 보일 따름이었다. 그러나 바로 그 순간 보란은 이제껏 그가 궁금해 하고 있던 사실에 대한 답을 얻을 수 있었다.

에드윈 찰스가 어디에서 무엇을 하고 있는지를.

짐승의 울부짖음 같은 신음이 보란의 꽉 다문 이빨 사이에서 새어 나왔다. 다음 순간 보란은 그곳을 뛰쳐나와 맹렬한 속도로 일층을 향해 계단을 올라갔다. 그의 머리가 행동에 대한 계획을 세우기도 전에 이미 그는 어떤 작은 방으로 들어섰고 클럽 룸을 가득 메우고 있는 방탕한 호사가들을 밀치며 클럽 룸을 가로질러 갔다. 반기관총을 든 검은 옷의 사나이가 그 많은 사람들 사이로 몸을 낮춘 채 기어가는 것을 보란은 미처 보지 못했다. 그는 다른 어느 것도 볼 수 없었다. 단 하나, 그 부서질 듯한 에드윈 찰스의 벌거벗은 영상만이 그의 눈앞을 가득 메우고 있었다.

그 입술과도 같은 모양을 한 출입구 근처에서 보란은 최초로 저지당했다. 가죽 부츠를 신은 두 명의 아마조네스 미녀들이 다리를 벌리고 우뚝 서서 그곳을 막고 있었다. 두 여자 모두 팔짱을 끼었으며 손에는 가죽 채찍을 들고 있었다. 보란이 위압적으로 성큼성큼 다가서자 악마처럼 분장한 그녀들은 웬일인지 모르겠다는 표정을 지으며 서로의 얼굴을 쳐다보았다. 보란이 앞으로 바싹 다가가자 한 여자가 보란의 가슴에 채찍을 날렸다. 다른 한 여자는 보란의 앞을 막고 섰다. 그 채찍은 아주 부드러운 나일론이었기 때문에 보란은 아무런 고통이나 상처도 입지 않았다. 그러나 그 채찍을 휘두른 여자는 그 채찍과는 달리 대단히 큰 몸집에 강해 보였다.

「그 늙은 남자한테 큰일이 생겼소!」

버럭 소리를 지르며 보란은 여자들을 거칠게 한쪽으로 밀어붙이고 입술 모양의 그 문을 빠져 나와 계단으로 올라갔다. 한 여자가 그의 뒤를 맹렬히 따라오고 있었다.

복도를 바삐 걸어가면서도 보란은 그가 무엇을 향하여 가고 있는지, 앞으로 어떤 일에 맞부딪히게 될 것인지를 전혀 짐작할 수 없었다. 그러나 복도 한켠에 쓰러져 있는 벌거숭이 여자를 발견하자 보란은 이제 평범하지 않은 어떤 사태를 목격하게 되리라는 것을 직감적으로 알 수 있었다.

「저 여자나 보살펴!」

그는 자신을 따라오고 있는 여자에게 외쳤다.

그는 쓰러져 있는 여자를 지나쳐서 텔레비전 카메라로 보았을 때보다도 훨씬 더 경악스러운 현실 속으로 들어섰다. 기묘한 향수 냄새와 뒤섞인 피비린내가 보란에게로 확 덮쳐 왔다. 공포에 찌든 육체의 냄새가 그 작은 방에 가득 차 있었다. 죽음의 신이 인간의 무모한 욕망과 비참을 해방시키기 위하여 그 방 속에 침입해 들어와 있었고 보란은 방에 들어선 그 순간 그것을 충분히 짐작할 수 있었다.

거기에는 늙은 군인 한 명이 있었다. 그는 단순히 어디론가 사라져 버리는 것이 아니었다. 에드윈 찰스는 끔찍스러운 몰골로 죽어 있었다.

잔인한 등받침대는 나무로 만들어져 있었고, 그 한쪽 면에는 밑에서부터 꼭대기에 이르기까지 날카로운 못이 수십 개나 박혀 있었다. 손목과 발목을 고정시키는 널빤지에 부착된 철제의 고리는 아직도 따뜻한 열기가 남아 있었다. 보란은 그 방 한쪽 구석 마루 위에 등잔이 놓여 있는 것을 보았다. 그것이 손발을 묶는 철제 고리를 뜨겁게 달구기 위해 사용되었으리라고 보란은 짐작하였다. 그것은 중세기의 고문 기구들에서 힌트를 얻은 것이리라. 등잔은 또한 등쪽으로 몸이 잔뜩 꺾인 그 불쌍한 노인의 등 밑에 놓여졌다가 차츰 위쪽으로 올려졌으리라. 그리하여 그가 더 이상 뜨거움을 견디지 못하게 되어 몸을 뒤틀면 그의 등은 못이 박힌 등받침에 걸려 갈갈이 찢겨졌을 것이다.

찰스는 등뼈뿐만이 아니라 다른 뼈들도 다쳤을 것이 분명했다. 아직도 열기가 남아 있는 그 등받이의 못에서는 피가 뚝뚝 떨어지고 있었다.

보란은 이제야 왜 그 악마의 분장을 한 여자까지도 공포에 질려 방을 뛰쳐나갈 수밖에 없었는지를 알 수 있었다.

보란은 착잡한 마음으로 시체를 조사하며 중얼거렸다.

「이게 사람이 사람에게 할 짓이란 말인가!」

보란은 잠시 우두커니 서 있었다. 그는 그 늙은 군인의 최후의 순간을 상상해 보았다. 분노가 그 내부에서 심하게 소용돌이쳤다. 이 늙은 사내가 사드 미술관에 대해 한 얘기가 무엇이었던가? 무엇인가 깊은 의미가 있는 것이었던 것 같았다.

보란은 밖으로 나왔다. 괴상 망측한 분장을 한 두 여자가 옆방에서 몸서리를 치며 서로 끌어안고 있었다.

「죽었나요?」

보란을 따라 위층으로 올라온 여자가 떨리는 목소리로 물었다.

「물론 죽었소. 이 빌어먹을 파티가 얼마 동안이나 계속되고 있었소?」

「11시부터였어요.」

보란은 손목 시계를 보았다. 지금 시각은 막 12시를 넘고 있었다. 그는 머리를 저었다.

「이 불쌍한 늙은이가 얼마나 오랫동안 저 방에 있었는지 모르겠소. 그러나 적어도 30분 전까지는 죽지 않았었소.」

그 판단이 암시하는 것이 즉시 보란의 머릿속에 파문을 일으켰다. 아래에 있는 파티 장소에서 들려오는 온갖 소리들이 찰스가 서서히 죽어가면서 내지르는 그 고통스러운 신음과 비명을 은폐하였던 것이다. 보란은 조용히 여자들에게 말했다.

「저 쓸모없는 파티가 한창 무르익을 때 그는 죽어가고 있었소.」

정신을 잃고 문 가에 쓰러졌던 여자는 금방이라도 다시 기절할 것처럼 보였다.

「난 그 방을 여러 번 드나들었어요. 그렇지만 정말 몰랐어요. 그 분이…… 그렇게 그 끔찍스러운 냄새가 방 안에…….」

그녀는 더 이상 말을 잇지 못하고 토할 듯한 표정으로 보란을 바라보았다.

「누가 그에게 이런 고약한 짓을 하도록 충동질한 거요? 왜 찰스는 가만히 있었을까요?」

보란은 마음속에 떠오른 의문을 여자들에게 던졌다. 다른 여자가 띄엄띄엄 대답했다.

「그 사람은 자신이 원했을 거예요. 누구라도 하고 싶은 것은 마음대로 할 수 있어요. 모두 장난으로 하는 거니까. 누가 알겠어요? 자신들의 행동이 죽음을…….」

그녀의 벌거벗은 젖가슴이 말로 표현할 수 없는 공포로 파르르 떨렸다. 보란은 그녀를 붙잡아 바로 세워 주며 중얼거렸다.

「장난이라…… 장난. 죽음에 이르는 장난이로군.」

그는 그들을 떠나 아래층의 클럽 룸으로 되돌아왔다. 그곳에서의 광경은 아까와 바뀐 것이 거의 없었다.

찰스가 최후의 고통을 견딘 그 방은 생생한 육욕의 잔치가 벌어지고 있는 이 클럽 룸의 바로 위였다. 그 방을 지나가면서 보란은 베레타를 꺼내 조용한 동작으로 텔레비전 카메라를 사격했다. 그 노인의 최후의 고통을 대가로 하여 이 해괴 망측한 파티는 더 이상 열리지 않을 것이다.

그는 재빨리 그곳을 빠져 나와 계단을 내려가 지하층으로 갔다. 그러나 그는 의도적으로 다시 위로 올라와 사드 미술관의 현관으로 접근했다. 현관문으로 다가가면서 그는 우지 반기관총을 언제라도 사격할 수 있도록 옆구리에 바짝 끼고 손가락을 방아쇠에 걸었다. 맥 보란은 이제 적이 나타나면 언제라도 사형을 집행할 만반의 준비를 갖추고 있었다.

11
포 로

대노 질리아모는 커다란 검은 세단의 뒷자리에 말없이 앉아 있었다. 그 차가 세워져 있는 곳은 사드 미술관 근처의 광장 바로 옆이었다. 차 안에는 대노와, 운전석에 앉아 역시 말을 잃고 있는 사내가 있을 뿐이었다. 잠시 후 또 한 대의 차가 광장으로 접근하고 있었다. 그 차는 조용히 질리아모의 차가 세워져 있는 모퉁이의 반대편에 멈춰 섰다. 한 사내가 그 차에서 내려서자 그 차는 다시 조용히 어둠 속으로 사라졌다. 곧 질리아모가 앉은 쪽의 문이 열리고 닉 트리거가 차에 올랐다. 그는 서둘러 문을 닫았다.

질리아모는 지루하다는 듯이 하품을 하며 입을 열었다

「당신이 옳았던 것 같소, 닉. 그놈은 여기 안 나타날 모양이오. 당신이 감시한 쪽에서도 아무 일 없었겠죠?」

「그렇소. 아무것도 없소. 아니, 그건 아니지. 그놈은 참 운이 좋은 녀석이로군. 미꾸라지처럼 사라져 버렸으니.」

질리아모는 깜짝 놀라 몸을 일으켰다.

「그럼, 그놈이 나타났다가 다시 사라졌단 말이오?」

「그렇소. 달아나 버렸소.」

「그럼 여기로 다시 나타난다는 것은 힘든 일이겠군.」

질리아모는 신경질적으로 담뱃갑을 꺼내어 한 개비를 뽑아 입에 물었다. 그가 라이터를 켜자 그 불빛 안에서 긴장으로 뻣뻣이 굳은 얼굴이 드러났다.

「그래 어떻게 된 거요? 자초지종을 들어 봅시다.」

트리거는 좌석 깊숙이 몸을 묻었다.

「소호에 물샐 틈 없는 포위망을 만들어 놓았었소. 놈이 그 안으로 들어가는 것도 확인했고. 그런데 그놈은 귀신같이 사라져 버린 거요. 그게 전부라오. 깨끗이 실패했소. 경찰관들이 소호 광장 부근에 쫙 깔려 있었는데도 말이오.」

트리거는 어깨를 움찔거리며 피곤한 목소리로 말을 끝냈다. 질리아모는 담배 연기를 허공에 뿜어 올리더니 다시 물었다.

「우리 전투원들의 피해는 없었소?」

트리거는 한숨을 내쉬며 질리아모를 바라보았다.

「당신의 자유 계약 청부업자들이 6명 죽었소. 루니와 로키는 체포되었고. 그건 걱정 마시오. 내일 아침이면 내가 그들을 빼내올 테니까.」

「이제 내가 상대하는 놈이 어떤 놈인지 알 만하오, 닉?」

런던의 세력가는 팔꿈치로 좌석의 등받이를 쳤다.

「알 만하오. 그런데 여기를 감시해야 할 필요는 전혀 없을 것 같소, 대노. 애들이나 몇 명 남겨 감시를 계속하도록 하고 우리는 떠나는 게 어떻겠소? 쉬어야 할 테니까. 보란 그놈이 소호 사이크에서 빠져 나간 게 얼마 전인데 하루 밤 사이에 또 여기 나타나서 공격할 것 같지는 않소. 농부 어니와 그의 전투원들이 내일 아침 작업을 개시할 거요. 그 사람들하고 뒤섞여 일을 해야 된다니……. 나는 생각만 해도 머리가 아픈 것 같소.」

「나도 그 사람이 나타나기 전에 이 일에 매듭을 짓고 싶소. 농부 어니를 당신은 아시오?」

「몇 번 만난 적이 있었소. 내 생각에는 내가 농부 어니에 대해 갖고 있는 생각이 당신이 가진 생각과 같은 것 같은데, 어떻소?」

「참 불편한 사람이오, 농부 어니는. 그 사람이 옆에 있다는 것만으로도 벌써 불편하고 불쾌해지거든.」

닉 트리거는 머리를 끄덕였다.

「나도 동감이오. 농부 어니는 불한당이오. 난 그놈이 여기로 온다는 게 아주 못마땅하오. 집구석에나 처박혀 있을 일이지.」

「그랬으면 얼마나 좋겠소. 다른 사람들이 나타나기 전에 우리가 보란을 잡을 수밖에 없겠소.」

뉴저지에서 온 사내는 운전석에 앉은 남자의 등을 쏘아보았다.

「이런 얘기, 남들한테는 않겠지, 지오?」

운전사 지오 스칼디치는 웃으며 고개를 돌렸다.

「물론입니다, 질리아모 씨. 난 아무것도 들은 게 없는데 누구한테 무슨 얘기를 하겠습니까?」

뒷좌석에 앉은 두 남자는 한동안 불안한 침묵 속에 잠겨 있었다. 먼저 입을 연 것은 닉 트리거였다.

「같이 돌아가는 게 어떻소, 대노. 여기를 떠납시다.」

「잠깐만 기다립시다. 살한테 밖을 돌아보고 오라고 시켰소. 곧 돌아올 거요.」

3명의 마피아는 말없이 기다리고 있었다. 잠시 후 네 번째 사나이가 다급히 문을 열고 차 안으로 들어왔다. 그는 숨이 턱에 차서 당황한 목소리로 보고했다.

「저기…… 시체가 세 구나 있습니다, 대노.」

「무슨 얘기야?」

뉴저지의 보스가 펄쩍 뛰며 물었다.

「윌리 이어스, 잭 빌더, 빅 안젤로가 죽어 있었습니다. 피도 흘리지 않고 말예요. 그냥 땅바닥에 널브러져 있더군요. 목이 부러졌거나 맞아 죽은 것 같아요.」

질리아모는 말을 잃었다. 그는 옆자리의 닉 트리거의 어깨를 붙잡더니 문을 열고 나가려고 했다. 트리거가 그를 붙잡아 앉히고 마세리에게 물었다.

「그 아이들이 죽은 지 얼마나 된 것 같던가, 살?」

「10분쯤……. 15분 이상은 안 된 것 같아요. 다른 애들한테 주의하라고 경고를 해두었습니다. 그들은 아무것도 못 보았다고 하더군요. 쥐새끼 한 마리도 못 보았대요.」

트리거는 생각에 잠겨 중얼거렸다.

「10분이나 15분이라……. 그렇다면 그놈은 소호 사이크를 떠나서 곧 바로 여기로 왔다는 얘기가 되는군.」

질리아모는 차창 밖으로 고개를 내밀고 미술관 부근을 이리저리 살펴보았다. 그는 화가 나서 어쩔 줄 몰라 하면서 큰 소리로 말했다.

「틀림없어! 그놈은 미술관으로 감쪽같이 스며들었다가, 또 감쪽같이 빠져 나온 거야. 놈이 이 근처에 있는 게 틀림없다구. 이 부근을 조용히 돌아보자. 지오, 천천히 차를 저 버스 정류장 바로 앞에 세워라.」

차는 소리없이 움직였다. 그러나 곧 지시받은 대로 미술관 너머의 도로 건너편에 멈췄다.

「다시 저 안으로 들어가실 건가요?」

살 마세리는 몹시 불안하다는 듯 물었다.

「물론 들어가 봐야지. 가서 애들한테 그렇게 전해.」

마세리가 그 명령을 받아 움직이기도 전에 그림자 두 개가 차 옆으로 달려들었다. 질리아모는 유리창을 내리고 머리를 밖으로 내밀었다. 다가선 한 사내가 숨을 헐떡이며 보고했다.

「뭔가 발견했습니다. 바로 저기요!」

그는 손을 뻗어 광장 맞은편을 가리켰다. 다른 한 사내가 말을 이었다.

「서점입니다. 뒷문이 열려 있는 게 이상합니다.」

「좋아. 애들을 데려가서 조사해라.」

질리아모가 명령했다. 사내들이 가게 쪽으로 달려갔다. 마세리가 두 사내가 사라지는 쪽을 보며 말했다.

「저도 가서 자세히 알아봐야겠습니다, 대노.」

닉 트리거가 허튼 소리 말라는 듯 내뱉었다.

「살은 아마도 재미난 일이 벌어질 것 같은 이 미술관에서 떠나고 싶어 몸살이 나는 모양이군.」

질리아모도 머리를 끄덕였다.

「사실 그래. 살, 넌 바로 여기를 지켜야 해. 알았나? 그 가게를 조사하는 일은 스티비에게 맡기겠다. 그리고 우리는 미술관 안으로 들어가는 거야.」

트리거가 반대 의견을 내놓았다.

「그건 별로 좋은 생각이 아니오. 그 안에는 사람들이 너무 많소. 목격자가 너무나 많다는 얘기요. 그뿐이 아니오. 우린 바로 저 미술관에 대해 상당히 큰 관심을 갖고 있소.」

지오 스칼디치가 다시 뒷좌석을 돌아보며 물었다.

「저런 소름 끼치는 곳은 무엇 때문에 들어가 보셨습니까, 트리거 씨?」

「필요한 것이라면 뭐든 다 해야 하는 거야, 이 사람아. 그걸 절대로 잊지 말아. 네가 소름 끼치는 곳이라고 부른 저 미술관은 우리들이 이곳 영국을 장악하는 데에 없어서는 안 될 소중한 장소라는 걸 알아둬. 난 이 미술관이 엉망진창이 되는 걸 원치 않아.」

닉 트리거는 기분 나쁜 미소를 흘렸다.

또다시 4명의 사나이들은 묵직하고 긴장된 침묵 속으로 잠겨 들었다. 그들의 번득이는 눈은 모두 길 건너의 그 건물을 쏘아보고 있었다. 또 한 사내가 기를 쓰며 그들 쪽으로 달려오고 있었다. 그는 차 옆으로 뛰어오더니 숨을 몰아 쉬며 보고했다.

「스티비가 지하로 통하는 길을 발견했습니다! 그 길을 따라 들어가야 하는지 알아보라고 했습니다.」

질리아모가 그 사내에게 버럭 소리를 질렀다.

「그걸 말이라고 하나! 조심해서 들어가라고 해! 그 안에 보란이라는 놈이 있을지도 모르니까.」

전령의 임무를 맡은 사내는 다시 헐레벌떡 어둠 속으로 사라졌다.

닉 트리거는 리볼버를 꺼내 안전 장치를 점검하고 탄창을 살펴보았다. 그는 심호흡을 하며 말했다.

「이제 들어가 봐야겠군, 대노.」

살 마세리는 톰슨 반기관총을 옆구리에 끼고 보스에게 다가앉았다.

「다른 애들을 불러 오겠습니다, 대노.」

「그렇게 해.」

「대노, 할 얘기가 있습니다. 빅 안젤로는 좋은 친구였습니다. 누구든 보란을 잡을 수 있겠죠. 그러나 만일 우리가 그놈을 잡으면 제가 그놈에게 총을 쏘도록 허락해 주십시오.」

「알았어, 살. 네 기분이 어떤지는 알고 있어.」

마세리도 톰슨을 팔에 끼고 어둠 속으로 사라져 갔다.

닉 트리거는 차에서 내려 밖으로 나섰다.

「어쩐지 보란을 만날 듯한 예감이 드는군.」

「나도 그렇소.」

질리아모는 긴장된 목소리로 대꾸했다. 그도 문을 열고 거리로 나섰다. 그는 차의 지붕 너머로 미술관 건물을 바라보며 중얼거렸다.

「그놈은 틀림없이 이 근처, 아니면 저 건물 안에 있을 거요.」

바로 그 순간 길 건너편에서 문 하나가 열리면서 검은 물체가 문 가에 나타났다. 그는 문 가의 희미한 불빛을 등지고 잠시 멈춰 서 있다가 그가 갖고 있던 반기관총으로 한바탕 허공에 난사하더니 몸을 굴려 사방에 드리워져 있는 암흑의 장막 속으로 사라졌다. 이제 보란은 미술관 안에는 없는 셈이었다.

마피아들이 탔던 차의 운전사가 외쳤다.

「저기, 저 녀석을 잡아라!」

그러나 그의 얘기에 반응을 보이는 사람은 없었다. 대노 질리아모는 벌써 차 뒤의 땅바닥에 엎드려 있었고, 닉 트리거는 차 안으로 몸을 감추고 있었다. 다시 한 번 반기관총이 정적을 뒤흔들었다. 그 커다란 차의 유리가 박살이 났다. 유리 파편이 폭포처럼 차 안으로 쏟아져 내렸다. 지오 스칼디치의 머리가 마치 그 속에 포탄이라도 장치되어 있었던 듯 산산조각이 나면서 시뻘건 피와 허연 뇌수가 사방으로 흩어졌다.

그것이 시작되었다. 사드 미술관 부근은 갑자기 기관총과 리볼버의 격렬한 불꽃과 총성으로 비명과 피비린내가 가득 찬 지옥으로 변해 가고 있었다.

맥 보란이 미술관의 문을 열고 나서면서 어둠 속으로 무작정 기관총을 난사한 것은 마음에도 없는 충동적인 행위였다. 그는 자신의 내부에서 소용돌이 치는 분노로 몸이 떨리는 것을 느꼈다. 그러나 전투에는 이미 이력이 나 있던 그는 자신이 무슨 짓을 하고 있는지를 명확히 판단하고 있었다.

그 충동을 실행에 옮기는 순간 그는 자신의 행동이 적들을 놀라게 하고 적의 질서를 무너뜨리며 적의 사기를 떨어뜨릴 수 있으리라고 계산했다. 그리하여 결국엔 그들을 멸망시킬 수 있을 것이었다. 보란은 자신이 하고 있는 일을 분명히 알고 있었다. 그리고 그 뒤에 어떤 사태가 야기되리라는 것도 짐작하고 있었다.

미술관 맞은편 건물에서 마피아 한 명이 문을 열고 나온 순간 불이 밝혀진 차가 보였다는 것은 그에게 내려진 축복이었다. 그가 불이 환히 밝혀진 곳에서 나온 직후였고 어둠에 전혀 눈이 적응하지 못했던 때였음에도 불구하고 보란은 그 불이 밝혀진 차 안팎에서 사내들이 무리져 있는 것을 볼 수 있었다. 바로 그것이 그의 표적이 되었다. 우지 반기관총의 두 번째 난사는 멋지게 명중했다. 그는 지오 스칼디치의 머리가 산산조각 나는 것을 보았고 뒷자리에 있던 덩치 큰 한 사내가 차 바닥에 엎드리는 것도 보았으며 대노 질리아모가 광장 너머 어둠 속으로 몸을 날리는 것도 볼 수 있었다.

그러나 이제 강력한 화기들이 사방에서 보란에게로 불꽃과 죽음의 냄새를 토해 놓기 시작했다. 보란은 그들이 몸을 숨기고 있는 어둠을 밝혀야 했다.

그의 세 번째 사격은 차의 기름 탱크를 표적으로 삼았다. 주변을 훤히 밝히기 위해서였다. 그의 예상은 적중했다. 차는 거대한 화염으로 뒤덮이며 굉음과 함께 폭발했다.

그러나 어둠 속 어디엔가 톰슨 기관총을 가진 적이 있었다. 보란은 그 강력한 화기 앞에서 우뚝 선 채 한 자리에서 계속 총을 난사할 수는 없었다. 그는 차가 폭발함과 동시에 그 불길을 싸고 돌며 달렸다. 적들의 공격 부대 후면으로 가야 했다. 거기에서는 불을 등지고 선 그들의 모습을 또렷이 식별할 수 있을 것이었다. 그가 달리고 있던 통로의 바로 앞에서 누군가가 벌떡 일어섰다. 보란은 순간적으로 우지 반기관총의 방아쇠를 당겼다. 그 그림자는 피를 토하며 길바닥에 나뒹굴었다.

거의 대부분의 적들이 불타고 있는 차 주변에 숨어 있는 듯했다. 그들은 이쪽 저쪽에 함부로 총질을 해댔고 흥분과 당황 속에서 서로에게 알아들을 수 없는 소리들을 질러 댔다.

보란은 원했던 바로 그 장소에 도달하자 교차로 모퉁이 땅바닥에 엎드렸다. 광장의 모습은 전투에 이력이 난 그에게는 참으로 보기 좋은 것이었다. 적들은 타오르는 차의 불길 이쪽 저쪽에서 그림자들을 길게 늘어뜨리고 동분 서주하고 있었다. 그는 그들을 향해 3개의 탄창이 완전히 빌 때까지 우지 반기관총을 난사했다. 적들이 나무 토막처럼 여기저기에서 쓰러졌다. 순식간에 광장에는 더 이상 사격을 할 수 있는 표적이 될 만한 것은 아무것도 남아 있지 않았다.

보란은 귀를 곤두세우고 사방의 소리를 들으며, 그의 시야에 들어오는 모든 것들을 눈여겨보며 한동안 그대로 엎드린 채 기다렸다. 참혹한 정적만이 광장 위에 내리덮였다. 소리라고는 차에서 솟아나온 불길이 투닥투닥 불꽃을 날리는 소리뿐이었다. 보란은 다시 총성과 사격에 의한 불꽃이 터져 나오기를 기대하며 몸을 일으켰다. 그러나 아무 소리도 들려 오지 않았다. 그는 천천히 광장으로 걸어 나갔다. 이제 그곳은 피비린내로 뒤덮여 있었고 시체와 죽어가는 사내들이 광장에 널려 있었다.

너무 간단하다고 보란은 생각했다.

보란은 톰슨 기관총으로 맹렬히 사격을 해대던 사내 곁으로 갔다. 불타고 있는 차의 반대쪽에 그 사내는 나뒹굴고 있었다. 그는 아직 죽지 않았으나, 죽음의 일보 직전까지 이른 것 같았다. 보란은 그의 손에 쥐어 있는 총을 발로 걷어차 버린 후 그의 귀에 대고 물었다.

「이름이 뭐야?」

「개자식!」

사내는 이를 악물며 중얼거렸다.

「미술관의 노인에게 그런 짓을 한 자가 누구야?」

「개…… 자식!」

보란은 시체들의 얼굴을 확인하며 계속 앞으로 나아갔다. 그는 대노 질리아모를 찾아야 했다. 타오르는 차는 아직도 음산한 소리를 내고 있었다.

총격전이 끝나고 정적이 내리덮이고도 한참이 지난 후에야 주변의 건물들로부터 그 총격전에 대한 반응이 나타나기 시작했다. 건물 창가에 두텁게 드리워졌던 커튼이 조금씩 열리고 두려움에 찬 사람들의 눈동자가 밖을 내다보았다.

보란은 물론 그 눈길들을 의식하였다. 그러나 그는 그 눈길보다도 더 중요한 것을 느끼고 있었다. 미술관의 문이 열리고 총을 든 3명의 사내들이 뛰쳐나오고 있었다.

그 중 한 명은 장총을 들고 있었다. 보란은 본능적으로 우지를 들고 사격할 태세를 갖추었다. 그러나 그는 그들의 신분을 확인하기 위해 잠깐 망설였다. 그들은 광장 가득 널린 대학살의 모습에 잠시 넋을 잃은 듯했다.

그 순간이 보란에게는 아주 긴 시간처럼 느껴졌는데 그때 장총을 든 사내가 외쳤다.

「보란이다!」

그것은 그 사내의 운명을 결정짓는 외침이었다. 그 외침에 대답한 것은 보란의 우지 반기관총이었고 동시에 장총을 든 사내의 몸뚱이는 공중에 튀어올랐다가 땅 위로 떨어졌다. 나머지 두 사나이도 몸뚱이가 거의 반동강이가 되다시피 해 바로 문 곁에서 나뒹굴었다.

잠시 후 보란은 작고 뜨거운 무엇이 자신의 늑골 속으로 파고

드는 것을 느꼈다. 보란은 그것이 탄환이라는 것을 곧 알 수 있었다. 그는 재빨리 돌아서서 그가 왔던 길을 되돌아 뛰어갔다. 이제는 떠나야 할 시간이었다. 곧 경찰들이 이곳을 덮칠 것이 분명했다. 그리고 그의 늑골에서는 계속 따뜻한 피가 흘러나왔다. 그는 광장을 가로질러 포르노 가게를 지났다. 그때 그는 일종의 무의식적인 반응으로 골목 어귀에서 발을 멈추고 우지 반기관총을 휘둘렀다. 어둠 속에서 당황한 목소리 하나가 튀어나왔다.

「아, 쏘지 마시오, 쏘지 마! 난 총알도 떨어졌소.」

보란이 신경질적으로 외쳤다.

「먼저 총을 버려! 그리고 손을 머리에 얹고 나와.」

보도 블럭을 치는 둔탁한 소리가 나더니 덩치 좋은 사나이가 망설이듯 조심스럽게 어둠 속에서 걸어 나왔다.

보란은 그 사내의 배에 우지 반기관총의 총구를 들이밀었다. 그 사내는 숨을 훅 들이쉬더니 애원조로 말했다.

「아, 그만둬요. 이제 그만…….」

보란은 기관총을 치우고 그 사내 주위를 한 바퀴 돌며 그의 몸을 샅샅이 뒤졌다.

「걸어! 곧장 앞으로.」

「어디로 가는 거요?」

「몰라도 돼. 네 이름이 뭐야?」

「스티비 카본이오. 대노의 총잡이요., 살 마세리 밑에 있죠. 아니, 이제는 있었다고 해야 되겠죠.」

보란은 총으로 그의 등을 쿡 찌르며 물었다.

「이제 살 만큼 다 살았다고 생각지 않나, 스티비?」

「아니오. 그렇지 않아요.」

잔뜩 긴장한 목소리로 그 사내는 대답했다.

그들은 잰 걸음으로 모퉁이를 돌아갔다. 보란은 링컨 콘티넨털을 향해 그를 밀고 갔다.

「계속 걸어. 빨리! 그러나 쓸데없는 짓은 말아! 뒤돌아보지도 말고.」

「어디로 가라는 거요?」

「지옥으로!」

보란은 한 손으로는 늑골을 꽉 누르고 다른 손으로는 목에 건 우지 반기관총의 벨트를 쥐고 있었다.

그 사내는 떨리는 목소리로 말했다.

「너무 서두르지 말아요. 난 당신 같은 사람과는 싸우고 싶은 생각이 없어요. 내가 당신을 미워할 개인적인 이유가 뭐겠소?」

「멍청한 소리 말아. 개인적인 것이란 애초부터 없었어. 그런데 한 늙은 노인이, 몸이 갈갈이 찢어지도록 고문을 당해 죽은 걸 본 순간 갑자기 이 모든 게 개인적인 일이 돼 버렸지.」

「그럼 남자답게 얘기해 보십시오, 보란. 날 죽일 거요? 아니면 …….」

「그건 너의 행동 여하에 달려 있어, 스티비.」

「나한테서 무엇을 원하시오?」

「넌 내가 원하는 이야기를 나한테 해줄 수 있을 것으로 생각되는데.」

「난 아무것도 몰라요, 보란. 게다가 난 침묵의 서약을 한 사람이오. 침묵의 서약이 뭔지는 당신도 알 거요.」

「그럼 그 서약과 더불어 죽어 자빠지는 수밖에 없겠군.」

「아, 아니오. 난 그 서약과 같이 살고 싶습니다.」

그들은 말없이 걸었다. 보란은 그 사내보다 두어 걸음 뒤에서 걸었다. 먼 곳으로부터 경찰의 사이렌 소리가 들려 오기 시작했다.

그들은 링컨 콘티넨털에 이르렀다. 고통스런 신음을 삼키며 보란이 명령했다.

「차를 몰아.」

「어디로요?」

「이미 얘기했잖아. 지옥으로 곧장 달리는 거야.」

그들은 차에 올랐다. 그 사내는 뭔가 결심을 한 듯 말했다.

「얘기를 하겠소, 보란.」

「먼저 차를 몰아. 입은 그 뒤에 열어도 되니까.」

보란은 이 스티비 카본이라는 사나이가 누구인지 전혀 짐작할 수 없었다. 들어본 적도 없는 이름이었다. 그러나 보란은 그 이름에 대해서는 신경을 쓰지 않았다. 그의 옆에 앉아 운전을 하고 있는 사나이가 스티비 카본이 아니라는 것을 그는 이미 알고 있었던 것이다.

그는 바로 한 사람의 카포를 붙잡은 것이었다.

그의 포로는 다름 아닌 대노 질리아모였다.

12
심 문

생애의 거의 반 이상을 동지들을 위하여 전투를 벌여 왔던 닉 트리거는 이제까지 단 한 번도 이와 같은 치욕과 창피를 당해 본 적이 없었다. 눈앞에 들이닥친 죽음에 대해 자신이 취한 비겁한 행동이 그를 부끄럽고 굴욕스럽게 했다. 그런데도 그는 살아 있었다. 그는 자신에게 쉴 새 없이 〈나는 살아 있다〉는 얘기를 반복했다. 살아 있다는 것은 대단히 중요한 일이었다. 죽은 영웅이 된다 하여 가문에 어떤 이득을 더해 줄 수 있는 것은 절대로 아니었으니까.

사태가 엄청나게 비화해 가고 있고 한 사람의 힘으로는 그 사태의 방향을 바꿀 수 없는 지경이라면, 만용을 부려 개죽음을 당하느니보다는 후일을 기약하며 목숨을 부지하는 것이 현명한 처사라고 생각되지 않는가? 죽음이란 결국 저주받은 종말이었다. 죽음과 직접 맞부딪치지 않는 한 문자 그대로 존재를 포기한다는 것은 거의 불가능한 일인 듯 여겨지는 것이다. 그는 그것을 깨닫고 있었다.

그리고 바로 그와 같은 때에 보란을 만났다 하여 그가 무엇을 할 수 있었겠는가? 그가 그 저주받은 차에서 순간적으로 빠져나온 것은 바로 하느님의 계시였다고 그는 생각했다. 그는 그때 일을 생각하는 것만으로도 온몸에 소름이 끼치고 등골에 식은땀이 흘렀다. 1초만이라도, 단 1초 만이라도 더 그 차 속에 머물러 있었더라면 닉 트리거는 더 이상 이 세상 사람이 아니었을 것이다.

그는 다만 한줌의 잿더미로 화해 있을 것이 뻔했다. 만일 그가 차 안에서 빠져 나가야 한다는 생각을 1초만이라도 늦게 했더라면 그때는…….

닉은 자신의 행위를 합리화했다. 그는 자신을 그 차로부터 벗어나게 한 것이 전투 감각이 아니라 단순히 겁에 질린 충동이었다는 사실을 애써 잊으려 했다. 지오 스칼디치의 피와 뇌수가 온 차 속에 흩뿌려지자 뒷좌석에 엎드려 있던 닉은 확 끼쳐 오던 피비린내와 소름 끼치는 광경에 벌벌 떨었다. 그는 간신히 몸을 일으켜 그곳을 빠져 나왔다. 그가 차로부터 미처 열 발자국도 떼어놓기 전에 차는 굉음과 함께 화염에 휩싸였다.

동시에 그는 생명 부지의 본능으로 그 자리에 납작 엎드렸다. 바로 그때 보란은 대노의 대 전투 부대를 처형하고 있었었다. 검은 옷을 입은 보란이 시체들 사이를 서성거리는 동안에도 그는 겁에 잔뜩 질려 그 자리에 그대로 엎드려 있었다. 보란이 살 마세리에게 질문하는 소리도 그는 들었다. 대노의 총은 그가 엎드려 있는 곳에서 불과 몇 인치 떨어져 있지 않았는데도 그는 그대로 엎드린 채 죽은 시늉을 했고 제발 목숨만 건질 수 있게 해달라고 열심히 기도했다.

보란이 스티비 카본과 그의 두 졸개를 처형하는 동안에도 그는 근육 하나 움직이지 않았다. 스티비 카본과 두 졸개는 서점으로 들어갔다가 비밀 통로를 통해 미술관으로 나온 것이었다. 보란이 광장을 가로질러 사라진 뒤에야 닉 트리거는 반대 방향으로 기기 시작했다. 광장을 완전히 벗어나기까지 그는 일어서지 못했다. 안전한 장소에 도달했다는 판단이 서자 그는 벌떡 일어나서 죽어라고 달리기 시작했다.

그는 자신의 행동을 합리화하려고 무던히 애를 썼는데도 불구하고 수치심이 온몸을 엄습하는 것을 막을 수 없었다. 그때 그 순간을 생각하면 간담이 서늘해져 왔다. 닉은 이제야 비로소 이해가 되기 시작했다. 어떻게 해서 그의 동지들이, 그 수많은 전투원들이 보란을 없애려고 기를 쓰고 덤벼들었음에도 불구하고 보란이 살아 남을 수 있었는지를! 왜 대노가 그놈을 그토록이나 두려워하며 그 자신의 가문이 아닌 외부의 가문에 도움을 요청하게 되었는지도 그는 이해할 수 있었다.

보란이 일단 공격을 했다 하면 그것에는 조금의 빈틈도 없었고 반면에 그놈은 이쪽의 모든 허점을 철저히 이용한다는 것을 그는 똑똑히 깨달았다. 보란은 단순히 공격만 하는 것이 아니었다. 그놈은 눈앞에 지옥의 모든 상황을 펼쳐 놓는 것이었다. 맙소사, 도대체 상황이 이 지경인데 어떻게 감히 머리를 들고 대항할 생각을 할 수 있을 것인가?

그렇다. 그놈을 어떻게든 처리해야 한다는 것은 분명한 일이었다. 지금까지 시도되었던 적이 없는 어떤 새로운 대책이 마련되어야 할 것 같았다. 그들의 구태 의연한 작전으로는 보란을 잡을 수 없었다. 몇 분 전까지만 해도 닉에게 보란은 그저 단순한 공격의 대상으로, 마피아의 처단자 리스트에 오른 하나의 이름, 그가 맡은 또 하나의 임무였을 따름이었다. 그러나 그 모든 생각들이 이제는 변했다. 그는 방금 보란의 전투 능력을 목격했던 것이다.

닉 트리거 자신도 이미 100명 이상의 사람들에게 죽음을 선사했다. 그러나 그는 맥 보란과 같은 사내가 자신에게 죽음을 선물하기 위해 기다릴 것이라고는 생각지도 못했던 것이다. 지금까지 닉 트리거는 죽음 따위를 두려워하지 않았다. 그러나 이제 그는 죽음을 두려워하기 시작했다. 그리고 그는 그 두려움을 보란과 함께 나누고 싶었다. 맥 보란에게도 그 공포를 느끼게 해야 했다.

그날 밤의 대실패에서 가장 운좋은 것은, 적어도 닉이 생각하기에 다른 사람 아무도 닉의 그 비겁함을 모르고 있다는 것이었다. 그 전투에서 단 한 명의 생존자는 맥 보란뿐인 것이 분명했다. 닉 트리거가 죽은 사람 흉내를 냈다는 것을, 그리하여 사냥꾼 보란이 그에게 등을 돌리고 사라지기까지 그저 바라보고만 있었다는 것을 아는 사람은 한 명도 없었다. 그 사태가 벌어졌을 때 닉 트리거가 바로 그곳에 있었다는 것을 다른 사람은 아무도 알 필요가 없는 일이었다.

그렇다. 바로 그것이 가장 다행스러운 점이었다. 아니, 다만 닉 트리거만이 그렇게 생각하고 있는 것인지도 몰랐다.

그들은 천천히 토튼햄을 돌아서 리젠트 공원을 향해 달리고 있었다. 질리아모는 결정적인 질문에 대해서는 조심스럽게 대답을 회피했다. 그는 혼해 빠진 전투원을 아주 그럴듯하게 흉내내었다. 보란은 그가 그런 연기를 계속하도록 내버려 두기로 했다. 그러나 한동안만이었다. 그들은 매리리본으로 들어서서 파크 가로 향했다.

「공원으로 들어가.」

보란은 아무 감정도 섞이지 않은 목소리로 지시했다.

「공원 안으로 들어가라구요?」

「그렇다, 스티비.」

질리아모는 불안하다는 듯 더듬거리며 물었다.

「그 안에서 뭘 하겠다는 거요?」

「뭘하건 그건 내가 결정하겠다. 물론 나의 결정은 너의 행동에 달려 있지만. 바로 앞에 야외용 극장이 보이겠지? 거기서 차를 세워, 스티비.」

보란의 늑골에서 흘러나오던 피는 이제 멈추었다. 탄환은 늑골 근처를 파고들었을 뿐인 것 같았다. 그러나 아직도 그 부분이 고통스러웠다. 보란은 그 고통을 견뎌내야 했다.

차는 원형 극장 안으로 들어서자 곧 멈추었다. 보란이 명령했다.

「열쇠를 내게 주고 차에서 내려.」

질리아모는 보란의 눈치를 살피면서 그가 시키는 대로 했다. 보란도 역시 차에서 내렸다.

「저쪽으로!」

보란은 우지 반기관총으로 앞쪽을 가리켰다.

「어디 말이오?」

「무대 위.」

질리아모는 한동안 말없이 보란을 바라보더니 걸음을 옮겼다. 보란이 그 뒤를 쫓았다. 그들은 계단을 올라갔다.

질리아모가 투덜거렸다.

「이 위에서 뭘 하자는 거요?」

「너는 연기를 좋아하더군, 대노. 그래서 무대를 마련해 주기로 작정한 거야.」

맥 보란의 차가운 목소리는 빈 극장 안에 메아리쳤다.

덩치 큰 사나이는 깜짝 놀라 겁먹은 얼굴이 되었다. 그의 목소리는 공포와 분노로 떨려 나왔다.

「내 정체를 알고 있었다면 당신은 왜 내가 계속 연기를 하도록 내버려 두었소?」

「잔소리 말고 무대 중앙으로 나가!」

보란은 담담하게 말했다. 질리아모는 보란이 얄미워 죽을 지경이었다.

「빌어먹을! 날 죽일 작정이라면 지금 여기서 죽이란 말이야!」

보란은 우지의 개머리판으로 그의 얼굴을 힘껏 갈겼다. 질리아모는 휘청거리며 손으로 얼굴을 가렸다.

그는 보란이 명령한 대로 무대 중앙으로 비틀거리며 갔다.

「무릎을 꿇어.」

뉴저지의 카포는 보란을 쏘아보았다. 그러나 보란이 시키는 대로 무릎을 꿇을 수밖에 없었다.

「어디에서 죽고 싶나?」

「난 죽고 싶지 않아, 보란.」

「넌 10분 동안이나 날 속였어, 대노. 네가 날 속이지 않았다면 살려줄 수도 있었는데 말이야. 사는 것을 포기하는 것이 그렇게도 힘이 드나?」

「제발!」

질리아모는 애원했다. 반면에 보란의 목소리는 싸늘하고 침착했다.

「살고 싶으면 모든 걸 털어놓으라구!」

「내가 입을 열 수 없다는 걸 당신도 알잖아. 내가 말을 해서 당신이 날 죽이지 않는다 해도 가문에서 날 죽일 거야. 차라리 이곳에서 죽는 것을 택하겠어.」

「네가 얘기했다는 사실을 누가 알 수 있겠나? 네 가문에 가서 그런 얘기를 할 사람이 누가 있나, 대노?」

뉴저지에서 온 사내는 잠시 생각하는 듯했다.

그는 거의 알아들을 수 없는 소리로 물었다.

「뭘 알고 싶은 건가?」

「그 늙은 신사에게 그런 짓을 한 놈이 누구야?」

「이미 열 번이나 그 질문을 했잖아! 도대체 당신이 무슨 얘기를 하는지 난 모르겠어.」

「미술관에 있던 그 늙은 신사 말이야. 누가 그를 칠면조처럼 묶어 놓고 등 밑에다 불을 지펴 댔나?」

「보란, 난 정말로 하나도 모르는 이야기라구.」

「네 졸개들이 그 짓을 안 했다는 건가?」

「정말 난 모르는 일이야.」

「너는 그 미술관에 들어갔었지, 대노?」

「물론이지, 한 2분 동안 거기 있었지. 나와 닉, 그리고 살, 또 …… 이름이 생각나지 않는 한 사람이 들어갔었어. 그렇지만 그 노인한테 우리는 아무런 짓도 하지 않았어.」

「닉이 누구야?」

「닉 앙당트라고도 알려져 있는 사람인데. 잠깐 동안 돈만차카티 밑에서 일한 적이 있었지.」

보란은 심문의 결과가 점점 더 만족스러워졌다. 질리아모는 고분고분하게 털어놓고 있었다.

「그래? 그럼 닉 트리거는 영국에서 무슨 일을 하는 거지?」

「가문의 일을 하지.」

「오늘밤 그 미술관에서 그와 너는 무슨 일을 했나?」

「나는 여기 와서야 닉을 만났을 뿐이야. 난 2주 전에 도착했고, 아직 당신이 프랑스에 있을 때 말이야. 이것 봐, 난 쓸데없이 남의 일에 질문받기도 싫고, 당신한테 아무런 개인적 감정도 없어. 하지만 높은 자리에 앉은 사람들이 하라고 하니까 이 대노 질리아모는 하는 것뿐이야. 그건 이해해 줘야 해, 보란.」

「그래, 이해해 주지, 대노. 그런데 그 닉 트리거라는 친구 얘긴데 그가 그 미술관과 무슨 관계가 있는 거지?」

뉴저지의 카포 대노 질리아모는 이제 중대한 결정을 내려야 할 순간에 서 있었다. 삶과 죽음이 교차하는 순간이었다. 내심 진땀을 흘리고 있었으나 그는 보란을 올려다보며 킬킬거렸다.

「날 아주 궁지에 몰아넣는군. 날 아주 난처하게 만들고 있단 말이야.」

「너와 나 사이만의 일이다, 대노. 어서 결정을 해. 밤새도록 여기 서 있기는 싫다.」

「내가 모든 것을 얘기한 다음에 당신이 날 쏘지 않으리라는 걸 어떻게 보장하지?」

「그것이 너한테 남은 유일한 기회 아닌가, 대노? 또 중요한 건 난 친구를 죽이지 않아? 비록 일시적인 친구라 해도.」

질리아모는 심호흡을 했다.

「좋아. 나한테 뭘 물었었지?」

「닉 트리거와 미술관 사이의 관계가 어떤 건지를 알고 싶다고 했어.」

「좋아. 닉은 그 미술관을 운영하는 사람들에게 함정을 파놓았어. 정확히는 나도 모르지만 동성 연애자나 그 비슷한 놈들일 거라는 게 내 추측이야. 닉은 그런 녀석들 속에다 밀정을 심어 놓았을 거야.」

「좋아. 그런데 내가 거기 있으리라는 걸 그는 어떻게 알았을까?」

「신에게 맹세하지만 정말 난 몰라, 보란. 닉은 말이 없기로 유명한 사람이야. 아니, 어제 그는 시체가 돼 버렸을 테니까 말이 없기로 유명한 사람이었다고 해야겠군. 어느 날 밤, 그가 날 부르더니 보란이란 놈을 잡으려면 도버로 가보라고 하더군. 그는 당신이 탄 배의 이름과 도착 시간 등 자세한 것까지도 모두 나에게 알려 주었어. 그리고 우리가 당신을 거기서 놓친 뒤에는 또 그가 당신을 그 미술관에서 찾아봐야 할 것이라고 일러 주더군. 그게 내가 아는 전부야.」

「그에게 밀정이 있다는 건 네 추측이었군.」

「그래. 하지만 그건 뻔한 사실이잖아?」

「이제 오늘밤에 대한 얘기를 하자구. 너도 미술관에 들어갔었다고 얘기했지? 그게 언제였나?」

「10시 30분쯤? 아니면 10시 45분쯤일 거야. 하지만 그 노인은 보지 못했어. 괴상 망측한 꼴들만 보았지. 병적인 꼴들을 보고 기이한 느낌을 받았을 뿐이야.」

보란은 갑자기 턱에 경련이 일고 입 안이 바짝 마르는 것을 느꼈다.

「이층의 작은 방들에는 안 가봤나? 거기에는 뭐가 있던가?」

「괴상한 기구들뿐이었어. 당신도 알잖아.」

「사람은 없었나?」

「우리들뿐이었어. 그건 왜 묻나?」

「그 조그만 사내 말이야. 키가 5피트 5인치나 7인치쯤 되고 아주 깐깐해 보이는 사내는 못 보았나?」

「아, 그 사내! 봤어. 우리를 마치 더러운 물건 취급을 하더군. 기분 나쁜 사람이라고 생각했지.」

「너희들은 그와 무슨 얘기를 했지?」

「난 얘기 안 했어. 닉이 그와 얘기를 했지. 두 사람이 저희들끼리 나가서 뭔가를 속삭이고 돌아왔어. 그리고 우리는 밖으로 나왔어. 닉은…….」

「거기서 그 외에 누구를 보았나?」

「아래층에는 사람들이 아주 많았어. 파티인지 뭔지를 고대하고 있는 것 같더군.」

「알았어. 닉에 대해 얘기를 계속해 봐.」

「무슨 얘기였더라?」

「너희들이 미술관에서 나온 대목에서 그만두었어. 그 다음에 닉은 어떻게 행동했지?」

「아, 그래 닉은 우리와 함께 한동안 차에 앉아 있었어. 그런데 한 10분쯤 뒤에 그 자가 나오자 닉은 차에서 내리더니 어디론가 함께 가버리더군.」

「누가 누구와 같이 떠나갔다는 거야?」

「닉과 그 기분 나쁜 뻣뻣한 사내 말이야. 두 사람이 같이 사라지고 난 뒤 몇 분이 지나자 다른 괴상한 놈들이 나타나더군. 화려한 리무진을 타고 온 놈들도 있었어. 사람들이 내리자 차들은 그냥 떠나가 버리더라구. 그 뒤로는 난 거기 들어가 보지 않았어.」

생각에 잠겨 있던 보란이 말했다.

「그런데 우리가 광장에서 총격전을 하는 동안 세 녀석이 미술관 안에서 나왔어. 그놈들이 나한테 덤벼들었잖아.」

「아, 그건 다른 얘기지. 그 아이들이 통로인지 뭔지를 발견했다고 했어. 싸움이 시작되기 직전이었지. 그게 당신이 드나드는 통로라고 생각했지. 당신이 목을 비틀어 죽였다는 아이들 얘기도 들었고. 그 세 아이들은 당신을 잡으려고 그때 그 속으로 들어갔던 거야. 보란, 내가 아는 건 이게 전부야.」

「사실대로 얘기한 것 같긴 한데…….」

보란은 생각에 잠긴 채 조용히 말했다.

「사실이야.」

「하나만 더 묻겠어. 이 도시에 있는 가문의 사령부는 어디인가?」

「아, 이런! 그건 절대로 얘기 못 해. 보란, 그건 제발 묻지 말아 줘. 그걸 얘기하면 난 살아 남을 수가 없어.」

보란은 오래도록 그를 쏘아보다가 입을 열었다.

「알았어. 네가 옳은 것 같군. 살려 주겠네, 대노.」

「날…… 보내 주는 건가?」

「약속은 약속이니까. 가보게, 대노.」

「내 등 뒤에다 대고 총질하는 건 아닐 테지, 보란?」

보란은 우지 반기관총에서 탄알을 꺼내고 총을 목에 걸었다.

「썩 꺼져 버려!」

뉴저지의 카포는 자신의 이 행운이 믿기 힘들다는 표정이었다. 그는 일어서자 바지를 툭툭 털며 말했다.

「난 정말 중요한 얘기는 당신한테 하지 않았어. 그리고 산다는 문제가 수치스러울 건 없겠지.」

「물론.」

보란은 가볍게 대꾸했다.

「이것 보게, 보란. 당신은 무자비한 악당은 아닌 것 같은데 아무런 이익도 없이 우리들과 싸우지 말고 이제 우리와 손을 잡는 게 어떻겠나?」

「전쟁이야, 이건. 잔소리 말고 떠나. 다음에 너와 다시 만나게 되면 그때는 우리 둘 중 하나는 죽게 될 거야.」

「당신이 정직한 사람이란 걸 난 잊지 않겠어.」

질리아모는 무대 끝으로 가서 바닥으로 뛰어내렸다. 그는 돌아서서 잠시 보란을 바라보고 있다가 어둠 속으로 바삐 사라져 갔다.

보란은 혼자서 중얼거렸다.

「난 네가 생각하는 것처럼 그렇게 정직하지는 않아, 대노.」

그는 다시 우지를 손에 쥐고 탄창을 끼워 넣자 계단을 내려가 차로 돌아왔다. 그의 바지와 셔츠가 뒷좌석에 놓여 있었다. 그는 사랑스럽다는 듯 반기관총을 몇 번 쓰다듬고 뒷좌석의 바닥에 놓았다. 이제 오늘 다시 그것을 사용하는 일은 없을 것이다. 그는 천천히 옷을 입기 시작했다.

전쟁이란 마치 지옥을 창조해 내는 것과도 같다고 그는 생각했다.

어떻게 악당들과 그렇지 않은 사람을 구별해 낼 수 있을 것인가? 만일 마피아들이 늙은 신사 에드윈 찰스를 고문하여 죽인 것이 아니라면 도대체 누가 그런 짓을 한 것일까? 그리고 그 이유와 목적은 무엇이었을까?

그는 다시는 사드 미술관과 관계하고 싶지 않았었다. 그런데 본의 아니게 관계가 성립되고 말았다. 사태는 아주 고약스럽게 얽혀들고 있었다. 보란은 대노 질리아모가 한 얘기가 사실이라고 생각했다. 그렇다면 그 얘기는 구체적으로 어떤 의미가 있는 것인가? 앤 프랭클린의 양아버지 되는 스톤 바로 그 자가 첩자란 말인가?

만일 그렇다면 그것은 그녀에게 어떤 의미가 있는 것일까? 그리고 그 모든 것들이 보란에게는 어떤 뜻이 있는 것이며 이 나라를 탈출하려는 보란의 목적과는 어떤 상관 관계가 있는 것일까?

그렇다. 사태는 분명 뒤얽혀들고 있었다. 이제 적과 동지를 분명히 구분해야 하는 순간이 다가온 것이다.

그의 눈앞에 찰스의 갈갈이 찢긴 몸이 어른거렸다.

보란이 늙은 신사와 만났던 것은 아주 짤막한 시간뿐이었으나 그가 마음에 들었다.

따라서 뒤얽혀든 사태의 어느 지점에서 보란은 사디즘에 걸린 살인자를 찾아내야 했다. 그리하여 그에게 정의가 어떤 것인지를 보여줘야 했다.

지금 보란에게는 더 급하고 더 큰 주의력을 기울여서 해내야 할 당면 과제가 있었다. 옷을 다 입자 보란은 링컨 콘티넨털을 천천히 몰아 조용히 공원 안을 누비기 시작했다.

보란은 공원의 3번 문으로 나서고 있었다. 그는 서쪽으로 방향을 바꾸었다. 대노 질리아모가 약간 비대증에 걸린 몸을 이끌고 보란이 예상했던 것보다 더 빠른 시간에 공원을 벗어나 안개 속을 열심히 걸어가고 있는 모습이 보였다. 보란은 관목 숲속에 링컨 콘티넨털을 세우고 조용히 차에서 내렸다. 적당한 거리를 두고 보란은 조금 전까지의 그의 포로였던 대노를 뒤따르기 시작했다.

그렇다. 보란은 그렇게까지 정직하고도 고지식하지는 않았다. 적으로부터 정보를 얻는 방법이 단 하나뿐인 것은 아니었다. 대노가 그것을 알건 모르건 대노는 아직도 완전히 자유로운 몸이 아니었고, 심문은 아직도 계속되고 있는 셈이었다.

맥 보란은 서서히 적의 기지로 접근해 가고 있었다. 런던 습격의 제 2막이 오르고 있는 것이었다.

13
전쟁과 평화

그들의 본거지는 런던의 외곽 지대에 있었다. 잔디가 탐스럽게 깔린 뒤뜰이 있었고 철제 담장이 둘러싸고 있는 저택이었다. 어떤 귀족의 시골 별장쯤으로 사용되었을 것으로 여겨지는 그런 저택이었다. 그러나 이제 그 저택은 역사상 가장 조직적인 범죄 집단이 방문객을 유치하거나 회의를 하는 데 사용되고 있었다.

그 저택은 피커딜리 부근의 현란한 네온사인이 빛나는 번화가로부터 걸어서 도착할 수 있는 거리에 위치하고 있었다. 그러나 리젠트 공원으로부터는 아주 먼 거리였다. 질리아모는 그곳으로 돌아가는 일을 그다지 서두르고 있지 않은 것처럼 보였다. 런던의 지하철은 자정이 지난 뒤에는 운행되지 않지만 그때까지 택시들은 다니고 있었다. 그러나 마피아의 카포는 지나는 택시는 쳐다보지도 않고 계속 걷고만 있었다.

그것은 보란에게는 다행스러운 일이었다. 미행을 더욱 손쉽게 해주기 때문이었다. 질리아모는 두 다리로 오랜 시간 걸어가는 것으로 그가 가문에 대해 지은 죄를 조금이라도 덜어 보려는 생각인 것 같았다. 그것이 아니라면 그는 단지 분노와 절망과 치욕으로 온몸을 떨며 걷고 있는 것이리라.

그 이유가 무엇이건간에 리젠트 공원으로부터 소호를 돌아가는 길은 몹시 멀고 피곤한 것이었다. 더구나 새벽이었고 질리아모는 런던의 지리에 그다지 익숙한 사람이 아닌 것 같았다. 그는 갔던 길을 되돌아오는가 하면, 한 도로를 한 바퀴 빙글 돌기도 했고, 피커딜리 광장 부근에서는 방향을 잃은 듯 한동안 서성거리기도 했다. 드디어 그는 철제 담장이 있는 그 저택으로 가는 길로 접어들었다.

저택이 가까워질수록 대노 질리아모는 발걸음을 늦추었다.

불쌍한 녀석! 보란은 동정을 금할 수 없었다.

이제 보란은 그 저택 반대편의 어둠 속에 서 있었다. 그는 그 안에서 벌어질 일들이 궁금했다. 방마다 불들이 휘황하게 밝혀져 있었고 대문으로부터 집에 이르는 순환 도로에 차들이 줄줄이 늘어서 있었다. 한떼의 사내들이 불이 환히 밝혀진 포치에 서 있었고, 또 한떼의 사내들은 주차장 근처를 한가하게 서성거리고 있었다.

질리아모가 포치로 접근해 가자 그들이 큰 소리로 주고받는 말이 들렸다.

「아, 대노, 도대체 어디 가 있었나?」

왁자지껄하는 소리가 보란에게까지 들려 왔다. 곧 그 사내들은 질리아모와 함께 건물 안으로 들어갔다. 다른 한 사내가 몇 분 뒤 나오더니 담배에 불을 붙였다. 그가 차 주변을 서성거리던 사내들에게 거의 알아들을 수 없는 목소리로 무엇인가 지시를 내리자 그들은 곧 흩어졌다. 그 중 몇 사람들은 차에 올랐다. 그러자 포치에 나왔던 그 사내가 무언가 또 다른 소리를 질렀다. 보란이 듣기에 그는, 「대문! 대문을!」 하고 외치는 것 같았다.

맨 앞에 주차해 있던 차에서 한 사내가 내리디니 대문으로 달려가 그 거대한 철제 대문을 열어 젖히고 다시 차로 되돌아갔다.

포치에 있던 사내가 다시 외쳤다.

「문은 내가 닫을 테니까 빨리 나가라구!」

차들이 거리로 쏟아져 나오자 보란은 헤드라이트에 자신의 모습이 발각되지 않게 하기 위해 몸을 숨겼다. 차들은 피커딜리를 향하는 듯했다. 마지막 차가 사라지자 포치에 서 있던 사나이는 대문을 향해 천천히 걸어 나왔다. 대문을 곧장 닫지 않고 그는 대문 한쪽에 서서 도로 이쪽저쪽을 살펴보았다. 담배가 그의 손끝을 떠나 도로 가운데로 퉁겨졌다. 그는 도로 위로 나가 그 담배를 밟아 불을 끄고 또 하나의 담배를 꺼내 입에 물었다. 라이터로 담배에 불을 붙인 뒤에도 그는 오래도록 라이터를 켠 채 들고 있었다. 그의 모습이 그 불빛 속에 한동안 드러났다.

그 얼굴을 알아본 순간 보란의 몸에 전율이 스쳐갔다. 그는 다름 아닌 레오 터린이었다. 마피아와 경찰의 이중 역할을 하고 있는 사나이. 그는 피츠필드의 경찰이었다. 보란은 한때 그를 피츠필드의 마피아의 부두목쯤으로만 알고 있었다. 그래서 기꺼이 그 작은 이탈리아 사내를 처형할 작전이었다. 그러나 보란이 성공적으로 마피아 내부에 침투하여 그들이 어떤 식으로 일을 처리하는지를 알게 된 뒤에는, 그리고 레오 터린이 어떤 사람인지를 알게 된 뒤에는 보란은 터린과 한편이 되기도 했었다. 그 당시에 보란은 〈피의 보복〉을 해야만 했었다. 그는 위기에 처한 보란을 도와 주기도 했었다. 보란이 그의 정체를 몰랐던 때 다른 마피아들과 함께 그를 죽이지 않았다는 것은 다행스러운 일이었다. 레오 터린은 경찰의 첩보원이었던 것이다.

이제 그 얼굴을 여기에서 발견하자 보란은 복잡한 감정을 느꼈다. 레오는 보란과 같이 계속적인 위험 속에서 살고 있는 사람이다. 레오 터린이 자신과 친밀하게 지냈었다는 것에 대해 아주 조그만 단서라도 발각된다면 터린은 당장 마피아로부터 제거될 것이고, 5년 동안 지속됐던 경찰의 마피아 침투 작전은 수포로 돌아가고 말 것이다.

그러나 한편으로는 그 작달막한 사내를 완전히 신뢰할 수 없었다. 터린은 더 큰 목적을 위해서라면 보란을 희생시키는 것을 주저하지 않을 사람이었다. 경찰관들이란 모두 다 그런 작자들인 것이다. 한때는 친구였다 해도 때로는 적으로 돌변할 수 있는 것이다.

그러나 보란의 내면적인 갈등은 즉시 해결되었다. 그는 베레타에서 탄환을 한 알 꺼내 터린의 발치께의 도로 위에 던졌다. 그 작은 사내는 허리를 굽혀 탄환을 집어 들고 그것을 손바닥 위에 올려놓았다. 그는 탄환을 손바닥 위에서 한동안 굴려 보고는 집과 건물로 이르는 도로를 재빨리 살펴보더니 침착하게 도로를 건너왔다.

보란은 어둠 속으로부터 걸어나와 희미하게 미소 지으며 말했다.

「네온사인이라도 켜두시지 그랬소.」

두 사람은 악수를 했다. 터린은 보란에게 담배를 건네 주었다.

「당신이 이 근처 어딘가에 있으리라고 생각했소. 그런데 대노한테 무슨 짓을 한 거요, 보란? 꼭 지옥에 빠졌다가 살아나온 사람 꼴이니.」

「바로 보았소. 그런데 당신을 이곳에서 만나다니!」

「모두 당신 때문이오.」

「그럴 것으로 생각했소. 이곳에서 지원군을 잔뜩 부르는 모양이죠?」

보란은 킬킬거리며 말했다.

「그것뿐만이 아니라 다른 일도 있소. 웃을 일이 아니오. 심각하게 생각해 봐야 할 일이오.」

보란의 얼굴에서 이제 웃음은 걷혀 있었다.

「다른 일이라니?」

「그들은 평화 조약을 원하고 있소.」

「평화라…….」

보란이 중얼거렸다.

「진지하게 들어요. 단순한 음모는 아닌 것 같소. 진짜 평화 조약이오. 스타치오가 담당하게 되었소.」

「조 스타치오? 뉴욕 변두리 지역을 맡고 있는 자 말이오?」

「그렇소. 그가 당신과 평화 협상을 하려고 여기로 오고 있는 중이오. 그는 다른 보스들이 자기를 의심하고 있지나 않나 하고 걱정을 하는 모양이오. 당신도 알잖소? 이 녀석들은 서로를 완전히 믿는 법이 없는 놈들이라는 것을.」

「당신 역할은 뭐요?」

「그들은 당신이 한때 내 부하였다는 사실을 잊지 않고 있소. 그래서 내가 당신과의 접촉을 담당할 수 있을 것으로 추측하고 있소. 그런데 당신 이런 사실을 알고 있소? 현재 피츠필드 영역이 내 수중에 들어와 있소. 내가 그곳 카포라오.」

터린은 낮게 소리내어 웃었다.

「축하하오. 몫이 좋은 영토 아뇨? 여자들도 더 많아졌을 테죠?」

보란은 킬킬거렸다. 터린도 소리 없이 웃었다.

「그리고 이름도 바꾸었소.」

「무슨?」

「레오 퍼시라는 이름이오.」

「아하, 내 이름보다 좋구려.」

레오는 갑자기 정색을 하며 보란을 바라보았다.

「그런데 영국에 온 목적은 뭐요? 유럽 대륙을 떠들썩하게 만들어 보자는 속셈이오?」

「난 그저 본국으로 돌아가야겠다는 생각뿐이었소. 그런데 이 늙고 노쇠한 영국이라는 나라에서 아주 지독한 악취가 나는 걸 발견했소. 그래서 좀 손을 봐야겠다는 생각이 들었소.」

「손을 본다……. 그건 두들겨 부수겠다는 얘기 아니오?」

「좋도록 생각하시오.」

「그런데 좀 냉정해지는 게 좋을 거요, 보란. 이곳 런던의 경찰들은 좀 유별나거든. 할 브로놀라를 기억하오?」

「물론. 정부기관 사람 아니오?」

「그래요. 브로놀라가 상당히 압력을 받고 있는 모양이오. 그를 지지하는 사람이 거의 없는데도 그는 당신을 위해 어떤 타협안을 지방 정부에 꾸준히 제출하려고 모색중이오. 그런데 다른 사람들은 그런 일에 끼여 들기가 싫다는 거요.」

「그래, 브로놀라의 생각은 어떤 것이오?」

「그가 당신에 대해 어떤 감정을 갖고 있는지는 당신도 알 거요. 그는 당신이 국가적인 일을 수행하고 있다고 생각하고 있소. 그런데 내가 듣기로는 그의 견해를 비공식적이라고 생각하는 사람들이 아주 많아요. 그러나 그건 연방 정부적 성격의 판단이오. 또 지방 정부 수준에서 그가 할 수 있는 일은 그다지 많지가 않고. 게다가 당신이 계속 여기저기서 사건을 터뜨리고 다니는 동안에는 더욱 그렇소. 그래서 브로놀라는 거의 한 달 전부터 런던 마피아들의 정보를 얻고 싶어하고 있었소. 하지만 나로서는 도와 줄 방법이 없었소. 여기에서 벌어지고 있는 일을 알고 싶다고 마피아들에게 요구할 권리가 나에게는 없으니까. 그런 면에서 나의 이번 여행은 할 브로놀라한테는 축복이었소. 우리가 런던 지하 세계로 들어와 보는 건 이번이 처음이니까.」

「아직 냄새를 못 맡았소?」

「무슨 냄새?」

「이곳에 온 이후로 난 썩은 냄새를 맡고 있소. 만일 이 냄새의 근원이 파헤쳐지면 이 나라 전체가 들썩거릴 거라는 얘기를 나는 듣고 있소.」

「정치적인 문제요?」

「바로 그거요. 대중들의 입장에서는 치가 떨리는 사건이 될 거요. 프로퓨모 사태보다도 더 큰일이 벌어질 거라는 얘기들이오.」

터린은 무언가 말을 할 듯 하다가 입을 다물었다.

「그래서 스코틀랜드 야드 경찰들이 더 혈안이 돼 있는 거요. 아마 그들도 이미 냄새를 맡은 모양이오. 그래서 그 사건이 왈칵 터져 사람들한테 알려지기 전에 무마하려고 하는 모양이오.」

「글쎄. 그럴까? 이곳 중앙 정보국 사람들이란 워낙 자존심이 강해요. 그래서 당신이 멋대로 뛰는 것을 내버려두고 싶지가 않은 것일 거요.」

「자, 그 얘기는 그 정도 해둡시다. 내가 어떻게 하면 당신을 도울 수 있겠소?」

터린은 작은 수첩을 꺼내 전화 번호를 휘갈겨 쓴 다음 그 페이지를 찢어서 보란에게 주었다.

「오늘 안으로 나에게 전화를 해주시오.」

「알았소. 차들은 어디로 간 거요?」

「공항이오. 농부 어니 카스틸리오네가 대부대를 이끌고 6시에 도착할 예정이오. 스타치오가 주장했소. 우리들이 농부 어니보다도 먼저 활동을 개시해야 한다구.」

「무슨 활동을 개시한다는 거요?」

터린은 다시 웃음을 터뜨렸다.

「거창한 계획이오, 보란. 마피아들은 한 손에는 평화를, 또 한 손에는 전쟁을 들고 있소. 우리가 먼저 당신과 접촉하여 평화 협상을 성사시키면 농부 어니는 총을 놓고 우리들의 의견을 따르기로 되어 있소.」

「그러나 어니는 쉽사리 포기하지 않을 테지.」

「바로 그거요. 그렇지만 스타치오도 위원회의 전폭적인 지지를 받고 활동하는 거요. 당신과 협상한다는 것은 위원회에서도 대환영이었다오.」

「카스틸리오네도 그 위원회에 일원이잖소?」

「그렇소. 그러나 그는 당신을 몸서리 치게 증오하고 있다는 걸 당신도 알 거요.」

「그 늙은 농부의 초상날도 멀지 않았군.」

「그 정도 알아두고 행동하시오. 이건 나의 추측에 불과하오. 더 이상 자세한 내막들은 잘 모른다오. 스타치오는 이 일을 아주 중대하게 여기고 있소. 난 다만 당신과의 협상을 모색하기로 되어 있는 것뿐이오. 스타치오가 하는 얘기를 잘 들어 주는 게 좋을 거요. 그래야 당신도 편안히 은퇴할 수 있을 것 아니오?」

「누가 은퇴하고 싶다고 했소?」

터린은 미소 지었다.

「이런 식으로 영원히 계속할 수는 없을 것 아니오?」

보란은 특유의 음산한 미소를 흘렸다.

「계속할 수 있을지 없을지는 두고 봐야 할 거요.」

「알았소. 아무튼 그건 당신이 결정할 일이오.」

「정보가 좀 필요하오.」

「할 수 있는 한 돕겠소. 뭘 알고 싶소?」

「70이나 75세쯤 된 에드윈 찰스라는 노인에 대해 알아야겠소. 죽음을 그에게 선물한 사람에 대해서도. 내 추측이지만 그는 제2차 세계 대전 중 OSS(전략 사무국) 연락 대원으로 활약한 것 같소. 오늘밤 그는…… 죽었소.」

터린은 보란에게 총알을 돌려 주며 물었다.

「적인지 동지인지 알고 싶다는 거요?」

「그렇소.」

「좋소. 브로놀라에게 연락을 해서 알아보도록 하겠소.」

「또 머빈 스톤 소령에 대해서도 조사해 주시오. 지금은 은퇴했는데 내가 아는 것이라곤 그의 이름뿐이오. 하지만 찰스와 그 사이에는 모종의 관계가 있는 것이 분명하오.」

「무슨 은밀한 관계요?」

「그렇소. 중대한 문제요. 그 때문에 골머리를 썩어야 할 지경이오.」

「알았소. 알아보겠소.」

터린은 천천히 도로를 건너갔다. 대문으로 들어서자 그는 문을 꼭 닫고 건물로 이르는 도로를 천천히 걸어 올라갔다. 그는 휘파람을 불고 있었다. 보란은 그를 오래도록 바라보고 있다가 밤의 어둠 속으로 사라져 갔다.

보란은 그가 오래도록 살아 남아 있기를 바랐다. 그의 목숨이 보란의 목숨만큼이나 짧을지도 모른다는 생각이 들자 보란은 훌륭한 경찰관에 대한 동정심이 끓어오르는 것을 억제할 수 없었다.

14
소령의 정체

보란이 러셀 광장으로 돌아왔을 때 퀸스 하우스의 이곳 저곳에는 불이 밝혀져 있었고 앤 프랭클린의 창문에서도 희미한 불빛이 새어 나오고 있었다. 세심하게 주변을 살펴본 뒤에 보란은 뒷문으로 들어서서 계단을 올라갔다. 그녀가 그에게 주었던 열쇠로 그는 현관문을 열었다.

앤은 그를 기다리고 있었다. 그녀는 현관문 바로 맞은편의 의자에 꼿꼿이 앉아 있었다. 그녀는 조금도 졸리는 얼굴이 아니었다. 게다가 그녀는 커다란 웨더비 마크 V를 꼭 움켜쥐고 문으로 들어서는 보란의 배를 겨냥하고 있었다. 그는 문을 닫고 조용히 물었다.

「날 벌써 잊어버렸소?」

그녀는 냉정하게 대꾸했다.

「아니오. 당신을 잊은 게 아니에요.」

「그 총을 들고 뭘 하는 거요?」

「나 자신을 보호하고 있는 거예요.」

「나 때문에?」

그녀는 계속 뻣뻣하게 굳은 표정으로 머리를 끄덕였다. 보란은 여유를 보이며 웃으려고 했으나 웃음이 나오지 않았다.

「음! 담배를 좀 피워도 되겠소, 총잡이 아가씨?」

「담배를 꺼내는 척하며 총을 꺼낼 작정이라면 그만두는 게 좋을 거예요.」

보란은 전혀 그럴 생각이 아니었다.

「이것 봐요. 난 장난할 기분이 아니오. 보병들은 전투를 끝내고 돌아오면 기진맥진하는 법이오. 난 보병이오. 알겠소? 난 종일 싸우고 다녔소. 이 두 다리는 지칠 대로 지쳐 있소. 그런데 당신은 왜 이러는 거요?」

「당신의 다리가 나 때문에 지치지 않은 걸 하나님께 감사드려야겠군요.」

「다리뿐이 아니오. 이 어깨도 마찬가지요. 특히 총을 메고 다녔던 이쪽 어깨는 더욱 그렇소. 그 커다란 총이 불꽃을 토해 내는 순간 개머리판이 어깨를 성난 황소처럼 들이받는 법이오. 내가 아는 어떤 사람은 사격장에서 총을 쏘다가 뼈가 어깨 밖으로 튀어나온 적도 있었소.」

「나도 총을 여러 번 쏴봐서 알아요.」

보란은 자신을 쏘아보는 그녀의 얼음장 같은 시선이 싫었다. 지금 무엇보다도 보란은 스톤 소령이 어디에 있는지 몹시 궁금했다. 그는 지금 어디에서 누구와 무엇을 하고 있는 것일까?

「어디서 총을 쏴보았다는 거요? 오락실 사격장에서? 지금 당신이 들고 있는 그 총은 장난감 총이 아니오, 앤. 1000야드 밖의 사람까지도 즉사시키는 파괴력을 가진 총이오. 3000피트란 말이오. 당신네들 단위로는 1킬로미터하고 맞먹는 거리지. 그런 정도의 파괴력이라면 총개머리판이 받는 반동도 그만큼 세게 마련이오. 4000파운드 이상이 되는 거요. 바로 거기서 성난 황소가 뛰쳐나온단 말이오. 그뿐인 줄 아시오? 그 웨더비 탄환은 아주 강력한 파괴력을 갖도록 고안되어 있소. 충격 또한 수류탄을 능가하고 물체를 산산조각을 내며 꿰뚫어 버리오. 작은 폭탄과 같소. 만일 그 자리에서 이 만큼밖에 안 떨어진 나를 그 총으로 쏘게 되면 내 몸은 산산조각이 나서 벽이고, 천장이고, 가구, 바닥 등에 끈적끈적하게 달라붙게 될 거요. 당신은 살점을 하나하나 다 치워야 할 거고. 또 내 몸의 일부는 이 방을 벗어나 복도에까지 흩어질 거요. 만일 당신이 좀더 잔인한 취미를 갖고 있다면 내 두 눈에다 총구를 갖다 대고 쏘는 것도 볼 만할 거요. 그리고 만일…….」

「이제 그만 해요.」

그녀가 소리치며 보란의 말을 막았다. 그녀의 얼굴이 창백해졌고 입술 끝은 바들바들 떨리고 있었다. 보란이 입을 열었다.

「그만 하기로 하지. 그런데 정말 당신이 날 쏠 생각이라면 왜 탄창을 안 끼웠소?」

「뭐라구요?」

「탄창 말이오. 왜 총에 장진도 안 했소?」

그녀의 얼굴에 절망스러운 표정이 스치면서 들고 있던 총을 내려다보았다.

보란은 그녀에게 다가가 총을 빼앗았다.

「멍청하게!」

그녀는 스스로를 책망했다. 보란은 침착하게 웃으며 대답했다.

「전혀 멍청한 게 아니오. 나로 봐선 무척 다행스러운 일이지. 사실 이 총은 이미 장전되어 있었소. 이 종류는 탄창을 끼우는 게 아니거든.」

보란은 볼트를 풀고 묵직한 탄환을 하나 뽑아 내었다. 그 탄환이 그녀의 얼굴을 스치고 묵직한 소리를 내며 바닥에 떨어지자 그녀는 깜짝 놀랐다.

「아주 무겁소.」

그녀는 소름이 끼친다는 듯 그것을 바라보다가 고개를 돌려 버렸다.

「당신 때문에 난 산산조각으로 찢겨 런던의 하늘로 날아갈 뻔했소.」

「그랬군요.」

그녀의 얼굴은 여전히 창백했으며 말투는 냉정했다.

「왜 이런 짓을 하는 거요?」

그녀는 입술을 떨며 말했다.

「찰스는 남을 해치는 사람이 아니라고 당신한테 얘기해 줬잖아요. 그 분을 죽일 이유는 조금도 없었어요. 아주 무섭고 잔인하고 소름 끼치게……. 당신은 짐승 같은 짓을 했어요. 용서할 수 없어요.」

보란은 모욕감과 어이없음을 동시에 느꼈다.

「아가씨, 만일 당신이 정말 내가 그 늙은 신사를 죽였다고 생각한다면 당신이야말로 정신 나간 사람이오.」

그는 웨더비를 들고 침실로 들어갔다. 그는 옷장 속에 넣어 두었던 물건들을 모조리 끌어내기 시작했다. 그가 그 강력한 파괴력을 자랑하는 무기를 케이스에 쑤셔넣고 있을 때 그녀가 문 가에 나타났다.

「보란!」

그녀가 부드러운 목소리로 불렀다. 그는 냉정한 눈길로 그녀를 쏘아보았다. 그녀는 두 눈을 내리깔고 천천히 안으로 들어와 침대 발치에 섰다. 보란은 그녀가 지난 밤과 아주 똑같은 연기를 하고 있다고 생각했다. 보란은 그것이 우연인지 의아스러웠다.

그는 퉁명스럽게 말했다.

「좋소. 그런 생각을 할 수도 있을 거요. 생각의 자유야 누구에게나 있으니까. 나는 살인자요. 그건 당신이 옳아요. 사실 나는 오늘밤 벌써 2, 30명을 죽였으니까. 이제 난 시체의 머릿수 따위에는 신경도 쓰지 않을 정도로 단련됐소. 그렇지만 난 늙은 사람을 그렇게 잔인한 방법으로 죽이지는 않아요. 그건 내 방식이 아니오. 당신은 그런 방식을 즐길지는 모르지만 난 그렇지 않소.」

그녀가 고개를 떨구며 조용히 말했다.

「미안해요. 내가 경솔했어요. 너무나 충격을 받아서……. 날 용서해 주시겠죠?」

그는 슈트케이스에 자신의 물건들을 아무렇게나 쑤셔넣으며 대답했다.

「벌써 용서했소. 그렇지만 이제 떠나는 게 좋겠소. 한 곳에 너무 오래 있으면 불안하니까. 그 동안 고마웠소.」

그는 가방을 들어 바닥에 놓았다.

「어디로 가실 건가요?」

「갈 곳은 일단 나가서 결정하겠소.」

「이러실 필요 없어요. 정말이에요. 여기 있어 주시는 게 저한테는 더 좋아요.」

「아니오. 나로서는 가는 게 좋겠소.」

「그럼 우리를 저버리시는군요. 우리를 곤경에 빠뜨려 놓고 혼자 달아나겠다는 건가요? 우리가 당신을 그토록이나 도와 주었는데……」

그녀는 원망스럽다는 듯한 표정이었다.

「그렇소. 당신들은 날 많이 도와 주었소. 도버의 함정에서 당신이 날 구출해 주었소. 그렇소. 한 번도 아니고 두 번씩이나 당신들은 날 도와 주었소. 하지만 그건 내가 원한 게 아니었소. 무슨 말인지 알겠소?」

그녀는 숨을 몰아 쉬었다.

「당신이 찰스를 안 죽였다면 누가 죽였을까요?」

보란은 그녀의 두 눈을 똑바로 쏘아보았다. 그는 침대 끝에 걸터앉아 담배를 붙여 물었다.

「나도 그걸 알았으면 좋겠소.」

「아주 참혹하게 죽었어요. 거기 가서 나도 봤어요. 중앙 정보국 사람들도 거기 와 있었어요. 그리고 난 기술적으로 체포당했어요.」

「그게 무슨 뜻이오?」

「수사가 종결될 때까지 나는 런던을 떠날 수 없게 됐어요. 그게 기술적인 체포죠. 중앙 정보국에서는 당신을 범인이라고 생각하고 있는 것 같더군요. 그래서 당신이 그들에 대한 정보를 얻기 위해 찰스를 고문하다가 죽였고, 그러는 도중 마피아의 전투

부대가 도착하자 그들을 모두 학살했다고 생각하고 있어요.」

보란은 고개를 끄덕였다.

「그럴듯한 추리요. 내가 경찰이었다 해도 그런 결론에 도달했을 거요.」

그는 담배 연기를 깊이 빨아들였다가 천천히 내뿜었다.

「나도 처음에는 그와 똑같은 실수를 범했소. 나는 마피아들이 그 늙은 신사를 죽였다고 생각했었소. 그래야 사태가 일목 요연하게 정리되는 것 같았으니까. 그렇지 않소?」

보란의 얼굴에 진지한 빛이 떠올랐다.

「무슨 말인지 모르겠군요, 보란?」

「그러나 마피아들도 찰스를 죽이지 않았소. 그건 확실해요. 누가 그를 죽였을까? 보다 중요한 건 왜 죽였을까 하는 점이오. 앤, 찰스는 왜 살해되었을까?」

그녀는 보란 곁에 앉았다. 무릎을 두 팔로 감싸안고 손은 깍지를 끼고서 턱을 무릎 위에 얹은 자세로 생각에 골몰하며 바닥을 내려다보고 있었다.

「전혀 모르겠어요.」

「그 미술관은 마피아 소굴 중 하나였소?」

그녀는 눈을 치켜뜨며 대답했다.

「이미 얘기했잖아요. 마피아가 우리를 노리고 있었어요.」

「그런데 찰스가 어떻게 그걸 간파하게 되었을까?」

그녀의 입술이 부들부들 떨리고 있었다.

「찰스는 그저 전자기를 주물럭거리는 것을 좋아하는 선량한 노인에 지나지 않았어요. 그는 전문적인 전자 기술자보다도 훨씬 뛰어났어요. 그는 그 클럽의 운영과는 아무런 관계도 없는 사람이에요.」

「그는 지하실에서 방들을 모두 엿보았잖소?」

「그건 개인적인 일일 뿐이었어요. 찰스는 그저 그걸 보고 즐기는 것뿐이었거든요.」

「찰스가 카메라와 그 밖의 장치들을 설치했소?」

「찰스가 설치했다구요? 아니에요. 그 장치들은 찰스가 우리에게 오기 전에 이미 설치돼 있었어요.」

「찰스가 당신들한테 온 건 언제였소.?」

「불과 몇 달 전이에요. 석 달, 넉 달쯤 됐나 봐요.」

「그건 모니터 시설의 작동이 시작된 후였소, 시작되기 전이었소?」

「시작된 후였어요. 그건 틀림없어요. 왜냐하면 스톤 소령이 그곳을 24시간 경비하는 사람이 있어야겠다고 해서 찰스가 오게 된 거니까요. 찰스는 거의 그 안에서 살았어요. 지하실에 기거할 수 있는 곳도 갖춰 놓았구요.」

「어떻게 해서 소령이 찰스에게 그 일을 맡기게 되었을까?」

그녀는 뭔가를 생각해 내려는 듯 눈을 깜박였다.

「글쎄요…… 그건 모르겠어요.」

보란은 한숨을 쉬며 담배 꽁초를 재떨이에 버리기 위해 침대 머리맡의 탁자로 팔을 뻗었다. 그녀는 피곤한 듯이 앉은 자세에서 그대로 침대 위에 드러누웠다. 그는 생각에 잠겨 그녀를 바라보고 있다가 입을 열었다.

「난 당신을 버려둘 수가 없소, 앤.」

「고마워요. 그렇지만 내가 당신을 놓아 드리겠어요. 당신이 나를 책임질 필요는 없으니까요.」

그녀는 거의 속삭이듯 대답했다.

「이건 책임이니 뭐니 하는 문제가 아니오.」

그녀의 얼굴이 차츰 온화해졌다. 그녀는 눈을 반쯤 감은 채 속삭였다.

「그래요? 그럼 무엇이 문제죠?」

그는 머리를 저었다.

「말하자면 이건 안전의 문제요. 누가 찰스한테 그 짓을 했건 간에 그는 곧 당신에게도 같은 짓을 하기로 결심하게 될 거요.」

「왜 나를?」

「왜 찰스를 그랬겠소?」

「그렇게 연관짓는 건 터무니없어요!」

그러나 그녀의 표정은 그게 그렇게 완전히 터무니없는 얘기는 아니라는 생각인 듯했다.

「사드 미술관에서 당신의 직책은?」

그녀는 눈을 감고 한 팔로 얼굴을 가리고는 무릎을 굽혀 한 쪽 발을 침대 위에 올렸다. 그녀는 불안하다는 듯 다리를 흔들었다. 보란이 재촉했다.

「이건 아주 중요한 문제요. 거기서 당신은 무슨 일을 하는 거요?」

그녀는 거의 들리지 않을 정도의 목소리로 입을 열었다.

「파티를 계획하는 거예요. 쇼의 순서를 결정하고 장식을 하고 음식과 마실 것을 준비해요. 모든 파티가 내 손을 거쳐야 꾸며져요.」

「쇼를 준비하는 데 어떤 절차가 필요하오?」

「여러 가지예요. 가장 중요한 것은 회원들 각각의 특이한 취미를 완전히 파악하는 거예요. 먼저 나는 어떤 회원들이 참석할 것인지를 알아야 해요. 그 다음은 그들에게 즐거움을 줄 수 있는 여러 가지 것들로 쇼를 꾸미는 거예요. 쉬운 일이 아니죠.」

「배우들은 어디에서 데려오죠?」

「레퍼터리 컴퍼니의 사람들이에요. 우리 클럽과 계약을 체결하죠. 그들은 급료도 많이 받고 그들이 하고 있는 일에도 만족감을 느끼는 것 같아요. 또 그들 중 어떤 이들은 그들 자신들이 특이한 체질이어서 그런 쇼에 재미를 느끼는 것 같기도 하구요.」

「당신은 어떻소?」

「뭐가요?」

「당신도 특이한 체질이오?」

그녀는 눈을 꼭 감고 얼굴을 붉혔다.

「나에게도 아주 특이한 점이 있어요.」

「어떤…….」

그녀는 한숨을 길게 내쉬었다. 그녀는 눈을 감은 채 입을 열었다.

「아주 심한 반항심이에요. 이 모든 일들이 아주 지긋지긋하고 또 이 일에 대해 반감을 느끼기도 해요.」

「그럼 왜 그 일을 계속하고 있소?」

오래도록 대답을 않고 있다가 그녀는 다시 한숨을 내쉬며 대답했다.

「한때는 내가 소령 때문에 거기 머물러 있다고 생각했었어요. 우리는 실제로 아버지와 딸은 아니거든요. 우리들은 거의 그런 생각도 갖고 있지 않아요. 내 생각에는 소령은 아버지의 역할에는 전혀 어울리지가 않는 사람이에요. 그렇지만 그는 내가 어릴 때부터, 내 아주머니가 돌아가신 뒤부터 날 길러 오셨어요. 이미 아시겠지만 그는 아주 냉정한 사람이에요. 그리고 의무감이 아주 투철한 분이거든요. 아마 그가 내 마음속에 그런 의무감을 서서히 주입시켰나 봐요. 그는 여러 해 동안 나의 모든 생활을 보살펴 주었어요., 나도 나이가 들면서 그의 일을 도와 줘야 한다는 의무감을 느끼게 되었죠. 그런데 작년에 소령이 나를 놓아 주었어요. …… 나한테 떠나라고 요구하기도 했어요.」

「그런데?」

그녀는 눈을 번쩍 뜨더니 팔꿈치를 받치고 몸을 반쯤 일으켜 보란의 얼굴 쪽으로 바짝 다가왔다.

「난 내가 왜 거기 머물러 있는지 모르겠어요. 아마 그 지긋지긋함과 불쾌감이 만성화되었나 봐요.」

그녀는 한동안 낯선 사람을 보듯 그를 바라보고 있다가 불쑥 물었다.

「내가 불쾌하고 싫증나나요?」

「아니, 전혀 그렇지 않소.」

「난 아직도 숫처녀예요. 그걸 아세요?」

이제 보란이 다른 방향으로 얘기를 이끌어가야 할 때였다. 그는 그녀의 얘기에 내심 놀랐다.

「아니오. 정말 몰랐었소.」

「요즘 세상에서 스물여섯 살 난 여자가 처녀라니 청춘의 나이에 그건 시대 착오적인 일이겠죠?」

그녀가 씁쓸하게 내뱉었다.

보란은 화제를 바꾸고 싶었다.

「간밤의 쇼도 당신이 꾸민 거요?」

「네.」

「찰스가 죽은 방에서의 고문 장면도 당신이 계획했소?」

그녀는 눈을 반짝이며 물었다.

「그래요. 하지만 그 방에서 연기하기로 계획돼 있었던 것은 찰스가 아니었어요.」

「그럼 그 방에서 하기로 계획된 사람은 누구였소?」

「지미 토머스였어요.」

「지미 토머스가 누구요?」

그녀는 다시 얼굴을 붉혔다.

「지미 토머스는 남색가예요…… 음, 수동적인…… 여자 쪽이죠.」

「못 알아듣겠는걸.」

그녀는 다시 눈을 감는 수밖에 없었다.

「그는…… 그는……. 좋아요. 당신도 그 장치들을 보았잖아요. 그는 자신의 몸을 거기 묶고…… 희롱을…… 받아들이는 거예요.」

그녀는 몹시 거북한 듯 더듬거리더니 나중엔 단숨에 말해 버렸다.

보란의 입 안이 바싹 말라들어 갔다.

「알겠소. 그런데 왜 지미가 거기 없었을까요? 왜 그 늙은 신사가 대신 거기 있게 되었죠?」

그녀는 망설이는 듯했으나 곧 입을 열었다.

「소령의 얘기로는 찰스는 어떤 회원의 요구로 스스로 그……그…….」

「뭐요?」

「회원 중 한 사람이 파티가 열리고 있는 동안 개인적으로 지미를 만나고 싶어했대요.」

「그게 언제였소?

「내 생각에는 마지막 순간이었을 것 같아요. 난 조금 일찍 떠났어요. 당신을 소호 사이크에서 만나기로 했잖아요.」

보란은 놓치지 않고 지적했다.

「소령도 거기 오기로 돼 있었잖소?」

「그도 왔어요. 방 바로 밖에서 당신을 만나 부딪칠 뻔했다고 하던데요.」

「그랬소. 그는 20분이나 늦었소.」

「그것도 당신한테 설명했다고 했어요. 마피아들이 그를 미행했다구요. 그래서 마피아들을 뿌리치고 오느라고 늦었다구요. 듣지 않았나요?」

보란은 적어도 그 순간에는 그녀와 의견이 상반된 얘기를 하지 않기로 했다. 그는 한숨을 쉬며 물었다.

「당신은 스톤 소령과 감정적으로 어떤 연대감을 갖고 있는 거요?」

「별것 아네요. 그건 벌써 다 설명한 것 같은데요?」

「스톤 소령이 그 늙은 신사를 죽인 사람이 아닐까 하는 생각이 드는군.」

그녀의 눈이 그 말에 놀라 둥그래졌다.

「터무니없어요!」

「그럴까?」

「그래요.」

「그럼, 그렇다고 해두고 일단 그가 찰스를 살해했다고 한번 가정해 봅시다. 그를 죽여야 할 이유가 무엇일까?」

그녀는 아주 낮은 목소리로 말했다.

「소령이 미쳤기 때문이라고 생각해야겠죠?」

「만일 그가 찰스를 죽여 버렸다면, 난 그를 없애 버리게 될 거요.」

「뭘 한다구요?」

「이 사건 전체에서는 아주 고약한 냄새가 풍기고 있소. 난 지금 성적인 도착 현상을 말하는 게 아니오. 아주 추악한 어떤 것이 이 사건의 배후에 놓여 있다는 거요. 찰스가 어떤 미친 녀석의 순간적인 발작 때문에 죽은 것이 아니라는 것에 대해 난 내기를 걸어도 좋소. 그는 분명히 아주 고약한 어떤 이유로 살해된 거요. 그리고 바로 그 이유는 내가 런던에 온 것과 어떤 연관이 있다고 확신하오. 또 그 살인자와 나는 이 사건이 끝나기 전에 한 번 만나야 할 거라고 믿고 있소. 앤, 그때 난 그를 죽일 거요.」

「당신은 그 드러나지 않는 살인자가 스톤 소령일 가능성이 있다고 생각하세요?」

「그건 가능성 이상이오.」

그녀는 벌떡 일어나 앉았다. 그녀는 인디언처럼 침대 위에서 두 다리를 모아 책상다리로 앉았다. 깊은 생각에 잠긴 그녀는 보란을 오래도록 바라보았다.

「하지만 만일 찰스가 바로 마피아의 첩자라면 어떻게 될까요?」

「그럼 사태는 바뀌는 거지. 그가 그럴 가능성이 있다고 생각하고 있소?」

「이럴 때 무슨 생각을 해야 하는지 난 도무지 모르겠어요.」

그녀는 침대에서 내려와 창가로 갔다. 커튼을 젖히고 그녀는 말없이 창 밖을 내다보았다.

「벌써 날이 밝아 오고 있어요. 하루 24시간이라는 길이는 날마다 엄청나게 다른 거로군요.」

보란은 그녀에게 모든 사태를 확고 부동하게 이해시켜야 한다고 생각했다.

「이 모든 얘기의 요점은 말이오, 앤. 내가 당신의 가장 극악한 적으로 돌변할 수도 있다는 점이오.」

그녀는 여전히 창 밖을 응시하며 중얼거렸다.

「결코 그런 일은 없을 거예요.」

「몇 분 전만 해도 당신은 내 머리를 박살낼 작정이었지 않소?」

그녀는 머리를 창에 기대었다.

「내 정신이 아니었어요. 난 너무 놀라고 당황하고…… 정말 정신이 없었어요. 하지만 난 그 방아쇠를 당길 수는 없었을 거예요. 당신을 사랑하고 있나 봐요, 맥.」

「알겠소. 나도 당신을 사랑하고 있는 것 같소. 하지만 그게 이 사태의 어떤 것도 바꿔 놓지는 못할 거요. 앤, 난 이 사건을 끝까지 파헤칠 작정이니까.」

그녀가 그에게로 돌아섰을 때 그녀의 창백한 볼에서는 눈물이 흘러내리고 있었다.

「그럼 우리 협상을 해요.」

「무슨 협상을 말이오?」

「서로를 사랑하기로요. …… 죽음이 우리를 떼어 놓을 때까지만이라도.」

「앤!」

그는 그녀를 끌어당겨 두 팔로 꼭 안았다.

그녀는 이제 모든 자제력을 잃은 듯했다. 온몸으로 그에게 매달리며 눈물로 젖은 뺨을 보란의 얼굴에 비벼댔다. 눈물이 이제는 거칠 것 없이 흐르고 있었다. 보란은 그녀의 등을 다독거리며 말했다.

「앤, 그만, 그만 해요.」

그녀는 젖은 입술로 뜨겁게 보란의 입술을 찾으며 미친 듯 울다가 그의 어깨에 얼굴을 기대며 그의 목에 두 팔을 감고 흐느꼈다. 그러다가 갑자기 그녀는 온몸을 긴장시키며 고개를 들고 창 밖을 노려보았다.

「보란! 당신 여기까지 걸어왔다고 했나요? …… 하지만 혹시 …… 택시를 타고 오지 않았어요?」

그는 그녀를 따라 창 밖을 내다보았다.

「그래요. 하지만 내가 택시를 내린 곳은 유스턴 가였소. 창 밖에 뭐가 있소?」

「내가 그걸 잊었었나 봐요. 택시 회사에도 당신을 찾기 위해 비상망이 쳐져 있다고 찰스가 알려 줬었는데. 저 밖에 이제 보니 …….」

보란은 커튼을 다시 닫아 버리고 아주 조금만 열어 놓았다. 러셀 광장에는 경찰들이 우글거리고 있었다. 그는 그녀를 안았던 팔을 풀고 웨더비를 넣은 케이스를 움켜쥐더니 문으로 바삐 걸어갔다.

앤은 그의 슈트케이스를 움켜쥐고 그를 뒤따랐다.

「당신은 여기 있어요!」

보란이 외쳤다. 그러나 그녀는 완강했다.

「싫어요! 내가 임대한 차가 골목에 있어요. 싸우는 걸로 시간을 낭비하지 말아요.」

그녀의 마지막 충고를 보란은 받아들였다. 그는 재빨리 방 안의 불을 끄고 앤의 팔을 붙잡았다. 두 사람은 복도를 빠져 나와 뒷계단을 뛰어내렸다.

운이 좋아야만 빠져 나갈 수 있을 듯했다.

「내 말 들어요, 앤. 만일 경찰이 사격을 시작하면 그걸로 모든 게 끝장이오. 하지만 당신은 연기를 잘 하면 빠져 나갈 수도 있소. 경찰에게 당신은 이렇게 얘기하는 거요. 내가 당신에게 총을 겨누고 있다고 말이오. 명심해요. 당신은 내 포로요. 그렇지 않으면 저 경찰들은 당신도 죽일 거요.」

「우린 빠져 나갈 수 있어요. 걱정 말아요.」

그녀는 침착했다. 그런 그녀가 보란은 자랑스러웠다. 그는 그녀를 다만 자랑스럽게 생각하는 것만이 아니었다. 그녀를 남겨둔 채 떠나고 싶지 않았다.

그들은 협상을 한 셈이었다. 사랑의 협상이었다. 죽음이 두 사람을 떼어 놓기까지 그들 두 사람은 함께 행동할 것이었다. 보란은 사랑의 행로를 생각했으며 그 길이 끝없이 이어지기를 간절히 희망했다. 그러나 이런 상황에서는 그 사랑에만 매달릴 수는 없었다.

15

런던의 아침

차들이 집 안으로 들어서자 질리아모와 터린은 그들을 영접하기 위해 현관 밖으로 나왔으나 스타치오는 집 안에 남아 있었다. 그는 불만에 가득 차 있었다.

차들이 끊임없이 대문 안으로 밀려들자 질리아모는 터린을 돌아보며 중얼거렸다.

「도대체 애들은 몇이나 데려오는 거지?」

터린은 질리아모의 어깨를 툭 치며 웃었다.

「이건 모두 어니의 개인 부대일 뿐이야. 다른 보스들도 각기 자기 부대들을 보내기로 약속했어.」

첫 번째 차에서 내린 운전사가 재빨리 뒷문을 열어 주었다. 그 속에 앉아 있던 농부 어니가 전투원들의 배치에 대해 그에게 지시하는 것 같았다. 운전사는 다시 자동차문을 닫고 줄줄이 늘어선 차들을 따라달리며 명령을 전했다. 전투원들이 차에서 뛰어

내리기 시작했다. 순식간에 집 앞의 도로는 사람들로 혼잡스러워졌다. 그들 중 지휘자들이 나와서 그들을 질서 정연하게 정렬시켰다.

두 무리의 사내들이 저택 바깥의 도로로 나가더니 어딘가로 사라져 갔다. 또 한 무리의 사내들은 뜰 이곳 저곳에 배치되었고, 또 다른 무리들은 담벽 아래쪽으로 배치되었다. 나머지 사나이들은 질리아모와 터린의 곁을 인사 한마디 없이 무표정하게 지나쳐 가더니 저택 안으로 들어갔다. 마치 그 집을 점령하기 위해 들어가는 개선군과도 같이 당당한 태도였다.

터린은 그들의 행동을 싸늘한 미소를 머금은 채 지켜보았다. 그는 낮은 목소리로 질리아모에게 말했다.

「대단하군! 대통령인들 저런 규모의 경호원을 데리고 다니겠나?」

질리아모는 그 엄청난 힘의 과시에 기세가 눌린 듯이 보였다. 그도 역시 목소리를 낮추어 대꾸했다.

「난 농부 어니를 비난할 생각은 없어. 보란이라는 놈이 어떤 놈인지 알기 때문이야. 나도 거기 있었으니까.」

「자네가 어디 있었다는 건가?」

뉴저지에서 온 그 사내는 당황한 표정으로 물었다.

「왜 그렇게 놀라나? 난 그 보란이라는 놈에 대해 알고 있어. 그 얘기를 농부 어니한테 해줘야겠군. 그래야 어떻게 일을 해야 할지를 알게 될 테니까.」

터린은 킬킬거리더니 더 이상 아무 얘기 없이 일이 진행되는 것을 지켜보고만 있었다. 이제 막 험악한 표정의 사내가 카스틸리오네의 차로 다가가 문을 열고 쉰 목소리로 무슨 얘기인가를 속삭였다. 그러자 두 경호원이 차에서 내려 주변을 신경질적으로 감시하며 동상처럼 우뚝 서 있었다. 또 다른 두 사내가 양쪽 뒷문으로 재빨리 뛰어내렸다. 그들은 몸으로 차의 정면을 막고 우뚝 서서 역시 사납게 주변을 살펴보았다.

그때야 비로소 농부 어니가 내렸다. 그는 곧 4명의 남자들에 의해 사방이 차단된 벽 속에 들어섰고, 그렇게 한떼의 사람들이 움직이기 시작했다. 한가운데에 있는 농부 어니 카스틸리오네는 거의 보이지도 않았다.

그들이 계단으로 가까이 다가오자 터린이 질리아모에게 중얼거렸다.

「그의 앞에서 농부라고 하면 큰일 나. 염두에 두게.」

질리아모는 머리를 끄덕이고 만면에 미소를 지으며 앞으로 한 발자국 나섰다.

「만나서 반갑소, 카스틸리오네 씨. 요즘 이곳은 엉망진창이라오. 이렇게 와줘서 정말 고맙소.」

그러나 농부 어니의 옆을 본 순간 그의 미소는 사라져 버렸고 경악한 듯 시퍼렇게 질렸다. 그는 닉 트리거를 보았던 것이다. 그 위대한 사람 옆에 서 있는 닉 역시 유령이라도 본 듯한 표정이었다.

카스틸리오네는 생각에 잠긴 듯한 시선으로 질리아모를 노려보았다.

「나도 당신을 만나서 반갑소, 대노. 닉 트리거가 차 속에서 당신의 두개골이 산산조각이 나버렸다고 나한테 얘기하고 있던 중이었소.」

「정말이지, 나는 닉 트리거가 그렇게 죽은 걸로 알았었소. 도대체 닉, 거기에서 어떻게 빠져 나온 거요?」

「모르겠소, 난 그때 정신을 잃었던 것 같소.」

닉은 당황한 듯 미소로 얼버무리더니 농부 어니의 눈치를 살폈다.

카스틸리오네가 잔뜩 위엄을 갖추고 말했다.

「내 생각엔 말이오, 모두 다 정신을 잃고 있는 것 같소. 안으로 들어가서 좀더 상세히 얘기해 봅시다. 이놈의 날씨, 참 더러운 날씨로군! 대노, 여긴 항상 날씨가 이 모양이오?」

터린은 날씨에 대한 그의 얘기를 듣고 어니의 관심이 질리아모에게로 쏠린다는 것을 알아챘다.

질리아모도 역시 그것을 알아차렸다.

「여긴 날씨가 항상 이렇답니다. 공해 때문이기도 하겠지요. 하지만 요즘 공해 없는 곳이 어디 있겠소? 내 생각으로는 공해가 이 더러운 안개와 뒤섞여서 아주 고약한 날씨가 되는 것 같소. 옷을 좀 두껍게 입어야 할 거요, 카스틸리오네 씨. 그 옷으로는 이곳에서 독감 걸리기 딱 좋겠소.」

그들은 레오 터린 곁을 지나갔다. 농부 어니가 그에게 머리를 끄덕여 보였다. 터린도 가볍게 목례를 했다. 그들이 집 안으로 들어가는 걸 지켜보던 터린은 대노가 주목할 가치가 있는 마피아의 정치가라고 생각했다. 개방적인 듯 보이면서 항상 미소를 띠고 있고, 쾌활하고 시원스러운 표정의 대노 질리아모. 그러나 그의 손 안에는 항상 날카로운 칼날이 감춰져 있을 것이 분명했다.

카스틸리오네의 차를 운전하고 있던 사내가 계단을 올라와 터린 곁에 멈춰 섰다. 터린은 그에게 담배를 한 개비 건네 주었다.

두 사람은 나란히 서서 담배를 피우기 시작했다. 그 사내가 담배 연기를 내뿜으며 음울하게 내뱉었다.

「아니꼬워서, 원…….」

터린은 킬킬거리며 그에게 말했다.

「자네도 언젠가는 카포가 될 거야, 휠러.」

「난 카포가 된다 해도 저렇게 행동하지는 않겠어요. 배알이 뒤틀려요, 레오.」

토비 휠러는 피츠필드 출신이며 레오 터린의 전투원이었다.

그의 이름은 마피아에게는 잘 어울리는 이름이었다. 그러나 터린은 다른 사람들이 그런 이름을 가진 것은 한 번도 보지 못했다.

한때 그는 자동차 경주 대회의 선수였다. 그는 두 차례나 인디애나 폴리스에서 개최된 거창한 규모의 선수권을 아주 근소한 시간차로 놓쳤다고 했다. 이제 그는 온갖 종류의 차를 능수 능란하게 운전하는 탁월한 운전사가 되어 터린의 조직에서 일하고 있었다. 그는 담배를 다시 몇 차례 맹렬히 빨아 대다가 레오 터린에게 말했다.

「저 캐딜락을 U자 도로에 갖다 둬야겠어요, 레오. 차를 돌리는 데는 시간이 좀 걸리거든요. 미리 해둬야지, 안 그랬다가는 …….」

「좋아. 그런데 지금 내가 들어야 할 얘기가 있어. 오는 길에 어니가 무슨 얘기를 하던가?」

「이런저런 잡담이죠. 계속 그 보란이라는 녀석을 어떻게 해치울 것인가 하는 얘기뿐이었어요. 그리고 또 한 사람은……. 그 이름이 뭐더라?」

「닉 트리거?」

「그래요, 닉 트리거. …… 그런데 대노를 만났을 때 그 사람 표정을 보았어요? 그는 혼자서 어니를 만나겠다고 공항에 나와 있었다더군요. 여기 오는 동안 닉은 무슨 얘기를 했는지 알아요? 줄곧 대노가 여기 일을 돼지처럼 망가뜨려 놓았다는 둥 그 따위 얘기만 했어요. 대노가 보란이 파놓은 함정에 스스로 걸어 들어가서 길바닥에 산산조각이 나서 흩어져 버렸다구요.」

터린의 얼굴에 미소가 넘쳐 흘렀다.

「그렇게 되었었군.」

「그렇다니까요. 닉이 차에서 내리자마자 대뜸 대노한테 한 소릴 들으셨죠? 거기서 도대체 어떻게 빠져 나왔느냐구요. 그런데 닉은 어니한테 자기는 대노와 같이 가지 않았다고 말했지 뭡니까. 그리고 또 그는 대노가 틀림없이 보란한테 속아서 당했을 것이라고 입에 거품을 물고 떠들었어요. 내가 들은 얘기는 그 정도뿐이죠.」

「알았네. 가서 어니 차부터 돌려 놓게.」

터린은 조용히 충고했다.

「위대한 보스에 대한 존경심 때문에 모두 털어놓은 겁니다. 레오, 하지만 당신이 옳아요. 먼저 그 일부터 해놓는 게 낫겠어요. 어니는 말이죠, 전에 자기보다 계급이 아래인 보스가 자기를 부를 때 단 한 번 〈씨〉 자를 붙이지 않았다 해서 그에게 주었던 이권을 모두 박탈해 버린 적도 있다더군요. 한번 생각해 보십시오. 조금 있으면 그는 자기를 〈돈 카스틸리오네〉라고 불러 주기를 바랄 거요. 그리고 다른 운전사를 한 명 구해 보십시오. 난 어니의 차를 몰기 싫어요.」

터린은 킬킬거렸다.

「걱정 말게. 어니는 곧 자기 운전사한테 차를 맡길 거야. 넌 스페어 운전사일 뿐이야. 나한테 할 얘기 다 한 건가?」

「아니에요. 당신이 옳았어요. 그들은 뭔가 꾸미고 있어요. 내가 당신 사람이라는 걸 알기 때문에 아주 조심하면서 얘기를 하더군요. 그래서 그들이 하는 얘기에 눈곱만큼이라도 관심을 보일 수가 없었어요. 하지만 내가 그까짓 걸 눈치 못 챕니까? 분명히 그들은 뭔가 계획하고 있는 일이 있을 겁니다.」

「알았네. 고마워, 휠러.」

터린은 휠러의 어깨를 다독거려 주고 안으로 들어갔다. 다른 사람들과 자리를 함께하기 위해서였다. 터린은 물론 그들이 무슨 일인지를 계획하고 있다는 것을 너무나 잘 알고 있었다. 그러나 상관없었다. 터린은 그 계획이라는 것이 어떻게 만들어지는 것인지도 알고 있었던 것이다.

러셀 광장에 있는 공원은 경찰들로 완전히 뒤덮인 듯했다. 명령과 지시를 내리는 요란한 소리, 그리고 그들이 이곳저곳으로 뛰어다니는 소리를 보란은 들을 수 있었다. 그들은 광장 근처의 모든 곳을 수색하고 있었다. 앤이 차를 몰겠다고 했을 때 보란은 곧 동의했다. 그녀는 운전석에 올랐고 보란은 짐들을 쑤셔넣은 후 뒷자리로 뛰어올랐다.

그때 정복 경관이 그곳에 나타나서 외쳤다.

「이봐요! 잠깐!」

그러나 차는 이미 맹렬한 속도로 달리기 시작했고 순식간에 골목을 벗어나고 있었다.

뒤쪽에서 호각 소리들이 어지럽게 들려 왔다. 이어 정복 경관들이 이곳저곳에서 벌떼처럼 몰려들었다. 보란은 쉽사리 탈출하기 어렵겠다고 생각했다.

앤이 운전하는 차는 러셀 광장 아래의 도로를 맹렬한 속도로 달려 동쪽으로 뻗은 가도로 치달렸다. 보란은 흔들리는 차 안에서 간신히 자리를 옮겨 앞좌석으로 갔다. 뒤쪽으로부터 경찰차의 사이렌 소리가 위협적으로 점점 가까이 다가오고 있었다.

「목적지가 있소?」

보란이 앤에게 물었다.

「아직은 없어요. 걱정 말아요. 우리는 붙잡히지 않아요.」

그것은 믿을 만한 얘기였다. 그녀는 능수 능란하게 차를 몰았다. 그녀는 런던의 차의 홍수 속을 지그재그로 달려나갔고 충돌을 피하기 위하여 믿을 수 없을 만큼이나 순간적으로 브레이크를 밟았으며 다음 순간에는 이미 쏜살같이 내달리고 있었다. 몇 분이 지나자 그들이 경찰의 추격을 따돌렸다는 것이 분명해졌다. 사이렌 소리는 이제 들리지 않았다.

「대단한 순발력을 가진 운전사로군.」

그녀는 극도의 흥분으로 숨을 몰아 쉬면서 얼굴을 돌려 보란을 바라보았다.

「이런 난폭한 운전은 처음이에요.」

그들은 이제 템스 강을 향하여 천천히 달리고 있었다. 서쪽으로 방향을 바꿔 달리고 있을 때쯤에야 도시는 서서히 잠에서 깨어나 활동을 시작하려 하고 있었다. 곧 거리는 버스와 승용차들로 붐비기 시작했다.

「이제 갈 곳을 정했어요.」

앤이 보란에게 말했다.

「어디로?」

「지금은 우선 소호 사이크로 가는 게 좋겠어요. 거기서 몇 시간 동안 쉬었다가 소란이 좀 가라앉은 다음 브리튼으로 가는 거예요. 거기 작은 별장이 하나 있거든요. 아주 멋진 곳이에요.」

보란은 멋진 곳에는 관심도 없었다. 그는 첫 번째 장소가 마음에 걸렸다. 그는 눈살을 찌푸리며 반문했다.

「소호 사이크라구?」

「네. 거기엔 지금쯤 청소부들 말고는 아무도 없을 거예요. 또 누가 당신을 찾으러 거기로 오겠어요? 그 다음 브리튼으로 가면 돼요. 그 별장은 아주 완벽한 은신처가 될 거예요. 당신이 이 나라를 빠져 나갈 수 있는 길을 발견할 때까지 거기서 숨어 지내기로 해요. 그러면…….」

「잠깐. 잠깐만, 앤. 왜 하필이면 소호 사이크요?」

그녀는 웃음을 터뜨렸다.

「아, 내가 설명을 하지 않았군요. 당신이 알고 있을 것으로 생각했어요. 소호 사이크는 내 소유예요. 적어도 반은요.」

「나머지 반은 누구 거요?」

「스톤 소령이 내 동업자예요. 그렇지만 염려 말아요. 당신이 아직, 그 끔찍스러운 혐의를 소령한테 품고 있다고 해도 소령은 거기에 거의 오지 않으니까요. 간섭하지 않는 점잖은 동업자거든요.」

그 모든 얘기들은 보란이 즉시 받아들이기에는 너무나 충격적인 것들이었다. 그는 마음 속으로 그 얘기들을 곰곰이 되씹어 보았다.

「좋소. 일단 가봅시다.」

「난 그곳에 아파트를 갖고 있어요. 아주 편안해요.」

「당신은 마치 런던 도처에 아파트를 갖고 있는 것 같군.」

그녀는 낮은 소리로 웃으며 머리를 그의 어깨에 기대고 말했다.

「그렇지는 않아요. 퀸스 하우스에 있는 그 아파트는 그냥 편안함을 누리려고 갖고 있는 거예요. 지난 몇 년 동안 내가 얼마나 사치스러운 생활을 했는지 당신은 상상도 못할 거예요. 그렇지만 가끔은 그 모든 것들로부터 벗어나고 싶어요. 퀸스 하우스는 그럴 때가 있는 곳이죠.」

「사치스러운 생활?」

보란은 예리한 눈초리로 그녀를 살펴보며 말했다.

「소호 사이크에 있는 그 아파트는 또 다른 장소예요. 사업장에 있는 것이긴 하지만 그곳도 역시 편안한 곳이에요. 가끔 나는 온종일 거기서 지내요. 그곳은 기분을 전환하는 데에는 참 좋은 장소예요.」

보란은 머릿속에 오가는 온갖 생각들을 정리하고 음미하며 말했다.

「그렇다면 스톤 소령과 같이 지내는 또 하나의 장소도 있겠군?」

그녀는 보란을 바라보며 미소를 지었다.

「그래요. 하지만 기분 나빠하지 말아요. 난 거기에서 잠만 잘 뿐이에요. 그것도 가능하면 거의 안 자는 편이에요. 가족 관념의 문제예요, 그건. 난 그 집에서 어린 시절을 보냈으니까요.」

「그리고 브리튼에도 또 집이 있고?」

「그래요. 그곳은 내가 주말을 보내는 곳이에요. 브리튼은 바다와 접하고 있어요. 아주 훌륭한 휴양지이기 때문에 난 그곳을 좋아하죠. 바닷가라는 게 특히 마음에 들어요.」

그들은 한동안 침묵 속에서 차를 몰았다. 그 동안 보란은 천천히 생각을 정리하고 있었다. 그들은 피커딜리를 지나 소호 지역을 향해 달려갔다. 거대한 철문이 있는 그 저택을 그들은 지나쳤다. 보란은 모든 차들이 돌아와 있는 것을 눈여겨보았다.

「저 집은 누구 집이오?」

그녀가 그 집이 바로 자신이 옛날에 자랐던 집이라고 대답했다 해도 보란은 별로 놀라지 않았을 것이다.

「그게 옛날에는 무슨 공작의 저택이었는데…….」

「현재 말이오. 거기서 누가 살고 있소?」

「전혀 몰라요.」

「정말이오?」

그는 거의 비웃듯이 물었다.

그녀는 미소 지으려 하다가 낮게 중얼거렸다.

「그게 당신과 무슨 상관이에요? 사실, 당신은 내가 본 어떤 사람보다도 가장 의심 많고 냉혹한 사람이에요.」

그는 한숨을 쉬며 거의 자신에게 말하듯 내뱉었다.

「그래야 살아 남을 수 있는 것이오.」

「하지만 자꾸만 날 의심하지는 말아요. 나는 이 아름다운 아침에 당신과 함께 보낼 수 있는 멋진 계획을 설계하고 있으니까요.」

「어떤 종류의 계획이오?」

그녀의 한 손이 운전대를 떠나 보란의 손을 쥐었다.

「당신에게 뭔가 증명해 주기를 요구할 작정이에요.」
「그게 뭐요?」
이미 그 대답을 짐작하면서도 보란은 짐짓 물었다.
「내가 평범한 여자인지 아닌지를 알아내기에는 너무 때가 늦은 것 같아요. 어떻게 생각하세요?」
보란도 그렇게 생각하고 있었다.
「그보다 당신은, 당신이 할 일이 무엇인지부터 알아야 할 거요.」
「난 이제 모든 걸 당신께 보여 주는 일만 남았다고 생각해요. 뭐든요.」
그녀는 자연스럽게 미소 지으려 애쓰고 있었다. 그녀는 개방적인 여자였다. 그러나 대담한 여자는 못 되는 것 같았다.
「난 내 몸을 완전히 당신 손에 맡길 생각이에요.」
보란은 그녀를 바라보는 동안 자신의 손에 맡겨진 그 모든 것을 눈앞에 그려볼 수 있었다. 그가 런던에서 가장 큰 행운을 잡은 사람인 것처럼 여겨졌다. 그러나 그는 딱딱한 목소리로 말했다.
「곤란한 일이오.」
「뭐가요?」
「얘기가 잘못 되었소. 내가 나의 온몸을 당신한테 맡기고 있으니까.」
그녀는 그의 말뜻을 알아듣고는 몸을 부르르 떨더니 그를 바라보며 말했다.
「날 믿어요, 보란.」
「그러는 수밖에 없잖소.」

그러나 그는 앤을 전적으로 믿을 수는 없었다. 앤과 같이 아름다운 몸을 가진 여자들은 곧 무적 함대를 소유한 영리한 군주와도 같다는 것을 보란은 이미 알고 있었다. 바로 그런 여자들이 삼손을 쓰러뜨렸고, 시저를 멸망시켰던 것이다.

그러나 보란은 그럴 수 없었다. 그는 결코 그녀의 손에 자신의 몸을 완전히 맡겨둘 수는 없었다. 적어도 이 순간까지는 그렇게 판단하고 있었다.

16
죽음의 상징

보란과의 아름다운 아침을 위한 앤 프랭클린의 계획은 그들이 클럽에 들어서는 순간 재조정되어야 할 것처럼 보였다. 바 안은 많은 사람들로 들끓고 있었는데 그들은 마치 싸움을 벌이고 있는 것같이 요란스럽게 떠들어 대고 있었다. 그들의 떠들썩한 소리는 앤과 보란이 현관 로비에 들어설 때부터 들려 왔다. 입구문 바로 앞에서 몇 명의 여자들이 서성거리고 있었다. 그들은 앤이 들어서자 반갑게 맞았다.

후리후리한 금발 미인이 꼭 끼는 핫팬티 속의 엉덩이를 흔들며 말했다.

「와주셔서 정말 다행이에요, 미스 프랭클린. 안에 들어가셔서 저 인색한 도노번에게 우리의 급료를 빨리 지불하라고 이야기해 주세요.」

그들은 시위를 벌이고 있었다.

「아까 나에게는 청소부 몇 명뿐일 거라고 말했던 것 같은데…….」

보란은 여자들을 쳐다보며 프랭클린에게 말했다. 그 여자들의 몸의 각 부분은 지나치다 싶을 정도로 풍요로웠다. 몸에 꼭 붙는 옷을 입고 앤에게 말을 걸었던 여자는 지난 밤에 보란이 여기 왔을 때 유리 튜브 속에서 온갖 도발적인 포즈를 다 취하고 있던 금발 머리의 여자였다. 보란은 모든 게 궁금해졌다. 앤 프랭클린이 이 클럽의 쇼도 제작하는 것일까? 앤은 보란에게 용서를 구하고는 그들을 데리고 들어갔다. 금발 머리의 여자는 보란을 뒤돌아보더니 엉덩이를 한층 더 요염하게 흔들며 안으로 들어갔다.

보란은 담배를 붙여 물고 로비를 서성거렸다. 그는 자신이 이곳에 와서 무엇을 하자는 것인지 의아스러웠다. 왜 내가 하필 이곳으로 왔을까? 잠시 후 앤이 다시 나타났다. 그녀는 얼굴을 붉히며 열쇠를 보란의 손에 쥐어 주었다. 그녀는 한 손을 들어 보란의 뺨을 부드럽게 어루만지며 물었다.

「먼저 올라가 계세요. 나도 곧 뒤따라 갈게요. 문제가 좀 생겼어요.」

「어디로 올라가라는 거요?」

그녀는 두터운 커튼으로 가려진 로비 끝의 계단을 가리켰다. 다시 그의 뺨에 키스를 하고 그녀는 바삐 바로 돌아갔다.

보란은 계단을 올라갔다. 그곳에는 깜짝 놀랄 만큼 사치스러운 아파트가 있었다. 퀸스 하우스와 같이 초라하고 텅 빈 곳이 아니었다.

페르시아 카펫이 깔려 있었고, 동양의 태피스트리가 걸려 있었다. 그것은 사드 미술관의 클럽 룸과도 같은 분위기를 연상시켰다. 장식들도 사드 미술관의 것과 느낌이 비슷했다.

온갖 포즈를 취한 남녀들의 실물 크기의 누드 사진과 그림이 벽면을 모두 차지하고 있었다. 보란은 그 진풍경을 낮은 휘파람을 불며 돌아보았다.

아파트 안에는 커다란 방이 하나 있었는데 거실과 방 사이를 차단한 벽도 없이 훤하게 뚫려 있었다. 방 한가운데에는 커다란 원형 침대가 있었는데 그것은 바닥보다 조금 높은 곳에 놓여 있었다. 그 침대로 가려면 몇 개의 계단을 올라가야 했다. 무대와도 같다고 보란은 생각지 않을 수 없었다. 방 한쪽에는 평면보다 낮게 바닥의 아라비안 나이트풍의 욕조가 있었는데 그 욕조는 몇 쌍의 남녀가 같이 들어갈 수 있는 풀장과 같은 규모였다. 게다가 분수까지도 설치되어 있었다. 대리석 계단이 욕조로 내려가는 통로였다. 욕조에는 물이 가득 채워져 있었으며, 사이키델릭의 조명이 분수에 설치되었다.

또 그곳에는 소규모의 주방 설비도 갖추어져 있었고 다른 한쪽에는 작은 바도 있었다.

보란은 앤이 한 얘기를 생각했다. 그렇다. 이곳은 사람이 가끔 기분을 전환하는 데에는 아주 완전 무결한 장소임에 틀림없다. 언제라도 들어와서 피로를 풀고 마음을 가볍게 하기 위해서 이런 장소가 있다는 것은 행운일 수도 있다. 보란은 이곳이 어떤 면에서는 앤 프랭클린에게 참으로 잘 어울리는 곳이라고 생각했다. 그러나 다른 일면에서는 오히려 퀸스 하우스가 그녀에게 더 자연스럽게 어울린다고 생각했다. 적어도 이 장소는 지나치게 과장스러운 성적인 요소로 가득 차 있는 듯했다. 무대처럼 높디 높은 곳에 놓여 있는 거대한 침대가 특히 그랬다. 그는 머리를 설레설레 흔들었다. 처녀라? 과연 그럴까?

그것이 그녀에게 어떤 의미를 갖는 것일까? 이 모든 것들을 어떻게 생각해야 하는가?

보란은 그 어머어마한 침대 한가운데에 전화가 있는 것을 발견했다. 그는 미끄러지지 않도록 조심스럽게 몇 개의 얕으막한 계단을 올라가서 전화를 걸었다. 레오 터린이 그에게 준 전화 번호를 돌렸다.

전화벨이 세 번 울리자 수상쩍은 목소리가 전화를 받았다.

「누구요?」

「레오 퍼시와 얘기하고 싶소?」

보란도 퉁명스레 말했다.

「기다리시오.」

보란은 1분 이상을 기다렸다. 그 뒤에야 그는 전화가 연결되는 소리를 들었고, 잠깐 뒤 레오 터린의 목소리가 나왔다.

「누구요?」

「당신의 정보원이오. 전화하라고 했었잖소?」

「아, 그 철의 사나이시군.」

「그렇소.」

「지금은 얘기할 형편이 못 되는데. 지금 회의중이요.」

보란은 킬킬거렸다.

「그것 참 당신도 거기에서 쇼를 하고 계시군요. 하지만 나도 시간이 많지 않은 사람이오. 도망 다니느라 몹시 지쳤소.」

「당신과 얘기는 해야겠는데, 친구. 어디서 날 만날 수 있겠소?」

「말만 해요.」

「런던 타워를 아시오?」

「찾아갈 수 있소. 시간은?」

「그럼 말이오, 사형 집행소에서 한 시간 후에 만나기로 합시다.」

보란은 전화에다 대고 거의 웃음을 터뜨릴 뻔했다. 웃음을 간신히 억제하고 그는 물었다.

「사형 집행소라는 게 뭐하는 곳이오?」

「관광 명소 중 하나요. 알 테지만 앤 보일런 왕비가 사형된 곳이 바로 거기요. 역사적인 장소지. 그냥 묻기만 하면 거기를 찾아올 수 있을 거요. 관광객들 틈에 섞여 태연히 들어와요. 이상한 꼴을 보여서는 안 돼요. 중대한 문제에 대해 얘기할 것이 있소. 당신에게도 아주 유익한 얘기가 될 거요.」

「좋소. 한 시간 후에 만나도록 합시다.」

「아, 잠깐 기다려요. 그곳은 오전 10시까지는 문을 열지 않는다는군요. 그럼 10시 반에 거기서 만나기로 합시다.」

「좋소. 10시 30분.」

「됐소. 괴상한 꼴로 나와서는 안 된다는 걸 잊지 말아요. 당신을 그런 공개적인 장소에서 만나기가 두려워 하는 얘기가 아니오. 런던 경찰들이 우리들에게 벌떼처럼 달려드는 일은 없어야겠기에 미리 당부하는 거요.」

보란은 그의 얘기를 알아들을 수 있었다.

「알았소. 당신도 기억해 둘 게 있소, 레오. 당신 혼자 오시오. 아무도 데려오면 안 돼요. 사람들이 너무 많으면 난 떨리거든.」

터린은 웃음을 터뜨리며 전화 밖에 대고 옆에 있는 어떤 사람에게 무슨 얘기인지를 지껄였다.

「염려 말아요. 난 혼자 가겠소. 당신은 당신 쪽이나 살펴봐요.」

보란은 전화를 끊었다. 터린이 많은 사람들 속에 서서 얘기하고 있었다는 것은 분명했다. 어쩌면 회의 탁자 바로 옆에서였는지도 몰랐다. 보란은 터린이 이 전화 통화로 인해 그와 접촉할 수 있는 사람으로 마피아 내부에서 지목될지도 모른다고 생각했다.

좋다. 그것도 괜찮은 일이다. 그러나 누군가 다른 사람이 터린을 대신하여 보란과 접촉해 보겠다고 나선다면 일은 어떻게 될 것인가? 보란은 한숨을 내쉬었다. 보란은 다만 터린을 믿을 수밖에 없었다.

갑자기 그가 목숨을 부지하기 위해 많은 사람들을 믿기만 해야 하는 사태가 벌어지고 있는 듯했다. 결코 좋은 일이 아니었다. 보란은 그것이 싫었다. 밀림에서의 생존이란 다만 그 자신에게만 완전히 맡겨지는 것이었다.

방 건너편에서 들려 오는 어떤 소리가 그를 생각에서 깨어나게 했다. 보란은 그쪽을 바라보았다. 앤 프랭클린이 거기 서서 보란을 응시하고 있었다. 그는 침대 위에서 손을 흔들며 말했다.

「이건 여러 명의 남녀들이 한꺼번에 들어와서 뒹구는 침대 아뇨? 당신처럼 훌륭한 여자가 이런 침대를 놓고 뭘 하는지 모르겠군.」

그녀는 미소를 지으며 계단을 올라왔다.

「이 침대가 좋다는 거예요, 나쁘다는 거예요?」

「당신이 이 속에서 뭘 하느냐에 달려 있지. 그들의 시위는 해결되었소?」

그녀는 머리를 끄덕이고는 두 손을 등 뒤로 돌려 무엇인가를 만지작거렸다. 그러자 그녀의 드레스가 몸에서 스르르 미끄러져 발 아래로 떨어졌다.

보란의 두 눈이 번쩍 뜨였다. 그녀는 거의 옷이라고 할 수 없는 아주 가느다란 끈으로 된 팬티와, 역시 가느다란 그래서 젖꼭지만을 슬쩍 가리고 있는 브래지어만을 입고 있었다. 보란은 목구멍으로 뜨거운 것이 치미는 것을 느끼며 한동안 넋을 잃고 그녀의 몸을 쳐다보고 있었다.

「아아, 앤!」

「이미 말씀드렸잖아요. 나는 당신 손 안에 있어요.」

그는 그녀를 힘껏 끌어당겼다. 그녀는 침대 위에 쓰러진 채 한쪽 다리를 세우고 다른 한 다리는 곧게 뻗었다. 그녀는 두 팔을 들어 머리 위에 올리고 유혹적인 눈길로 보란을 바라보았다. 그는 그녀의 유리처럼 매끄러운 다리를 쓰다듬고 팔을 어루만졌다. 그녀는 몸속 가장 깊은 곳으로부터 쏟아져 나오는 뜨거운 한숨을 토해 냈다.

「키스해 줘요!」

그녀는 가늘게 떨며 속삭였다.

그는 그녀의 입술을 탐욕스럽게 더듬었다. 그녀의 몸이 활처럼 휘어 보란의 가슴속을 파고들었다. 그의 내부에서 충동적으로 남성의 본능이 고개를 들고 있었다. 그렇다, 이것이 사랑일 수도 있으리라.

「사랑해요, 보란!」

그녀는 그의 목을 두 팔로 꼭 끌어안고 귀를 깨물었다.

그는 그녀의 목과 가슴을, 다리의 은밀한 부분과 예민한 곳을 애무했다. 그녀는 거의 숨을 쉬지도 않는 듯 그의 손길 아래에서 한숨과 열정으로 몸을 부르르 떨었고, 그의 손이 떠나려는 듯한 기미를 보이면 힘껏 그의 목에 매달리며 그의 손길을 붙들었다.

잠시 후 그는 앤으로부터 몸을 떼고 일어서며 웃었다. 그리고 그런 상태에서는 아주 어울리지 않는 질문을 던졌다.

「당신 정말 이러기를 바라는 거요?」

그녀는 두 손으로 보란의 얼굴을 감싸쥐고 입술을 더듬으며 한숨을 쉬듯 속삭였다.

「물론이에요.」

「당신이 하려고 하는 증명은 지금까지의 것만으로도 충분한 것 같은데?」

그녀는 머리를 힘껏 흔들었다.

「아네요. 그렇지 않아요.」

보란은 미소를 보이며 침착하게 말했다.

「사람들은 모두 같은 자극에 비슷한 반응을 보이는 법이오, 앤.」

그녀는 애타는 눈길로 그를 바라보고 있었다. 보란은 그녀의 몸을 가슴으로부터 다리까지 쓰다듬어 내리며 말했다.

「당신은 정말 평범한 여자가 되길 원하는 거요?」

「보란! 제발 나에게 사랑을 가르쳐 줘요.」

그녀는 꺼져 들어가는 목소리로 애원했다.

「알겠소.」

그는 침대에서 빠져 나와 옷을 벗기 시작했다.

그녀는 그의 몸놀림 하나하나를 거의 감은 눈의 눈썹 사이로 지켜보았다. 그녀는 마치 죽은 듯 몸을 움직이지 않았다. 다만, 가슴만이 크게 오르내리고 있을 뿐이었다. 핑크빛을 띤 섬세한 혀의 끝부분이 조금 열린 입술 사이로 보였다.

그는 권총 벨트를 풀어내고 침대와 가까운 거리의 바닥에 놓았다. 그 다음 몸에 꼭 붙은 검은 야간 전투용 복장을 벗으려다가 그녀의 눈길을 의식하자 갑자기 동작을 멈추었다. 그녀는 키득거리며 말했다.

「어서 계속해요. 난 그걸 벌써 본 적이 있어요. 어제 내가 당신을 침대에 뉘었던 게 기억나지 않나 보죠?」

「그때는 이런 상황이 아니었소.」

그는 전투용 복장을 벗어 그것을 그녀에게 던졌다.

그녀는 웃음을 터뜨리며 네 활개를 활짝 폈다. 보란의 몸이 그 위를 덮쳤다. 그녀는 그에게 매달렸고 두 사람의 입술이 뜨겁게 만났다.

그가 열정적인 키스를 끝내고 말했다.

「먼저 목욕을 해야겠소. 같이 하겠소?」

그녀는 머리를 끄덕였다. 보란은 그녀를 무대와도 같은 침대에서 끌어내렸다. 그들은 분수가 있는 작은 풀장처럼 보이는 욕조로 내려갔다. 그녀는 투명한 브래지어를 몸에서 떼어냈다. 보란은 한 손으로 그것을 움켜쥐었다. 그녀는 키들거리며 보란의 어깨에 한 손을 기대고 가느다란 띠와 같은 팬티를 벗어 바닥에 던졌다.

그 다음 순간, 그녀는 갑자기 얼어붙은 듯 한 손을 보란의 어깨에 댄 채 부르르 몸을 떨더니 짧게 비명을 질렀다. 다음 순간, 그녀는 보란의 몸에 달라붙었다. 보란은 깜짝 놀라 그녀를 풀로부터 확 밀어냈다. 그의 힘이 너무 강했기 때문에 그녀는 바닥에 나뒹굴었다. 그제야 그는 그녀가 본 것이 무엇인지를 발견했다.

그도 온몸이 경련에 휩싸이는 것을 어쩔 수 없었다.

물 속에서 해리 파커의 죽은 두 눈동자가 그를 올려다보고 있었던 것이다. 시체는 등 쪽으로 완전히 꺾여 있었다. 그의 머리가 두 다리 사이에 있었다. 에드윈 찰스가 죽은 모습과 거의 똑같은 형태였다. 해리 파커는 두터운 태피스트리의 밧줄로 그 자세가 되도록 묶여 있었다. 묵직한 금속제의 널빤지에 그의 몸이 묶여 있었던 것이다.

앤 프랭클린은 히스테리 환자처럼 정신을 잃고 바닥에 엎드려 울고 있었다. 보란은 물 속으로 들어가 해리 파커를 끌어냈다. 밧줄로 인한 흠집 외에 그의 몸에는 한 군데의 상처도 없었다. 해리 파커는 죽기 전에 폐와 위가 물로 가득 차게 되었던 것이 틀림없었다. 물에 빠뜨려 익사시킨 뒤에 이와 같은 형태로 묶은 것일까, 아니면 이와 같은 형태로 묶은 뒤에 물에 빠뜨린 것일까? 그러나 해리 파커의 멀겋게 뜨여진 두 눈에서는 아무런 대답도 얻을 수 없었다.

그것은 악마가 저지른 살인이었다. 보란은 해리 파커의 몸을 제대로 펴려는 엄두를 낼 수도 없었다. 그는 그 시체를 두꺼운 천으로 가리고 앤 프랭클린을 데리고 침대로 돌아왔다. 바닥 이곳 저곳에 떨어진 그녀의 옷을 모두 주운 그는 그녀에게 건네 주었다.

「옷을 입는 게 좋겠소.」

그녀는 기계적인 동작으로 옷을 입었다. 보란도 재빨리 옷을 입고 곧장 그 옆에 설치된 바로 갔다. 그는 독한 술을 두 잔 가득 따라 침대로 가져왔다. 앤은 보란을 보지도 않은 채 잔을 받아 두 손으로 감싸쥐고 그 잔 속의 술에 씌어진 어떤 글자라도 해독해 내려는 듯 곰곰이 그것을 들여다보았다.

보란은 자신의 술잔을 단숨에 비운 다음, 잔을 높이 들어 먼 곳의 벽을 향해 힘껏 내던졌다. 잔은 요란한 소리를 내며 깨졌다. 앤은 깜짝 놀라 눈을 들었다.

「이제 이런 일들에 지쳤어!」

앤은 창백한 두 볼에 주르륵 눈물을 흘리며 뻣뻣한 목소리로 중얼거렸다.

「불쌍한 해리!」

「불쌍한 해리가 죽은 것은 이미 오래 전인 것 같소. 당신이 여기에 올라왔던 게 언제요? 가장 최근에 말이오.」

「어젯밤에요. 잠깐 동안이었어요.」

「몇 시쯤이었소?」

「당신이 여기를 떠난 직후였어요. 아니면 시간이 좀 지나서였을까? 경찰들이 나한테 몇 가지 질문을 했어요. 대답해 주고 나서 옷을 갈아입기 위해 올라왔었죠. 난 곧 다시 나갔어요. 해리와 소령은 아래층 바에 있더군요. 그 사람들하고 작별 인사를 하고 나는 곧장 퀸스 하우스로 갔어요. 그게 내가 해리를 본 마지막이었어요.」

「그래, 그게 몇 시쯤이었소?」

보란은 추궁했다.

「아마……. 자정이 조금 지난 시각이었을 거예요. 난 당신이 곧 퀸스 하우스로 가리라고 생각했었거든요. 그래서 새벽 2시까지 기다렸어요. 그래도 안 오기에 미술관으로 가봤죠. 경찰들이 거기에 가득 차 있더군요. 그건 당신도 아는 일이겠죠?」

보란은 잠시 방을 서성거렸다.

「짐을 챙겨요. 여기서 나갑시다.」

「밖으로 나가는 건 당신한테 위험해요, 보란. 브리튼으로 가는 것은 아직은 안 돼요. 적어도 시간이…….」

「여기는 당신이나 나 두 사람 모두에게 위험한 곳이오. 브리튼도 마찬가지일 것 같소. 난 지금 해야 할 일이 있소. 갑시다!」

그는 휙 돌아서서 빠른 걸음으로 그곳을 떠나 아래로 내려갔다. 앤은 해리 파커의 주검 앞에 멈춰 서서 잠시 눈을 감고 서 있다가 곧장 코트를 집어 들더니 곧 보란을 뒤따라 달려나왔다.

보란은 문 밖에서 그녀를 기다리고 있었다. 그는 마치 다시는 이 아파트를 보지 않을 듯이, 그래서 그것을 기억해 남겨 두기라도 하려는 듯이 내부를 살펴보고 있었다.

앤도 그의 눈길을 의식하며 함께 아파트 안을 들여다보았다. 그녀는 한숨을 내쉬었다.

「이런 때에 내가 나 자신의 일만을 생각하고 있었다니, 정말 부끄러워요. 하지만…… 앞으로는 이런 일이 결코 없을 거예요.」

그는 그녀가 하려는 얘기를 알 수 있을 것 같았다.

「그러나 이곳은 아주 멋진 곳이오, 앤.」

「그래요. 포르노 영화 같은 분위기가 나죠?」

「당신한테 그런 건 필요치 않을 텐데.」

「아직 나한테 그걸 증명해 보이지 않으셨잖아요.」

「당신 스스로 이미 증명했잖소. 자, 서두릅시다. 어서 떠나야겠소.」

문으로 나가며 그녀는 다시 중얼거렸다.

「불쌍한 해리. 저런 식으로 죽다니…….」

그는 계단을 내려가는 그녀의 팔을 붙잡아 부축했다.

「악마의 짓이오, 미친 놈의 짓!」

「그런 것 같아요. 사람이 어찌…….」

그들이 로비를 빠져 나가는 동안 보란이 다시 입을 열었다.

「찰스가 이런 얘기를 한 적이 있소. 이 모든 것들이 우리 시대의 상징이라고 말이오. 말하자면 이런 사디즘적인 것들 말이오. 그게 무슨 뜻이었겠소, 앤.」

「우리가 살고 있는 시대가 포르노 영화의 시대라는 뜻이었을 것 같은데요.」

그들은 로비를 빠져 나가 프리드 가로 나왔다.

「아니오. 그런 뜻만은 아니었소.」

그들은 바삐 모퉁이를 돌아 인도를 걸었다. 앤의 차는 좀 떨어진 곳에 세워져 있었다. 그녀는 보란의 마지막 얘기를 생각하고 있었다.

「당신이 그의 말뜻을 정확히 알아낸다는 건 쉬운 일이 아닐 것 같은데요.」

「그렇게 단정 짓지 말아요, 앤. 그 대답을 직접 얻어내는 방법이 있을 거요.」

「어디로 가는 거예요, 보란?」

「런던 타워로 가는 거요.」

「아, 보란! 안 돼요! 이 밝은 대낮에 왜 사람들과 경찰들이 들끓는 곳으로 들어간다는 거예요?」

「우리 시대의 상징들을 한 번 봐두기 위해서요?」

보란은 그때까지 알지 못했던 것이 있었다. 그것은 영국에 도착한 이래 그는 계속해서 어떤 상징의 그림자 속을 돌아다니고 있다는 사실이었다. 그것은 죽음의 상징이기도 했다.

17
까마귀 떼

보란이 레오 터린과 전화로 얘기를 나누던 그때, 마피아의 런던 사령부에서는 두 개의 커다란 회의용 탁자 주변에 마피아의 보스들이 늘어앉아 있었다. 회의는 두 곳에서 열렸던 것이다. 서재에서의 회의는 조 스타치오가 주최자였다. 레오 터린도 역시 그 회의에 참석했다. 평화 협상의 지지자들이 그 탁자 주변에 모여 있었다.

스타치오가 그들을 향해 말문을 열었다.

「당신들 중 어느 누군가는 의심을 할는지 모르겠소. 내가 왜 전투원들을 이다지도 많이 데려왔는지에 대해서 말이오. 그런 사람은 그걸 의심하기 전에 먼저 이 사실을 항상 염두에 두기 바라겠소. 평화 협상에 필요한 사람은 단 한 명이오. 그 한 명이 바로 나요. 여기에 있는 레오는 나와 보란을 접촉할 수 있도록 해 줄 사람일 따름이오. 또한 그는 분명히 내 얘기를 보란이 다 들을 때까지 보란이 공격 행위를 중단하고 기다리도록 할 수도 있을 거요. 바로 그것이 협상의 과정이 될 거요. 그러니까 당신들은 의심하기 전에 다시 한 번 자기 자신에게 물어 보시오. 왜 그가 나와 터린을 데리고 왔느냐, 그 이유는 바로 이거요. 농부 어니는 카포요. 그 때문에 우리는 모두 그를 존중해야 하오. 그러나 그는 또한 속을 알 수 없는, 양손에 서로 다른 내용을 쥐고 이쪽 저쪽으로 오락가락하는 쥐새끼 같은 교활한 사람이오. 그 때문에 역시 우리는 또 한 번 그를 존경해야 하오. 그리고 바로 그것이 당신들을 데리고 온 이유요. 나는 알고 있소. 농부 어니는 날 곤경에 빠뜨릴 작정이오. 난 분명히 그것을 이 뱃속으로부터 예감하고 있소. 그는 나를 죽일 수도 있을 거요. 당신들 모두가 이 사실을 항상 명심해 주기를 나는 바라오.」

스타치오 밑의 중간 보스 하나가 묵직한 재떨이를 마호가니 탁자 중앙으로 밀어 놓으며 투덜거렸다.

「그 녀석이 그따위 짓거리를 시도한다면 나도 가만 있지 않을 거요, 조!」

「분명히 그는 그렇게 할 거요. 우리 모두가 잘 알고 있는 사실이오. 하지만 명심하시오. 그는 그 일을 하면 위법자가 되는 거요. 이것도 당신들이 모두 명백히 인식해 두도록 하시오. 만일 어니 카스틸리오네가 날 처단한다면 그것은 곧 우리 위원회의 엄숙한 의지와 명령을 배신하는 것이오. 내가 이 책임을 맡기 전에 모든 카포와 보스들의 협의회와 위원회를 거쳐 이 평화 협정은 결정이 되었소. 그러므로 당신들은 위원회의 입장을 대리해서 수행하고 있다는 것을 명심해야 하오. 내가 당신들을 데려온 것은 농부 어니가 위원회의 의지를 방해하지 못하도록 하기 위해서요. 당신들은 한 사람의 카포나 보스가 아니라 위원회의 사람들이오.」

그 뒤에는 맥 보란을 영광스럽고 값진 평화로 어떻게 끌어들이느냐 하는 것에 대한 여러 가지의 전략 전술, 수단과 방법에 대한 가지 각색의 격렬한 논의가 뒤따랐다. 레오 터린은 피츠필드에서 맥 보란을 전투원의 한 사람으로 고용하고 있을 때의 경험을 자세히 얘기해 달라는 요청을 받았다. 그들은 맥 보란이라는 친구가 어떤 식으로 생각하고 행동하는지를 알고 싶어했다. 터린은 그가 생각하고 있는 그대로 피츠필드에서의 여러 가지 에피소드들을 얘기해 주었다.

이런 얘기들이 끝나가고 있을 즈음에 보란의 전화가 왔던 것이다. 터린은 조 스타치오의 평화 협상이야말로 이 지루하고 무익하며 피비린내 나는 전쟁을 끝낼 수 있는 유일한 수단이라는 것에 대해 한 차례 열변을 토한 다음, 전화를 받기 위해 회의 탁자를 떠났었다.

전화를 끊고 나서 터린은 뉴욕의 보스에게 만면에 웃음을 띠며 말했다.

「됐소. 내 척후병들이 벌써 활동을 시작하고 있소. 지금 전화한 이 친구는 옛날부터 보란을 잘 아는 사람이오. 이제 우리가 쥐어야 할 실마리를 발견한 것 같소.」

스타치오는 생각에 잠겨 이마를 잔뜩 찌푸리고 말했다.

「잘된 일이오. 그런데 이 부근에 있는 당신 척후병은 몇이나 되죠?」

웃음 가득한 얼굴로 터린은 대답했다.

「6, 7명 될 거요. 그래서 나는 런던 타워를 만나는 장소로 선택한 거요. 그런 식으로 하면 우리는 농부 어니가 우리들의 회합을 방해하는 것으로부터 우리를 지킬 수 있소. 어떻소, 조?」

「물론 우리는 지킬 수 있소, 퍼시.」

잠시 말을 끊고 생각에 잠겨 있다가 조 스타치오는 한 사내를 가리키며 말했다.

「보비, 네가 거기 나가 봐라. 잘 지켜. 수상한 동태가 엿보이면 즉시 나에게 보고하고.」

보비는 즉시 그 방을 떠났다. 다른 사내들은 여전히 평화 군단의 전략을 논의하는 중이었다.

한편, 같은 지붕 아래에서 또 하나의 회의가 농부 어니 카스틸리오네와 그의 전투원인 우두머리들 사이에서 진행되고 있었다. 커다란 거실은 빈틈 없이 인간 사냥꾼들과 소두목들, 고참 전투병들로 빽빽이 들어차 있었다. 그 방의 분위기는 그들이 맡은 임무가 여간 중대한 것이 아니었으므로 긴장과 흥분이 넘쳐 흐르고 있었다.

물론 그 방의 회의를 주재하는 사람은 카스틸리오네였다.

커다란 탁자 중앙에 앉은 카스틸리오네의 양쪽 옆에는 닉 트리거와 대노 질리아모가 앉아 있었다. 두 사람은 흠씬 두들겨 맞고 비오는 거리로 내쫓긴 강아지와 같은 얼굴을 하고 있었다.

농부 어니는 거드름을 피우며 입을 열었다.

「여기 있는 이 두 친구는 내가 여러분에게 하려는 얘기를 가장 잘 알고 있는 사람들인 것 같소. 보란은 이 두 사람들을 제멋대로 희롱했소. 그가 이 두 친구들의 간담을 얼마나 서늘하게 했는지는 모르겠지만, 이 두 사람은 여기서 벌어졌던 일에 대해 서로 다른 엉뚱한 얘기들을 주장하고 있단 말이오. 자, 이 모양이니 모두들 보란이 얼마나 대단한 놈인지 충분히 알 수 있을 것이오. 벌써 본토에서도 여러 차례 겪어본 바도 있으니 말이오. 고국에 있는 몇몇 늙은이들은 그 미치광이와 협상을 해서 그를 우리 편으로 만들려고 하고 있소. 하지만 그건 터무니없는 수작이오. 도대체 산짐승 같은 놈과 어떻게 협상을 하며, 산짐승을 어떻게 우리 같은 사리 분별이 있는 사업가로 만들 수 있겠소? 그것은 말도 안 되는 헛소리요.」

「내 손을 좀 보시오. 새끼 악어를 기르려고 한 적이 있는데 그 악어가 내 손을 이 꼴로 만들어 버렸소.」

시카고 출신의 한 사내가 자신의 한쪽 손을 들어 보이며 말했다. 그의 손에는 손가락이 없었다.

카스틸리오네는 탁자 주변을 둘러보며 더욱 기세가 등등하여 떠들었다.

「저 친구는 내 얘기를 잘 알 거요. 미치광이와 협상이란 말도 안 되는 개수작이오. 미치광이를 집 안에 초대해서는 안 되는 법이오. 게다가 침실의 열쇠를 맡겨서도 안 되오. 미치광이에게 총을 줘서 경비를 부탁하는 것은 더욱더 삼가야 하오.」

「누가 그런 짓을 시도한단 말이오?」

또 다른 사내가 외쳤다.

「그렇소. 정신이 올바른 사람이라면 결코 하지 않을 것이오. 그러나 고국에 있는 몇몇 지쳐 빠진 늙은이들이 하고 싶어하는 짓거리가 바로 그거요. 그러나 그들 모두가 다 그런 건 아니오. 난 어떤 특정한 가문에 대항하려고 이런 얘기를 하는 것은 아니오. 몇몇 늙은이들, 멍청한 주장을 하는 몇 안 되는 늙은이들이 그렇게 하고 싶어하는데, 그렇다면 나머지 우리들은 어떻게 처신해야 되겠소? 우리도 그에 따라야 한다는 거요? 들어 보시오. 그런 생각을 하는 사람은 한두 명에 불과하오. 평화 협상이니 뭐니 따위의 얘기를 하는 자들은 10명도 안 된단 말이오. 당신들은 모두 미국 각지에서 온 사람들이오. 당신들은 뭣 때문에 여기 왔소? 나에게 합세하려고 온 것 아니오? 그런데 당신들 중 그 미치광이 보란이 위원회의 배지를 달고 탤리페론 형제들의 일을 대신하기를 바라는 사람들이 과연 몇이나 되오? 누가 그런 터무니없는 일을 바라고 있소?」

그 얘기를 들은 닉 트리거와 대노 질리아모는 입 안이 바싹바싹 타들어 갔고 얼굴색이 창백해졌다. 그러나 그들의 그런 행동은 어느 누구도 눈치 채지 못했다. 방 안의 다른 사람들은 제각기 흥분하여 왁자지껄하게 떠들어 대고 있었기 때문이었다.

그때 구석에 있던 전화벨이 울렸다. 마치 그것이 어떤 신호이기라도 한 듯 떠들썩한 소리가 일시에 그치더니 그들은 모두 전화기를 쏘아보았다.

질리아모가 의자를 뒤로 빼고 일어서서 조용히 전화기 쪽으로 걸어갔다. 전화벨은 이미 울리고 있지 않았으나 그는 조심스럽게 전화기를 들었다. 그는 터린과 보란 사이의 대화를 듣고 있다가 돌아서서 카스틸리오네를 바라보았다.

그들의 통화가 끝나자 그는 전화기를 내려놓고 회의용 탁자로 되돌아왔다.

「무슨 내용이었소?」

농부 어니가 물었다. 대노는 뭔가를 골똘히 생각하며 대답했다.

「레오 퍼시가 접촉을 시작한 것 같소.」

「잘 됐군. 그 통화 내용을 말해 보시오.」

「레오 퍼시는 오늘 10시 30분에 그의 척후병을 런던 타워에서 만나기로 했소. 그런데 말이오, 그 척후병 사내의 목소리가 꼭 보란의 목소리 같았소. 정확지는 않지만 참으로 비슷해요. 내 추측으로는 바로 그 전화를 한 사람이 보란이었던 것 같소.」

카스틸리오네는 대노 질리아모의 얘기를 들으면서 그를 무서운 눈초리로 쏘아보고 있었다. 농부 어니의 눈치를 보며 닉 트리거가 대노에게 쏘아붙였다.

「당신 도대체 언제 보란의 목소리를 들어 봤다는 거요?」

「난, 당신은 꿈도 못 꾸는 여러 가지 일들을 들었소. 내 얘기가 옳을 거요. 전화를 한 사람은 바로 보란 그놈이었소.」

아니 카스틸리오네는 소리를 질렀다.

「둘 다 닥쳐! 지금 몇 시지?」

「8시 30분쯤 되었을 거요.」

닉 트리거가 말했다.

「알았소. 닉, 당신이 애들을 몇 데리고 거기로 가시오. 대노, 당신도 같이 가고. 닉이 또 어떤 일 때문에 넋이 빠지지 않도록 도와 주시오. 두 사람이 서로를 보살피고 감시하는 거요.」

카스틸리오네는 두 사람을 경멸하는 듯한 눈길로 노려보다가 다른 전투원들에게 말했다.

「나머지 사람들은 지금부터 내가 하는 얘기를 잘 들으시오. 또 보란에게 희롱을 당하는 일이 생겨서는 안 되오. 딱 한 번만 이야기하겠소, 시간이 없으니까.」

닉 트리거와 대노 질리아모는 방에서 나왔다. 복도에는 그들뿐이었다. 두 사람은 서로를 바라보았다. 닉 트리거가 먼저 입을 열었다.

「저 더러운 늙은 자식, 제가 뭔데 나한테 함부로 명령을 하는 거야?」

대노도 담배를 붙여 물고 손을 마구 휘둘러댔다. 그러나 그의 목소리는 아주 작았다.

「어젯밤 차 속에서 우리 둘이 한 얘기 생각나오? 우리는 농부 어니가 더러운 개자식이라는 데 의견의 일치를 보았던 것 같은데…….」

「바로 그래. 그건 나도 똑똑히 기억하고 있소.」

「그런데, 보란 문제를 어떻게 할 생각이오? 저 늙은이가 하는 얘기는 당신도 듣지 않았소? 그들은 보란 사태를 핑계로 당신 사업을 빼앗으려는 것이 틀림없소. 당신의 사업은 당신의 권리 아니오? 만일 농부 어니가 보란을 먼저 잡는다면, 당신도 이미 눈치 챘겠지만, 당신을 가만 내버려둘 것 같소? 당신은 영국에서도, 우리네 위원회나 가문에서도, 뿐만 아니라 이 세상에서도 영원히 매장될 거요. 닉, 알겠소? 당신한테 남은 일은 그것뿐이오.」

닉 트리거는 뭐라고 불만에 찬 소리를 입 속으로 중얼거렸다.

「나도 알고 있소, 대노. 우리 둘은 아마 같은 배를 타고 있는 것 같소. 같은 입장이란 말이오. 난 어젯밤 무슨 일이 벌어졌는지 잊어버리기로 했소. 그 일은 이미 지난 일이오. 우린 같은 배를 타고 있소. 그러니까 뭔가 우리 둘이서 조치를 취해 두는 게 좋지 않겠소?」

「당신, 농부 어니가 보란을 잡도록 가만 내버려둘 거요? 바로 그날로 당신은 끝장인데, 닉.」

「걱정 말아요, 대노. 그는 보란을 못 잡을 거요. 레오 퍼시도 보란을 못 잡을 거고.」

「당신 무슨 생각이 있군 그래, 닉.」

「그렇소, 대노. 나한테 묘안이 있소.」

사실상 닉 트리거에게는 여러 가지 복안이 있었다.

보란과 앤은 한 시간 내내 차를 몰아 타워 힐 지역에 도착했다. 레오 터린과의 약속을 지키기 위해서였다. 보란은 거의 30분 동안 세밀하게 그 지역의 도로를 답사했다. 그는 먼저 그곳의 지형을 파악해 두어야 한다고 생각했던 것이다. 그 다음에 그는 광장 주차장에 차를 세우고 앤에게 말했다.

「저길 들어가는 데는 별 지장이 없겠지. 그러나 문제는 저기에서 나오는 일이오. 살아서 저기를 빠져 나오는 일 말이오.」

「안 돼요, 보란! 저기로 들어가시면 안 돼요. 당신을 알아보는 사람이 분명히 있을 거예요. 그 다음에는 중앙 정보국 요원들이 런던 타워에 가득 차게 될 거구요.」

보란은 그녀에게 미소를 보냈다.

「대개의 사람들은 다른 사람에게 그다지 크게 관심을 갖지 않는 법이오. 당신은 거리에서 친구를 알아보지도 못한 채 그 사람을 그냥 지나쳐 본 적이 없소? 저기 있는 사람들은 모두 왕관의 보석이나 대영 제국의 역사를 구경하는 데 정신이 팔려 있을 거요. 그것들을 모두 다 보기 위해 눈이 두 개쯤 더 있었으면 하고 바라면서 말이오. 그들은 날 쳐다보지도 않을 거요.」

「경찰이나 마피아들은 안 그래요.」

「그들에게는 나는 그저 또 한 사람의 관광객일 뿐이오. 걱정

말아요. 이게 내 전투 방법이니까.」

그녀는 핸드백을 뒤져 가느다란 테의 색안경을 꺼내 그것을 보란에게 주었다.

「적어도 이 정도의 변장은 해야 해요. 훨씬 나을 거예요.」

그는 웃으며 그 안경을 받아 코 위에 걸쳤다. 그녀를 근엄한 표정으로 바라보며 그는 물었다.

「어떻소? 잘 어울리오?」

「오, 보란!」

외마디 소리를 지르며 그녀는 그의 가슴속으로 몸을 던졌다. 그들은 다시 열렬히 키스했다. 그는 조심스럽게 그녀를 떼어 놓으며 말했다.

「당분간 떨어져 있어야겠소. 당신은 차를 타고 이 주변을 맴돌도록 해요. 적어도 5분에 한 번은 이 장소를 지나도록 해주시오. 하지만 총성이 단 한 방이라도 들리거든 재빨리 달아나도록 해요. 내가 달아날 길은 내가 찾아볼 테니까. 서로 탈출에 성공하게 되면 미술관에서 만납시다. 어느 누구도 내가 다시 그곳에 나타나리라고는 생각지 못할 거요.」

그녀는 다시 두 팔로 그의 목을 감았다.

「죽으면 안 돼요. 이제는 당신이 죽으면 난 살아갈 수 없을 거예요.」

그는 듬직하게 웃으면서 그의 굳센 두 팔로 그녀를 꽉 껴안았다. 그리고는 젖은 눈으로 그를 지켜보는 그녀의 곁을 떠났다. 몇 걸음 걷다가 그는 뒤를 돌아보았다. 그녀는 울고 있었다. 그는 그녀에게 손을 흔들어 보이고는 마침 버스에서 우르르 내리는 관광객들 틈에 태연히 섞여 들었다.

타워 건물로 들어서는 데에 4실링의 요금을 지불해야 했고, 그 건물의 내부로 들어가는 데에 또 2실링을 지불해야 했다. 그에게는 시간적 여유가 있었다. 약속 시간까지는 아직도 30분이나 남아 있었다. 그 시간 동안 그는 한때는 정복자의 성이었던 전설적인 장소를 느긋한 기분으로 구경하며 보냈다.

그는 웬만큼 구경을 끝내자 다시 아래층으로 내려갔다. 거기에서 그는 아주 화려한 옷을 입은 영국인과 친밀하게 대화를 나누게 되었다. 바로 타워의 경비원이었다. 그는 보란에게 날개가 찢겨 하늘을 날지 못하고 땅 위를 기어다닐 수밖에 없는 까마귀들을 보여 주었다. 경비원 얘기로는 그 까마귀들이 바로 이 타워의 상징이라는 것이었다.

보란은 생각했다. 찰스의 학대 음란증적인 상징과 마찬가지로 그 까마귀들도 바로 한 시대의 상징이었던 것이다. 문명화된 인간들은 항상 날개가 부러지는 듯한 좌절을 시대와 함께 체험하게 마련이었다. 날개가 찢긴 까마귀들의 자유, 그것은 오늘날에도 많은 사람들에게 공통되는 것이었다. 날개를 찢으려는 모든 적의 공략을 분쇄하고, 그 다음에야 진정한 한 인간이 될 수 있는 것이리라.

보란은 또한 기억했다. 피츠필드의 경찰들이 보란에게 날개가 찢긴 까마귀와 같은 삶의 방식을 권했을 때 그는 단호히 거절했었다. 마피아에 대한 복수와 전쟁을 결심하면서 그는 독수리가 되기로 맹세했던 것이다. 그러나 이제 그가 앤 프랭클린에게 보여준 자신감에도 불구하고 이곳에서 그는 잘못하면 구운 오리가 되기 십상이었다.

시각은 10시 20분이었다. 그는 다시 여기저기를 서성거렸다.

모조 왕관을 쓴 사람들이 희희낙락하고 있었다. 그 모습을 그들은 사진에 담았다.

사람들이란 배우기를 싫어하는 족속이었다. 권력에 대한 욕망과 부에 대한 탐욕은 결코 사라지지 않을 것이고 그것은 영원히 반복되고 또 반복될 것이 틀림없었다.

그는 기분이 몹시 우울해졌다. 바로 그 타워가 그의 기분을 그렇게 상하게 했다. 사드 미술관의 기괴한 분위기 속에서도 아무렇지 않았던 그의 기분을 이 타워는 몹시 뒤집어 놓았다. 이제 보란은 늙은 에드윈 찰스가 한 얘기의 의미를 조금씩 깨달을 수 있을 것 같았다. 이놈의 세상은 모두 피로써 세례를 받은 세상이다. 인류의 모든 발자국마다에는 피가 배어 나오는 것이다. 사지가 찢겨지는 고문으로 인한 비명과 신음이 아직까지도 바람이 몰아칠 때마다 되살아나고 있는 세상이었다.

그렇다! 바로 그것이 찰스가 말한 것이었다. 인류의 탐욕은 어떤 사람들이 추구하듯 비정상적, 비상식적인 육체적 경로를 통해서만 나타날 수 있는 것이었다. 그 탐욕의 실체는 몇몇 잔인한 악인들이 학대 음란증적인 포르노 영화나 포르노 쇼를 보면서 헐떡이는 숨결 가운데에서 파악될 수 있는 것이 아니었다. 그 실체는 다른 사람들의 생명에 대해 행사되는 온갖 권력과 다른 사람들의 희생 속에 형성되는 부를 향하여 미친 듯 돌진하는 악마들의 추악한 숨결 속에서 발견되는 것이었다.

고맙소, 에드윈 찰스!

보란은 그에게 감사를 올렸다. 당신은 내가 무엇을 해야 하는지를 다시 한 번 상기시켜 주었소.

시각은 이제 10시 25분에 접어들고 있었다. 터린이 몹시 걱정스러운 얼굴로 바삐 다가오고 있었다.

보란은 마음속으로 중얼거렸다.

「이제 다시 시작이다. 까마귀 떼들이여, 오라! 와서, 악마들의 피를 포식하라!」

18
두 사내

보란은 색안경을 이마 위로 올리면서 레오 터린에게 말했다.

「이 만남이 위험을 무릅쓸 만한 가치가 있는 것이길 바라겠소.」

「모르겠소. 이놈들이 하는 일은 이제 〈보란을 잡아라〉라는 이름의 올림픽 게임이 돼가는 것 같소. 모든 사람들의 게임이란 말이오.」

경찰 겸 마피아가 투덜거리며 말했다.

「무슨 소리요? 그래서 호위병들을 데려왔다는 거요?」

「그렇소. 크게 심각한 사태가 벌어지지 말아야 할 텐데. 이런 얘기는 믿기 힘들 거요, 중사. 하지만 지금 현재 당신은 당신을 보호하기 위해 파견된 4개 부대의 거대한 멍청이 마피아 군단을 갖고 있는 셈이오.」

「당신이 그들을 데려왔소?」

보란은 얼굴을 잔뜩 찡그리며 물었다.

「다른 방법이 없었소. 농부 어니의 대부대가 어디든 쫙 퍼져 있소. 마피아들끼리 전투가 벌어질 것 같소. 냄새가 나요. 그게 모두 당신 때문이오, 보란. 당신을 누가 먼저 찾아 감추느냐, 또는 죽이느냐요.」

보란은 껄껄 웃었다. 그는 이제 더 이상 크게 걱정하고 있지 않았다.

「그럼 빨리 합시다. 저희들끼리 싸우는 꼴을 구경하고 싶으니까.」

터린은 보란의 한 팔을 잡고 사형 집행소의 발판으로 데리고 갔다.

「좋소. 먼저 에드윈 찰스의 문제요. 브로놀라가 그것 때문에 애를 많이 쓴 것 같소. 찰스의 군복무 기록은 비밀 문서 속에 보관돼 있었소. 영국 사람들은 그에 대한 얘기를 전혀 입 밖에 내지 않았소. 우리 육군 정보부를 경유해서 브로놀라가 알아낸 건 이 정도요. 찰스는 15년 전 명예롭게 퇴역했소. 계급은 준장.」

보란은 깜짝 놀랐다.

「그랬군!」

「그게 대단한 거요? 나한테는 별 의미도 없는 정보인 것 같은데. 그보다 더 재미있는 게 있소. 찰스는 63세 때 즉 1960년에 잠깐 동안 다시 군에 복무한 적이 있다고 하더군. 약 8개월 동안이오. 그 후에 그는 다시 은퇴했소. 그리고 약 4개월 전, 찰스는 다시 특수 임무를 띠고 활동을 시작했는데 그 임무는 알려진 바 없소. 이게 우리 정보 요원이 알아낸 모두요.」

보란은 점점 더 놀랍다는 표정을 지었다.

「1960년의 8개월 동안 그가 한 일은 무엇이었소?」

「브로놀라는 알지 못한다고 했소. 그러나 바로 그 시기에 영국은 조직 범죄 때문에 골머리를 앓고 있었소. 어떻게 생각하시오?」

「조직 범죄? 그건 너무 심한 비밀이오.」

「자, 보란. 이번엔 내가 물어도 되겠소? 에드윈 찰스는 죽기 직전에 무슨 일을 하고 있었소?」

「그는 도색적인 쇼를 하는 곳에서 보안 감시원으로, 그리고 전자 장치를 관리하는 사람으로 일했었소.」

터린은 뭔가 집히는 게 있다는 듯 고개를 끄덕였다.

「그랬군. 그렇다면 1960년의 일과 어떤 연관성이 발견되는 것 같소. 전자기들, 그건 찰스의 전문이오. 영국에서 전자 장치 첩보 활동 기술에 있어 찰스를 당할 사람은 없었다고 하더군.」

「알았소. 그건 내가 천천히 생각해 보겠소. 그 외에 알아낸 건 없소?」

「스톤 소령 얘기요. 그에게는 비밀이란 없었소. 1956년 군에서 부하들에 대한 잔인성으로 처벌받은 적이 있소. 또 중동 지방에서는 시민들에게 소름 끼치는 고문을 했다고 하더군. 그는 퇴역한 게 아니었소. 쫓겨난 거요. 불명예 제대란 말이오. 그는 그 고약한 딱지를 늘상 붙이고 다녀야 하는 거요. 브로놀라는 그에 대해서는 아주 믿을 만한 정보를 갖고 있었소. 여기저기서 끌어 모았다고 들었소.」

보란은 턱을 괴고 생각에 잠겨 있었다.

「더 없소?」

「찰스와 스톤에 대해서는 그게 모두요. 그리고 또 한 가지 이

걸 당신이 잘 이용할 수 있다면 좋겠는데……. 이 정보는 내가 나오기 바로 직전에야 알 수 있었소. 그래서 이 정보가 어떤 의미를 갖는 것인지를 나는 생각해 볼 틈도 없었소. 닉 트리거는 니콜라스 우스라는 가명을 사용하여 영국에 왔소. 그는 마피아의 일개 전투원이었소. 특수 임무를 맡았던 적은 없는 인물이오. 따라서 그는 결코 많은 돈을 모을 수가 없었던 인물이오. 돈이 생기는 대로 곧 그때 그때 다 써버리곤 하는 사람이었소. 그걸 명심해 두시오. 그런데 니콜라스 우스가 영국에 나타난 거요. 갑자기 그는 제네바에 두 개의 비밀 구좌를 갖고 있는 사람이 되었소. 그 구좌에는 남은 평생을 터키 황제처럼 사치 속에서 먹고 지내고도 남을 만큼의 돈이 들어 있다는 거요.」

「갑자기라는 게 무슨 뜻이오?」

「지난 몇 달 사이에 그렇게 되었다는 거요.」

「알았소. 아주 재미있는 정보로군. 하지만 땅이 꺼질 만한 정보는 아니오.」

「만일 닉이 가문을 배신한 것이 아니기만 하다면 그렇겠지. 그는 분명히 이 영국 땅에서 자신의 개인적 일을 추진하고 있소. 그게 아주 상당한 돈벌이가 되는 모양이오. 그것뿐만이 아니오. 그는 또 이곳 런던에서 합법적인 사업을 하면서 막대한 돈을 주무르고 있소. 바로 그 사업과 스위스의 은행 예금과 어떤 관계가 있는 것처럼 여겨지오.」

「그가 갖고 있는 합법적 사업체가 무엇이오?」

「소호 사이크라는 이름의 나이트 클럽이오.」

보란은 몽둥이로 머리를 세차게 얻어맞은 것 같았다. 그의 얼굴이 험상궂게 일그러지자 터린은 알 수 없다는 표정으로 그를 돌아보았다.

「뭐가 잘못 됐소?」

「지금 당신이 내 뒤통수를 쇳덩이로 내려치지 않았소?」

「그 나이트 클럽이 당신과 무슨 상관이 있는 모양이군. 난 이곳에 오래 있지 않아서……」

「그 나이트 클럽이 너무나 중대한 열쇠가 될 것 같아 두렵소, 레오. 닉의 동업자가 누군지는 브로놀라가 얘기 않던가요?」

터린은 머리를 저었다.

「그것까지 알아낼 만한 시간은 없었을 거요. 그리고 또 해야 할 얘기가 있소. 브로놀라는 이 평화 협상에 응하라고 안달이오. 제발 부탁이라고 하면서 이 협상을 받아들이라고 전해 달라더군. 그렇게만 되면 조 발라키의 애틀랜타 청문회 이후 가장 큰 사건이 될 것으로 그는 생각하고 있소. 그러니 보란……」

보란은 머리를 세차게 흔들었다.

「난 그럴 수 없소, 레오. 난 저 마피아들이 승리했다는 착각마저도 갖는 것을 허용할 수 없소. 나는 내 최선을 다해서 저놈들이 무너지고 와해되고 깨어지는 것을 지켜볼 작정이오.」

「조 스타치오가 당신에게 제공할 것이 어떤 내용인지를 들어보지도 않을 작정이오? 그들은 당신이 막강한 실력자의 자리를 차지하여 조직의 권세를 장악하기를 바라고 있소.」

보란은 비웃듯 일그러진 미소를 띠었다.

「그를 이길 수 없거든 그를 매수하라. 또는 그를 동지로 만들어라. 그게 바로 저 마피아들의 철학이지. 그 철학이 과거에는 유효하였소. 그러나 이번에는 그 철학을 무용지물로 만들겠소.」

보란은 한동안 말없이 허공을 노려보고 있다가 다시 단호하게 되풀이했다.

「싫소. 나에게 평화라는 건 헛소리에 불과하오. 난 나 자신의 밀림에 그대로 남아 있겠소.」

「하지만 한 번 생각해볼 일이오. 브로놀라는 당신이 마피아들의 위원회에 가입하기만 하면, 그때는 온갖 법적인 보장을 받을 수 있을 것이라고 좋아하던데.」

보란은 고집스럽게 머리를 저었다.

「안 돼요. 날 내버려 두시오, 레오. 난 내 방식대로 살아가겠소.」

작은 이탈리아 사내는 할 수 없다는 듯 머리를 설레설레 저었다.

「할 수 없지. 당신 결정을 존중하겠소. 그 결정이 별로 마음에 들진 않지만……. 닉 트리거에 대한 정보를 잘 이용해 보시오. 난 그 정보를 이용할 수 없으니까. 내가 할 얘기는 다 했소. 이제 헤어지는 게 좋겠소. 빠를수록 좋아요. 어니가 쳐들어오기 전에.」

보란은 침착하게 얘기했다.

「당신을 그냥 보내서는 안 되겠는걸. 당신네 평화의 사절에게 전하시오. 내가 고국에 돌아가기까지는 그런 생각을 할 수 없다고 하더라고. 고국에 돌아간 뒤에나 만나서 다시 얘기해 보자고 말이오.」

터린은 만면에 웃음을 띠었다.

「좋소. 그 정도면 내 체면 유지는 될 것 같소.」

「이제 가시오. 나는 나대로 떠나야겠소.」

그들은 악수를 나누었다. 터린이 장난기 어린 말투로 속삭였다.

「벽을 넘어갈 수 있는 좋은 장소를 내가 아는데.」

보란은 낄낄거리고 웃었다.

「나도 벌써 거기를 봐뒀소, 레오. 고맙소. 행운을 빌겠소.」

「조심해요, 보란.」

터린은 빠른 걸음으로 멀어져 갔다. 그는 모퉁이에서 뒤를 돌아보고 마지막으로 손을 흔든 다음 보란의 시야에서 사라져 버렸다.

사실 보란은 이미 보아둔 탈출구가 있었다. 그는 천천히 걸어 경비원들과 날개가 찢긴 까마귀들이 있는 뜰을 지나 낮은 벽이 있는 곳으로 갔다.

그때 벽 바깥 어디에선가 갑작스러운 총성이 터져 나왔다. 보란은 또 하나의 지옥이 연출되고 있는 것이라 생각했다. 톰슨 기관총의 날카로운 연발음이 허공으로 날아올랐고 단속적인 리볼버의 총소리도 그에 뒤섞여 들렸다. 보란은 적들이 서로에게 총질을 하고 있음을 알 수 있었다.

터린 얘기가 옳았던 것이다.

보란은 훌쩍 뛰어올라 손으로 담의 꼭대기를 잡고는 다리를 뻗어올려 담 위로 기어올랐다. 거기에서 보란은 아주 재미있는 광경을 발견했다. 바로 그의 발 밑에 총을 든 한떼의 사나이들이 커다랗고 번쩍이는 리무진의 문 앞에 반원을 그리며 서 있었던 것이다. 리무진의 문이 열리고 백발의 뚱뚱한 사나이가 내리더니 둘러선 사나이들의 가운데로 들어섰다.

맥 보란이 농부 어니 카스틸리오네를 알아보지 못할 리 없었다. 보란은 카스틸리오네의 바로 머리 위에 있는 셈이었다. 보란은 베레타를 재빨리 뽑아들고 외쳤다.

「어니!」

하얀 색 머리가 주변을 돌아보았다. 순간 어니 카스틸리오네는 죽음의 사자가 자신을 노리고 있는 것을 발견했다. 농부 어니는 그 자리에 못 박힌 듯 우뚝 서 버렸다. 보란의 사랑스러운 베레타가 불꽃을 토해 놓았다. 그것은 불꽃만이 아니라 죽음이기도 했다. 농부 어니의 경호원들이 춤추듯 길바닥에 나뒹굴었다.

다음 순간 남은 것은 그와 보란뿐이었다.

어니는 발작적으로 외쳤다.

「저놈을 죽여! 저놈을!」

그는 죽어 넘어진 경호원의 손에서 떨어진 리볼버에 황급히 손을 뻗었다. 그러나 그때 보란의 음산하고 차가운 목소리가 또렷하게 선고했다.

「농부 어니 카스틸리오네, 너에게 사형을 선고한다!」

농부 어니가 리볼버를 쥐고 고개를 들어 담벽 위를 보았을 때 거기에는 이미 보란의 모습은 없었다. 보란은 바로 어니의 번쩍번쩍 빛나는 차의 지붕 위에 서 있었던 것이다. 밝은 불꽃이 베레타의 총구에서 쏟아져 나왔다. 어니의 두 눈 사이에 공포의 구멍이 뚫리고, 피가 울컥 쏟아져 그의 옷을 적시더니 길바닥으로 흘러내렸다. 그리고 그것이 카포 농부 어니 카스틸리오네의 마지막이었다.

참으로 조용하고 깨끗한 사형 집행이었다. 여전히 기관총과 리볼버의 총성들이 쏟아져 나오고 있는 거리를 등지고 보란은 거리를 달려 내려갔다. 그가 첫 번째 교차로로 접근했을 때, 그는 앤 프랭클린의 차가 아직 거기 세워져 있는 것을 보았다.

보란은 곧장 그 차로 달려갔다. 그녀는 그가 달려오는 것을 보자 차의 문을 열어 젖혔다. 그는 재빨리 차 속으로 뛰어들었다. 동시에 그녀의 표정을 살폈다. 그녀는 첫날 도버에서 보란이 차에 뛰어들었을 때 그녀가 보였던 것과 똑같은 표정을 하고 있었다.

그녀는 아무 말도 하지 않았다. 보란도 입을 열지 않았다. 그는 차가 급한 커브를 도는 반동에 몸을 맡기며 베레타에 새 탄창을 끼워 넣었다. 그때 그는 하나의 총구가 목 뒤쪽에 차갑게 닿는 것을 느꼈다.

보란은 움직임을 멈추고 낮고 침착하게 내뱉었다.

「소령이로군. 결국 이렇게 만나게 될 줄 알았소.」

메마른 웃음소리가 뒤에서 들려 왔다. 스톤 소령의 목소리였다. 보란의 짐작이 적중한 것이었다.

「나라는 것을 어떻게 그렇게 정확히 알 수 있었을까, 미스터 보란?」

「모든 사건들이 딱 한 곳에서 만나는 걸 알게 되었소.」

보란의 번뜩이는 눈길이 앤 프랭클린을 쏘아보았다. 그는 다시 한 번 말했다.

「모든 사건들이.」

플랭클린이 울먹이는 듯한 목소리로 말했다.

「보란…….」

그러나 스톤 소령이 소리쳤다.

「제발 조용히 해요, 앤!」

「당신 회원들의 보안을 염려해서 그렇게 외치는 거요? 당신은 이미 오래 전부터 그 회원들을 협박하여 금품을 갈취해 왔소. 닉 트리거가 나타나기 훨씬 전부터 말이오. 그런데 왜 날 끌어들였소? 닉이 당신의 그 무시무시한 돈벌이의 영역을 침범하였기 때문이오?」

보란은 낮은 목소리로 침착하게 얘기했다.

「닥쳐, 보란! 총을 뒤로 보내. 천천히.」

보란은 총을 넘겨 주고 말없이 창 밖을 바라보았다. 자신의 실수가 참으로 한탄스러웠다. 앤은 능란하게, 그리고 조용히 한낮의 런던 거리로 차를 몰았다. 교차로에서 그들은 두 번 기다려야 했다. 한 번은 런던 타워로 맹렬히 치달려가는 경찰차들의 행렬 때문이었다. 순간 보란은 차의 문을 박차고 달아나고 싶은 충동을 느꼈으나 논리적으로 생각할 때 소령의 총구로부터 벗어날 수 있는 가능성이 희박하다고 판단하고 단념하였다. 그런 터무니없는 탈출의 시도가 오히려 죽음에 몰린 사람들의 최후를 재촉하는 것임을 보란은 알고 있었다. 보란은 서둘러 죽음으로 쇄도해 들어가지는 않을 작정이었다. 그는 죽음이 닥쳐 오기를 기다리며 마지막 한순간까지 똑바로 정신을 차리고 있을 것이었다.

조용히 차를 타고 달리는 동안에는 아무런 일도 일어나지 않을 듯했다. 앤은 사드 미술관 바깥의 모퉁이에서 차를 세웠다. 그제야 보란은 이제부터 자신에게 일어날 일이 짐작되었다. 차에서 내릴 때, 그리고 스톤 소령을 앞서서 계단을 올라갈 때 보란은 그 고문 기구들로 가득 찬 방들을 생각하며 치를 떨었다. 그는 문 앞에서 발을 멈추고 차를 되돌아보았다. 앤은 여전히 차 안에 남아 있었다.

보란은 그녀를 향해 외쳤다.

「됐소. 협상은 끝났소. 들어와서 거창한 피날레를 구경하는 게 어떻겠소?」

차 속에서는 아무런 움직임도 보이지 않았다. 바짝 마른 작은 사내가 보란의 배를 권총 개머리판으로 갈기고 클럽 안으로 보란을 밀어붙였다. 닉 트리거가 클럽 룸의 바 곁에 서 있었다. 그는 진을 병째로 마시고 있는 중이었다. 보란이 들어서자 그는 분명히 당황하는 것 같았다. 그러나 보란의 등에 겨누어진 스톤 소령의 권총을 보자 곧 희색이 만면해졌다. 그는 훌쩍 뛰어 보란에게로 다가서더니 손등으로 보란을 갈겼다.

「이 나쁜 자식!」

「고맙소.」

보란은 꼿꼿이 선 채로 중얼거렸다.

「그런 짓 하지 말아! 이놈이 얼마나 위험한 녀석인지 당신도 알잖아!」

소령은 닉을 책망했다.

「그래. 그러니 좀 참으시오, 닉. 내가 신음하는 걸 곧 보게 될 거요.」

보란은 남의 말 하듯 비양거렸다.

「신음이 아니라 비명이야, 보란!」

소령은 보란의 말을 정정했다. 그는 보란을 밀어붙이며 클럽 룸을 가로질러 자극적인 장식들이 있는 복도를 지나갔다. 보란은 그제서야 여성의 엉덩이를 모방하여 장식된 문의 뜻을 알아차렸다. 다시 뱃속으로 돌아가는 것이었다. 그것은 단순한 죽음이 아니었다. 태어난 것을 부정하는 것이었다.

보란은 희미하게 밝혀진 작은 방 속에 서서 외쳤다.

「이런 방에서 살아 있는 나를 감금하려는 건 아닐 테지, 소령.」

「그럴 생각은 없어, 보란.」

보란은 스톤 소령이 총을 들어 자신을 내려치려는 것을 보았다. 보란은 그것을 피하려고 했으나 총 개머리판은 보란의 어깨를 강타했다. 갑자기 그쪽 팔에서 모든 힘이 쭉 빠져 버리는 것을 보란은 의식했다. 그는 소령과 닉에게로 몸을 굴리며 쓰러졌다. 세 사내가 동시에 모두 바닥으로 나가떨어졌다.

닉 트리거는 그 커다란 배를 깔고 엎드려 허우적거렸고 보란은 그 두 사내를 뿌리치고 몸을 일으키려고 노력했다. 다행히 보란이 제일 먼저 일어설 수 있었다. 그는 닉을 발로 차서 다시 쓰러뜨린 후 몸을 굴렸다.

그러나 그는 곧 스톤 소령의 손에 쥐어져 있는 리볼버를 보았다. 소령은 리볼버로 보란의 턱을 힘껏 갈겼다.

보란은 맥없이 나자빠졌다. 정신을 잃지는 않았으나 몹시 고통스러웠고 온몸의 맥이 탁 풀려 버렸다. 그는 자신이 발로 채이는 것을 느꼈고, 닉 트리거가 뭐라고 욕설을 퍼붓는 것을 들었다. 스톤 소령은 숨을 헐떡이고 있었다.

그 다음 보란은 자신의 옷이 벗겨지는 것을 의식했다. 닉 트리거는 당황하여 소령에게 소리쳤다.

「아, 빌어먹을! 이건 또 무슨 짓이야?」

소령은 사업과 쾌락을 동시에 충족시키려는 의도임이 분명했다. 보란은 몽롱한 의식에서도 스톤 소령의 병적인 눈빛에 놀랐다.

스톤이 닉에게 대꾸했다.

「내가 쾌락을 맛본다고 해서 안 될 이유라도 있나? 닉, 왜 안 된다는 거지? 당장 이놈을 처치해야 한다고 한 건 바로 너야, 닉. 난 이 녀석을 하루 이틀 더 살려둘 작정이었어. 앤을 위해서라도.」

닉은 언성을 높여 떠들어 댔다.

「맙소사, 지금은 쾌락을 찾을 때가 아니야. 당신도 그 계집애도, 어느 누구도 쾌락을 얘기할 시간이 아니라구. 우리한테는 시간이 없어. 이놈은 너무나 위험해. 잘못하면 다 망쳐 버린다구. 난 그놈의 머리를 가져가야 해. 그놈을 지금 죽여야 한다구!」

소령은 거칠게 숨을 헐떡이며 보란의 이마를 무엇인지 차갑고 단단한 것으로 조여 댔다. 보란은 반항을 해보려 했으나 몸을 움직일 만한 힘이 그에게는 남아 있지 않았다. 소리를 지를 수도 없었다. 스톤은 강경하고 명확한 목소리로 지껄이고 있었다.

「염려 말아. 아무 문제도 없으니까. 당신은 아주 기념비적인 공적을 세우게 되는 거야. 알았나? 당신은 여섯 달 동안이나 내 생활을 휘저어 왔어. 닉, 왜 나한테 요구만 하는 거야?」

보란의 발목에서는 또 다른 물체가 억세게 조여 왔다. 두 손은 이제 무의미하게 흔들릴 뿐, 그의 통제력을 거의 벗어난 듯했다. 보란은 정신을 차리려고 노력했으나 이제 그의 온몸은 차례차례 완벽하게 결박당하고 있었다.

닉이 위협적으로 말했다.

「너는 미치광이야! 미쳐도 더럽게 미쳤어!」

「여기서 나가! 꺼져 버려, 이 협잡꾼아!」

「내 엉덩이에 키스나 해라, 이놈아! 이 정신 나간 놈. 넌 성도착증 환자야! 미쳤다구!」

「이 악당이 뭐라고 하는 거야! 보란을 데려오라고 한 건 바로 너야! 바로 네놈이 보란한테 책임을 다 뒤집어씌우라고 한 거라구! 바로 네가 보란한테…….」

「좋아, 좋아! 그러니 이제 그놈을 빨리 죽여 없애란 말이야. 그리고 이 골치 아픈 일을 끝내 버리자구. 이 일 때문에 난 아주 골치가 아파! 난 상부의 압력을 받고 있다구. 나는 여러 가문들로부터 고통을 받고 있어. 만일 처음부터 내 말대로 그 늙은이를 강물에 빠뜨려 버렸다면 이런 골치 아픈 일은…….」

「이봐, 내 말을 들어봐. 그건 다 지난 일이야. 에드윈 찰스 준장을 템스 강에 처넣었다 해도 이놈은 틀림없이 자기 임무를 수행하기 위해 불사신처럼 되돌아왔을 거야. 그럼 야심 만만한 니콜라스 우스는 어떻게 되었을까? 그리고 우리들의 금광인 사드 미술관, 사드 사교회는 어떻게 되었을까? 사실대로 말해서, 닉 너는 가끔 밥통처럼 행동한단 말이야. 이제 손 좀 빌려줘.」

보란은 어디론가 옮겨졌다. 머리와 발목을 조인 벨트들에 압력이 가해지기 시작했다. 보란의 몸속의 뼈들이 고통스럽게 삐걱거렸다.

보란은 이제 분명히 알 수 있었다. 자신이 바로 에드윈 찰스가 고통스럽게 죽어간 그 고문대 위에 놓여 있다는 것을.

그의 두 손은 등 뒤로 묶여졌다. 그의 몸은 천장으로부터 늘어뜨려진 3개의 쇠사슬에 매달렸다. 3개의 쇠사슬 중 하나는 그의 이마를 조이고 있는 강철 벨트에 연결되어 있었고, 나머지 두 쇠사슬은 그의 두 발목을 조인 벨트에 연결되어 있었다. 그리하여 그의 몸은 바닥으로부터 몇 피트 위에 배를 아래로 하고 대롱대롱 매달려 있었다.

닉은 구석에 서서 스톤 소령을 쏘아보고 있었다. 스톤은 방 한 쪽에서 상자처럼 생긴 물건을 운반하는 중이었다. 그는 그것을 보란의 배 밑으로 옮기려는 생각임이 분명했다.

잠시 후 스톤의 얼굴이 보란의 머리 밑에 나타났다. 그는 보란의 눈 속을 들여다보며 말했다.

「아, 잘 됐어. 우리의 우주 비행사는 아직 의식이 또렷하구먼. 잘 들어. 우리의 이 재미난 놀이를 잘 설명해 줄 테니까. 보란, 난 네 밑에 아주 영리한 기계를 갖다 놓았어. 그 안에는 스프링이 들어 있지. 바깥쪽에는 강철 못들이 튀어나와 있고. 아주 단순하고 귀여운 장치야. 내가 작동을 시키기만 하면 그 강철 못들은 아주 빠르게 앞뒤로 움직이기 시작할 것이야. 상자의 맨 위에서부터 진동을 하면서. 그러니까 네가 조금이라도 긴장을 풀고 있으면 그 못들이 네 뱃가죽을 갈갈이 찢어 놓고 마는 거야. 조심해, 네 등뼈를 잘 조절해서 배가 이 상자에 닿지 않도록 조심하라구. 걱정할 건 하나도 없어. 그리고 눈으로 볼 수 있으면 보는 것도 괜찮겠지. 어떤가, 매달려 있는 기분이? 넌 네가 아주 자랑스럽게 생각하고 있는 어떤 것을 잃게 될 거야. 자존심, 용기, 뭐 그런 것들 말이야. 자, 준비해. 몸조심하라구!」

보란은 그의 몸 밑에 있는 무엇인가가 쉬쉬쉬 하는 소리와 함께 움직이기 시작하는 것을 보았다. 그는 못이 앞뒤로 오락가락하며 진동하고 그에 따라 공기가 진동하는 것을 그의 배 바로 밑에서 느낄 수 있었다.

보란은 그 자신이 영원히 살 수 없다는 것을 이미 잘 알고 있었다. 그는 언제든지, 어떤 상황에서든지 자신의 죽음을 맞이할 용의가 있었다. 그리고 그는 항상 죽음에 대한 굳건한 마음가짐을 갖고 있었다. 그러나 그가 생각했던 것은 이런 식의 죽음이 아니었다. 이런 치욕적이고 고통스러운 죽음은 아니었다.

처음에는 별로 어렵지 않을 것이었다. 아마 한두 번, 그 못에 긁힐 수도 있으리라. 그러나 등뼈 주변의 근육이 경직되었다가 고통 속에서 툭 풀려 버리면 그의 봄은 아래로 늘어질 것이고, 그리하여 진동하는 못들이 그의 뱃속을 파고들 것이다. 그의 몸은 피부부터 다음에는 살이, 그리고 내장이, 이윽고 뼈까지 산산 조각이 나면서 흩어져 나갈 것이었다.

그는 그런 식의 죽음은 싫었다. 그 자신은 항상 적들을 재빨리 그리고 고통 없이 죽여 왔다. 그리하여 그 자신도 빨리 고통 없이 죽고 싶었다. 그는 숨을 깊게 들이마셨다. 그리고 등뼈의 근육을 풀고, 진동하는 못들을 향해 밑으로 온몸을 다 늘어뜨리기 위해 배에 힘을 주었다.

그때 그는 문을 열고 누군가가 들어서고 있는 것을 보았다. 그것은 앤 프랭클린이었다. 그녀는 거대한 웨더비를 꼭 움켜쥐고 들어서고 있었다. 보란은 신에게 감사를 드렸다. 이제 그녀가 보란에게 순간적이고 고통 없는 죽음을 선물하려는 것이라고 생각했다.

그 거대한 웨더비 마크 V가 불을 뿜었다. 보란은 방의 한쪽 구석에 서서 바지를 무릎 아래로 끌어내리고 두 손으로 자신의 성기를 움켜쥐고 있던 스톤 소령이 피를 토하며 나자빠지는 것을 보았다. 그 다음 방향을 바꾼 그 무시무시한 위력의 총이 다시 포효하였고 닉 트리거의 몸 속에서 튀어나온 피와 살점들이 방 구석에서 산산이 흩어졌다.

다음 순간 웨더비는 방바닥에 내팽개쳐졌다. 앤이 보란의 밑으로 달려들었다. 그녀는 그의 몸 아래에서 쉬쉬쉬 소리를 내는 작고 음산한 검은 기계 상자를 열심히 발로 걷어찼다. 그녀는 있는 힘을 다하여 그 기계를 밀어낸 다음, 그를 묶고 있던 쇠사슬과 벨트들을 풀었다.

그렇다. 이제야말로 그는 완전히 앤 프랭클린의 손 안에 들어가 있었다. 그녀는 흐느끼고 있었다.

「보란, 보란!」

그는 그녀의 얼굴을 부드럽게 어루만졌다.

「고맙소, 앤. 정말…… 고맙소.」

그리고 그는 정신을 잃어버렸다.

19
에필로그

무시무시하고 숨가빴던 영국에서의 순간들이었다. 보란은 런던을 숨가쁘게 습격했었고, 또한 런던도 보란을 똑같이 공격했다. 지금의 런던이 보여 주는 것이 이 시대의 상징이라고 에드윈 찰스는 보란에게 얘기했었다. 그리고 그 상징은 다만 〈이 해괴망측한 우리의 미술관〉에 한정되는 것이 아니었다. 그 상징은 온 세계에 다 통용될 수 있는 것이었다.

세계는 이미 잔인한 폭력과, 사람의 생명과 사랑과 즐거움에 대해 가해지는 엄청나게 잔인한 권력과 책략으로 얼룩져 있었고, 그것은 학대 음란증, 그리고 피학대 음란증적인 것이었다.

그것이 현대의 모습이었다.

그 짧은 40시간 동안 선량한 몇몇 사람들이 목숨을 잃었다. 또한 수많은 타락한 악인들도 죽음을 맞이했다. 보란은 그것이야말로 세계 정의의 균형에 알맞는 일이라고 생각했다.

머빈 스톤 소령의 집에서 엄청난 분량의 포르노 영화 필름들이 발견되었다. 그 모든 것들은 물론 소각되었고 그 재는 사드 미술관으로 들어가는 입구에 있는 작은 항아리 속에 보관되었다.

보란은 그것이 이 위대한 나라의 미래를 위해서 약간의 도움이 되리라고 판단했다. 그리고 그것은 그 필름에 모습이 담긴 사람들에게는 아주 다행스러운 일이리라.

역사상 가장 부패한 범죄의 제국 내부의 여러 요소들 사이에서 아주 거대한 규모의 총격전이 발생했다. 레오 터린은 그것 역시 인류를 위해 도움이 되었다고 말했다.

보란이 품고 있었던 수수께끼는 그가 만족할 수 있을 정도로 해명되었다. 그것은 마음의 평화를 가져오는 데 크게 도움이 되었다.

스톤 소령은 벌써 몇 해 전부터 그의 회원들을 공갈 협박하여 왔으며, 마피아들이 그 협박에 일익을 담당하기 시작하자 그에 대한 반향이 정부의 고위관리들에게까지 나타났다.

그리하여 비밀리에 자세한 수사가 시작되었었다. 이런 상황을 더욱 복잡하게 만든 것은 닉 트리거의 탐욕이었다. 그는 머빈 스톤 소령과 비밀리에 물질적 이득을 목표로 하는 약속을 맺기에 이르렀고 따라서 그는 소령의 사업에 깊숙이 관여하고 있었다. 이 두 사람은 아무런 문제도 없으리라고 생각했던 늙은 경비원이 대영 제국의 수사 요원이라는 사실이 밝혀졌을 때 경악하였다. 바로 그러한 시기에 보란이 나타났던 것이다.

닉 트리거는 가문에 대한 그의 책임과 그 자신의 물질적 이득을 위한 책략 사이에 팽팽한 밧줄을 매달아 놓고 그 사이에서 곡예를 하며 오락가락하고 있었다. 그런데 그 밧줄은 최후의 날이 오기도 전에 벌써 닳아 해지기 시작했던 것이다.

보란은 이 40시간 동안의 모든 전투가 인류의 발전을 위해서는 충분한 득이 되었다고 생각했고, 인류의 발전을 방해하는 무리들에게는 결정적인 타격이 되었을 것이라고 판단했다.

퀸스 하우스의 목욕실에서 보란은 앤 프랭클린을 위로하려고 노력했다. 그는 자신의 몸에 받은 사소한 상처들뿐만이 아니라 앤이 입은 정신적 상처도 치유해야 했다. 그는 이마의 상처에 연고를 바르며 말했다.

「그런 일들 때문에 당신이 스스로를 책망한다는 건 어리석은 짓이오. 적어도 당신이 내가 아직 살아 있다는 것이 못마땅하다고 생각지 않는 한 말이오, 앤. 당신이 그렇게 생각한다면 어쩔 수 없는 일이지만.」

그녀는 애교 넘치는 눈길로 문에 기대서서 그를 바라보고 있었다.

「당신은 참 좋은 사람이에요.」

「당신도 그래요, 앤. 우리는 서로 최선을 다했소.」

「내가 스톤 소령에게 전화를 한 게 잘못이었어요. 난 틀림없이 당신이 소령을 잘못 판단하고 있다고 생각했어요. 내가 정말 바보였어요. 난 너무나 놀랐어요. 나한테는 참 좋은 사람이었는데. 난 무슨 문제가 생기면 항상 그에게 상의를 하곤 했거든요. 그래서 이번에도 그가 우리를 도와 주리라고 생각했어요.」

그녀는 어깨를 축 늘어뜨리고 들릴 듯 말 듯한 목소리로 말했다.

보란은 킬킬거리며 재미있다는 듯 웃었다.

「가끔은 말이오, 친구와 적을 구별하기가 몹시 힘든 법이오. 그것은 마피아들도 마찬가지요. 오늘 런던 타워에서도 그들은 서로를 마구 죽여 대더군.」

「그래도 나보다는 덜할 거예요. 사실이에요. 게다가 만일 그들이 내 클럽에다 돈을 투자하고 있었다는 것이 사실이라면 나는 그들보다도 훨씬 더 못된 짓을 당신한테 많이 한 셈이에요. 당신은 아직도 모르는 게 있어요.」

「그게 뭐요?」

그녀는 볼 면목이 없다는 듯 그를 외면하며 입을 열었다.

「당신이 듣기 싫어하더라도 나는 얘기를 해야겠어요. 그래야 마음이 좀 가벼워질 것 같아요. 사실대로 말하면, 맥, 나는 내가 그 방으로 직접 들어가서 두 눈으로 보기 전까지도 소령이 무슨 생각을 품고 있는지를 몰랐었어요. 그것은 그가 군대 생활을 오래 했기 때문이었거나, 속임수에 능란해서였거나, 내가 그를 너무 믿었기 때문이었거나, 아니 그 모두 때문이었을 거예요. 그는 언제나 나를 속여 왔던 거예요. 그가 런던 타워 근처에서 내 차에 탔을 때 그는 말했어요. 당신 걱정은 할 필요 없다구요. 당신 목에 총을 들이대서라도 안전한 곳으로 당신을 피신시키겠다구요. 어리석게도 난 그 말을 그대로 믿었어요. 내가 그 모든 말들을 다시 생각하게 된 것은 당신이 클럽 입구에서 나한테 소리를 쳤을 때에요. 그때서야 나는 조금씩 소령을 의심하기 시작했어요. 그래서 들어가 보기로 했던 거예요.」

「당신과의 협정은 이제 모두 무효라고 말했을 뿐이오.」

「그래요? 그런데 지금은 어때요? 그 협정이 정말 무효인가요? 아직도 그렇게 생각하세요, 맥?」

그는 탐색하듯 그녀의 표정을 살피며 말했다.

「그게 제일 좋은 길이라고 생각지 않소?」

그녀는 눈을 내리깔고 머리를 저었다.

「아니에요. 난 아직도 당신 손 안에 있어요. 당신 뜻대로에요.」

가슴속에 전해져 오는 아픔 같은 것을 느끼며 그는 중얼거렸다.

「참 좋은 일이오.」

「뭐라구요?」

그는 입가에 부드러운 미소를 담고 오래도록 그녀를 바라보았다.

「당신은 참 좋은 여자라고 했소. 당신의 그 소중한 것을 올바른 때, 올바른 장소, 올바른 남자를 위해 간직해 둬요.」

「내 생각엔 당신이 바로 그 올바른 남자예요.」

「시간과 장소가 올바르지 못하오.」

그는 그녀 곁을 지나 침실로 들어갔다. 그는 권총 벨트를 어깨에 걸치고 옷을 입었다. 다음, 창문으로 가서 커튼을 조금 젖히고 밖을 살펴보았다.

「지금 떠나시려는 거에요?」

앤이 떨리는 목소리로 물었다.

그는 고개를 끄덕였다. 그녀는 그의 눈이 몹시 슬퍼 보인다고 느껴지자 몹시 마음이 아팠다.

「그렇소. 떠날 때가 되었소.」

「어디로 가실 건가요?」

「고국이오.」

「어떻게 가시려는 거예요?」

그는 아까와는 달리, 자신에 넘친 미소를 띠고 있었다.

「밀림을 통과해서 가겠소, 앤. 그것이 유일한 길이기도 하오.」

그는 짐을 들고 현관문으로 갔다. 그가 그녀를 돌아보았을 때, 그녀는 침실 안에 그대로 서서 그의 뒷모습을 쓸쓸하게 바라보고 있었다. 그러나 곧 이해할 수 있다는 듯한 미소를 지었다.

그는 그녀에게 손을 흔들었고 그녀도 그에게 손을 흔들어 보였다.

「고마워요, 보란! 모든 일들이 잘 되길…….」

그는 따뜻하게 웃어 보이고 그녀의 곁을 떠나 밖으로 나왔다. 저 밖 어딘가에 펼쳐진 축축히 젖은 밀림에 그의 집으로 가는 길이 있었다. 그 길을 발견해 낼 수도 있고 그렇지 못할 수도 있을 것이었다. 그러나 발견해 내기 위해 최선을 다해야 했다.

그는 알고 있었다. 결국 그 길을 찾아내고야 말 것이라는 것을.

하나의 그림자
한숨 쉬며 소리 없이
밀림을 지난다.
그의 이름은 공포,
오, 작은 사냥꾼이여,
그는 공포.

그 작은 사냥꾼은 밀림의 그늘을 통과하는 순간 그늘 속에 파묻혀 곧 그늘과 구별할 수 없는 그늘의 일부분이 되는 것이었다.

그는 알고 있었다. 그가 살 곳이 바로 그 그늘 속이라는 것을. 그리고 언제나 그가 죽어 넘어지는 곳도 바로 그 그늘 속이라는 것을.

계속